AF346293

Eliza P. & Lily Padioleau

TE DÉTESTER POUR Noël

Instagram :
@lily.padioleau.auteure
@eliza.p.auteure

Édité par : Lily Padioleau
ISBN : 978-2-492237-33-1
Dépôt légal 2022
Imprimé à la demande par Amazon.

Quelques titres de Lily Padioleau :

Romance

- 📖 Jenna Tome 1 & 2
- 📖 Dark Road
- 📖 La mafia ? Pas pour moi !

Serial killers

- 📖 The Blood Saga (Rose Delgado, Anton Medvedev, Rose & Anton)
- 📖 The real story of Caleb Hayes

Urban fantasy

- 📖 La sorcière et le tatoueur Tome 1, 2 & 3
- 📖 Powers – 1 Acceptation, 2 Défiance et 3 Négociation
- 📖 La Saga Inked Witch (4 tomes)

Quatre mains

- 📖 London's Depths saison 1 & 2 avec Sienna Pratt
- 📖 No Way tome 4 de La sorcière et le tatoueur crossover avec Va mourir ! de Sienna Pratt
- 📖 Ibiza, nous voilà ! avec Eliza P.
- 📖 Te detester pour Noël avec Eliza P.

Inclassables/Psychologie/humour/horreur

- 📖 Crossover Killers
- 📖 Échange (pas vraiment) standard
- 📖 Josh Park — Un passé torturé

Et bien plus encore à découvrir exclusivement sur Amazon !

Avertissement : pour les besoins de l'histoire, les délais relatifs à l'engagement militaire ont été modifiés. Nous avons tenu à rester au plus proche de la réalité, mais nous avons tout de même arrangé certains détails pour que ça colle à l'histoire et à sa période.

À tous ces Noëls, à ces soirées tirées aux quatre épingles, à ces repas trop copieux, à ces rires, à cette tonne de cadeaux et aux réveils bien trop matinaux.

À notre père, merci pour tes conseils et ton aide avisée concernant l'armée. Merci d'être notre héros du quotidien. Nous t'aimons. À André, notre frère, le militaire qui assure la relève à notre place, (il valait mieux que ce soit toi plutôt que nous !)

La vibration de mon téléphone contre le meuble en bois fait un bruit de dingue, comme un avion qui peine à décoller. Je soupire tout en tendant le bras pour m'en saisir et découvrir une pluie de notifications. *Tinder*[1], super.

Il n'est pas encore huit heures du matin et, déjà, je reçois des messages de demoiselles ayant liké mon profil. La journée s'annonce particulièrement… monotone. Tous les jours, c'est la même rengaine, échanger avec ces filles, tenter de les connaître un peu plus, les rencontrer éventuellement et… finir par devoir refuser d'aller plus loin.

Je ne cesserai jamais de me demander quel est le problème des femmes. Sans déconner, on se fait traiter de goujats en boucle, certains tweets assassins dévoilent des messages dégueulasses de types en manque de confiance — ou en trop plein de confiance, je n'ai pas encore saisi le truc — tandis que d'autres ne sont utilisés que pour leur physique. Je ne suis pas du genre vantard, je n'ai pas tendance à me prendre pour celui que je ne suis pas, mais je ne suis pas con et encore moins aveugle. Je sais que mon faciès, en plus de mon look atypique, attire les filles.

---

[1] Application de rencontres, tu le savais sûrement.

Elles voient un mec un peu tatoué, musclé, aux cheveux longs et au regard doré et cela suffit pour déclencher en elles un attrait à l'opposé du mien. Oh et j'oublie de mentionner la barbe, il paraît qu'elle me rapporte au moins… combien avait-elle dit, la petite blonde à la poitrine comprimée dans une robe trop serrée ? Ah oui, dix points !

Je suis donc un tableau de score où les femmes comptabilisent leurs points sans se soucier de me blesser ou de me traiter comme un objet. J'aimerais vraiment savoir comment ces mêmes filles réagiraient si je venais à en faire de même…

Bref, toujours est-il qu'en désespoir de cause, je continue d'arpenter l'application à la recherche de celle qui saura voir au-delà des apparences, pour découvrir qui je suis. Pas celui qu'on espère foutre dans son lit sans se soucier du lendemain.

Je me redresse, écarte la couette et m'étire le téléphone posé sur mes cuisses. Onze messages et il n'est que sept heures quarante-deux, un record. Je survole les « *cc, sa va ?* », un air de dégoût imprimé sur le visage, et m'arrête à *Jenny67*, avec qui j'échange depuis quelques jours.

Jenny67
Belle journée, mon barbu.
On se voit toujours ce soir ?

SimonT
Belle journée à toi aussi.
19H au 5 ?

Jenny67
C'est parfait, à ce soir.
Bizzz

Pour être honnête, elle perd des points quand elle me sort ce genre de trucs, mais je commence à me dire — au vu du nombre de femmes qui m'ont écrit de telles conneries — que c'est à la mode ou que je suis trop âgé pour tout ça. Alors, je ne relève pas et j'essaye de passer au-dessus sans m'attarder sur ce que ça provoque en moi. Et sur ce que ça me révèle sur elle.

Pas le temps de traîner plus, pas l'envie non plus de m'éparpiller avec plusieurs filles, je verrouille mon téléphone et me lève dans le but de prendre une douche.

Ma chambre est petite, comme le reste de mon appartement et je n'ai pas besoin de faire d'immenses pas pour attraper ma tenue de travail dans la commode ainsi qu'un boxer propre, et rejoindre la salle de bain. Cette pièce en revanche est réellement minuscule, tout comme la cabine en céramique et la vasque. En réalité, parfois, j'ai l'impression de vivre dans une maison de poupée avec mon mètre quatre-vingt-dix. Mes pieds dépassent du lit, je dois me courber dans la douche, me plier en deux pour m'asseoir sur le canapé, mon environnement ne m'est clairement pas adapté.

C'est ça de ne pas avoir le privilège de choisir ni l'opportunité de s'offrir mieux.

Je ne me plains pas, la vie est compliquée, mais je sais qu'il y a pire ailleurs et ça m'aide à ne pas m'apitoyer continuellement sur mon sort.

L'eau de la douche s'écoule du pommeau et je ne tarde pas à me glisser en dessous. J'apprécie la caresse de l'eau autant que sa température parfaite, mais je ne m'attarde pas. Je coupe rapidement le jet et attrape une noisette de gel douche que je frotte frénétiquement sur mon corps tendu.

Avant mon rendez-vous de ce soir, j'ai un ménage à faire, un service à assurer dans un petit restau du coin et un entretien d'embauche. Il faut que je sois au top de ma forme et que je présente bien, en dépit des problèmes qui jalonnent ma vie. Les patrons se moquent de savoir où je crèche et quel genre de merde je traverse, ils veulent juste que je sois présentable, souriant et ponctuel quoi qu'il arrive. Mon hygiène est donc très importante et ne pas traîner l'est tout autant, surtout quand on se déplace à pied, en bus ou en tram. L'idéal pour ne pas se ruiner en essence.

Efficace, je suis sorti en trois minutes, vêtu en deux et coiffé en une. Un élastique pour nouer mes cheveux du dessus suffit, la casquette de l'entreprise de ménage camouflera aisément ma coupe et aidera à ne pas effrayer mes clients. Ouais, les gens sont trop superficiels, ils jugent à l'apparence sans tenter de connaître la personne à qui ils font face. Nous vivons dans un monde superficiel, que puis-je faire à cela si ce n'est m'adapter ?

Je prépare le sac à dos qui me suivra toute la journée, croque dans un bout de biscotte et avale quelques gorgées d'un café soluble absolument dégueulasse avant de quitter mon semblant de chez-moi d'un pas vif.

Il est huit heures vingt-deux et ma longue journée peut commencer.

Emmitouflé dans mon manteau, je resserre l'écharpe autour de ma gorge en maudissant les émissions météo. Il n'était pas censé faire un peu bon quelques jours de plus ? Nous ne sommes que début novembre, il ne devrait pas geler autant ! Une des choses à laquelle je ne m'habituerai jamais ici, à Strasbourg, c'est la température fraîche. On nous fait croire qu'il fait doux jusqu'à mi-novembre, mais dès octobre on commence à sentir la claque de l'hiver nous fouetter le visage.

Enfin, j'ai l'impression que c'est moi surtout qui la ressens, le gars du sud qui, malgré ses six années ici, n'arrive toujours pas à s'acclimater. J'aime tout dans cette ville et je ne me suis jamais senti chez moi nulle part jusqu'à mon arrivée en Alsace, mais… je ne sais pas, je suis frileux, je n'y peux rien.

— Simon ? m'interpelle une voix féminine dans mon dos.

Je me tourne et découvre le visage de *Jenny67*, que je reconnais instantanément. Elle gagne des points, elle est précisément comme sur ses photos et n'a pas usé ni abusé de filtres qui déforment.

— Oui, c'est moi. Tu es Jenny, alors ?

— Yep' ! s'exclame-t-elle en souriant.

Une très belle femme, je ne peux pas dire le contraire. De son bonnet en laine dépassent des cheveux blond clair, un regard vert me fixe avec une sorte d'émerveillement et une bouche charnue me sourit allègrement. Elle est très jolie, reste à savoir si elle sera toujours aussi charmante que lorsque nous échangions par messages.

— Tu n'as pas eu de mal à te garer ? lui demandé-je, stressé malgré moi par ce premier rencard.

— Non, et toi ?

— Je suis venu en bus.

— Oh, alors l'écologie, ça te parle ? s'enthousiasme-t-elle.

Je passe sous silence le fait que mettre de l'essence dans ma vieille Golf me coûte trop cher et que je n'ai pas non plus de quoi payer l'entretien et acquiesce poliment.

— On se met au chaud ? proposé-je en changeant subtilement le sujet.

Elle hoche la tête et je la laisse passer devant moi, lui ouvrant la porte du café machinalement. La galanterie se perd de nos jours, j'en ai conscience, elle devient même sujet à discordance, mais je sais que certaines femmes l'apprécient encore. Et Jenny semble faire partie de celles-ci à en croire l'immense sourire qui orne son visage fin.

De concert, nous nous dirigeons vers une table légèrement à l'écart et nous y installons au moment où un serveur se pointe.

— Bonsoir, que puis-je vous servir ?

— Je prendrai un chocolat liégeois et une part de *streusel*[2], s'il

---

[2] Spécialité Alsacienne, brioche recouverte d'une pâte, le tout aromatisé à la cannelle. Prépare-toi, on risque de te donner faim ! *Ah et tu retrouveras quelques recettes en fin de livre* 😊

vous plaît, commande Jenny.

— Bien, et vous, Monsieur ?

J'ai beau connaître cet endroit pour y venir dès que l'occasion se présente, je ne peux m'empêcher de parcourir rapidement la carte, même si je jette comme toujours mon dévolu sur un café liégeois et un *pain au chocolat* — le mec du sud que je suis a appris à le nommer ainsi, mais pour les puristes, je suis team chocolatine.

Le serveur repart et le moment gênant démarre. Celui où on doit trouver un sujet à aborder, celui qui déterminera la suite de ce premier rendez-vous.

— Alors, tu viens souvent ici ? me demande Jenny en brisant le silence.

— Oui, ça m'arrive. Et toi ?

— Je crois que je suis venue une ou deux fois, mais… pas depuis une éternité. Ils ont refait la déco, non ?

Je ne sais pas quoi penser de cette entrée en matière. Habituellement, je suis gêné quand les filles que je rencontre se montrent entreprenantes et ne décrochent pas leurs yeux de moi, mais cette fois-ci c'est l'inverse. Elle observe le café en se tordant presque le cou sur sa chaise et ne me jette ni un regard ni un sourire. Merde, est-ce mauvais signe ?

— Oui, ils ont tout refait il y a quelques mois. Ils ont fermé pendant trois semaines.

— Oh, eh bien c'est réussi, termine-t-elle en se tournant finalement vers moi.

Elle semble gênée, mal à l'aise, et comme je la comprends ! À force d'enchaîner les rencontres de ce genre, j'ai bien sûr fini par m'habituer au ballet de banalité et à l'étalage de parties de nos vies qui déterminent ensuite notre envie de poursuivre. Mais je dois admettre que je ne l'apprécie pas pour autant.

Je rêve de trouver celle qui me fera arrêter tout ça, qui n'aura plus de questions à poser, mais bel et bien des réponses à m'apporter. Même si j'adore ce café, je déteste m'y rendre pour tenter d'apprivoiser celle que j'espère voir devenir Madame Tómasson.

— Alors, qu'as-tu de sympa à me dire sur toi, *SimonT* ? me demande soudain Jenny, son visage tenu en coupe par ses mains.

— Eh bien…

Pour l'amour du ciel, j'ai fait ça des centaines de fois — d'accord, j'exagère, cinquante-quatre seulement — pourquoi je n'arrive pas à trouver quoi dire ? J'ai des choses à raconter, un pan entier de ma personnalité à dévoiler et pourtant je ne trouve rien à dire.

— Je viens du sud-est et je…

— Oh, excuse-moi, je n'ai pas été super claire… m'interrompt Jenny.

J'arque un sourcil, un léger sourire d'incompréhension sur les lèvres tout en attendant son explication. Je m'attends à ce qu'elle me sorte un truc original qui montrerait qu'elle est plus spéciale que les autres et mon cœur commence à s'emballer à cette idée.

Le serveur arrive évidemment à ce moment précis pour déposer devant nous notre commande — qui sent divinement bon.

Nous le remercions, mais je n'attaque pas ma boisson, ni même ma pâtisserie. Je garde les yeux rivés sur Jenny, attendant d'en apprendre plus sur le sens de ses mots.

— Tu es super gentil et t'as l'air d'être un mec incroyable, mais je pensais que… enfin, tu vois, je pensais que nous recherchions la même chose.

— Et qui est ?

— Enfin, Simon, je ne vais pas te faire un dessin. Nous n'avons rien partagé de personnel par messages, ça veut dire ce que ça veut dire.

— Que j'attendais de te rencontrer pour t'en dévoiler un peu plus ? réponds-je, conscient de ce qu'elle insinue, mais trop touché pour l'admettre.

Nous y voilà. Comme toutes les autres, elle ne désire qu'un coup d'un soir sans lendemain, sans engagement. Une relation fugace dans nos vies qu'elle s'empressera de raconter à ses copines en ne négligeant aucun détail. Elle m'a bien eu, moi qui la croyais différente.

— En réalité, je supposais que nous étions d'accord pour… enfin pour nous amuser quoi, glousse-t-elle.

Ses doigts manucurés tripotent la cuillère de sa boisson et la touillent tandis que ses yeux ne me quittent pas. Elle ne cille pas, elle me dit ça avec aplomb et détermination, le cliché même de la nana sûre d'elle qui ne désire pas s'attacher.

En temps normal, je me contente de dire que je ne suis pas intéressé par une relation aussi superficielle et me tire sans demander mon reste. Ou bien je termine ma boisson dans un silence assourdissant et me casse en suivant, pas de gaspillage avec moi.

Seulement là, irrité par la longue journée que je viens de passer et par les remontrances non fondées de mon patron, je me vois dans l'obligation de mettre les choses au clair.

— Écoute, Jenny, je ne vais pas te mentir, je suis plutôt déçu.

Ses yeux s'écarquillent de surprise, elle lâche sa cuillère et ouvre la bouche pour répondre, mais je l'en empêche en poursuivant.

— Tu vois, j'ai trente et un ans et les coups d'un soir, les petites parties de jambes en l'air qui n'apportent qu'un plaisir temporaire, ce n'est pas mon truc. J'aspire à plus et je suis désolé que ça ne soit pas ton cas.

— Quoi ? Mais…

— Laisse-moi terminer, s'il te plaît. Je sais que c'est compliqué d'être célibataire à notre âge, on a la trentaine et on se retrouve à devoir fouiller la ville pour trouver quelqu'un avec qui partager le quotidien. Opter pour la facilité d'une nuit sans lendemain, c'est tentant, mais ce n'est pas ce qui réchauffera nos cœurs. Je suis du genre à penser que c'est justement ce qui agrandira le trou à l'intérieur.

Je me lève et enfile mon manteau, ne désirant pas rester ici une seconde de plus. Évidemment, j'ai en main ma boisson ainsi que ma chocolatine.

— Alors, Jenny, je te remercie d'avoir accepté ce rendez-vous avec moi et je suis profondément désolé que nous ne recherchions pas la même chose. Je te souhaite de trouver au fond de toi ce que tu désires vraiment, sans te contenter de la facilité.

Sans rajouter un mot et devant son air éberlué, je quitte la table et me dirige vers le bar, où je demande à emporter ma consommation. Le serveur me fait un petit sourire, il commence à me connaître et même s'il pensait au début que j'enchaînais les conquêtes, une discussion sympa entre nous a suffi à effacer ce préjugé.

— À la prochaine, Simon ! me salue-t-il en me tendant mon gobelet en carton et mon sachet en papier.

— À bientôt, JP.

Mais le plus tard sera le mieux, ai-je envie de rajouter.

Car je ne supporte plus ces rendez-vous foireux qui ne mènent qu'à ma frustration totale.

Quand vais-je donc tomber sur la fille qu'il me faut ? Quand pourrais-je enfin envisager un avenir serein et tel que je le désire ? Quand pourrais-je enfin désinstaller cette satanée application ?

Nom de Dieu, il neige… et nous ne sommes que le neuf novembre, putain !

« **P**our combien de temps ?

— Six mois, comme la dernière mission, me répond le capitaine Mancini.

Je marque une pause et fixe la base militaire à travers la fenêtre. Deux groupes d'hommes — et trop peu de femmes — courent autour du terrain central, concentrés sur leur entraînement de course à pied. Ils sont tous là pour la même raison : servir notre pays et l'Europe. À n'importe quel prix. Ce qui est également mon cas. Du moins, ça l'était.

Cela fait quelques mois que je réfléchis. À qui je mens ? Cela fait presque deux ans que mon cerveau tourne à plein régime. Date à laquelle mon frère Arthur et sa femme ont eu leur fils, mon neveu, Finn. Cette arrivée a fracassé ma vie et la façon dont je la vivais. Ce petit être que j'aime du plus profond de mon âme m'a enfin fait voir plus loin que la prochaine mission à l'étranger. Voir mon frère aussi heureux, avec sa famille, m'a poussé à me questionner sur les sujets que je repoussais, inconsciemment, au fond de mon cerveau. Ne jamais y songer, ne jamais faire face à ce qui me terrorise.

Ce n'est désormais plus des phrases du type « *Vivement que je reparte sur le terrain* » ou encore « *À quand le prochain entraînement ?* » qui sont au premier plan de mes pensées. Maintenant, je me surprends à me demander « *Quand est-ce que je vais pouvoir rentrer chez moi auprès de quelqu'un pour qui je compte ?* », « *Et si j'avais ce que mon frère possède ?* », « *Qu'est-ce que ça me coûterait ?* ». Cela se ressent de plus en plus quand je suis ici ou en mission. Je fais des petites erreurs que je ne faisais pas avant, je ne suis plus autant attentive, et on me tape sur les doigts à cause de ça. En dix ans dans l'armée, je n'avais jamais commis la moindre bourde ni ne m'étais jamais fait reprocher quoi que ce soit.

— Officier Walter ?

— Excusez-moi, je réfléchissais. Quand serait le départ ? demandé-je en reportant mon attention sur lui.

— Dans un mois.

Le dix décembre, donc. Ce qui me ferait louper une fois de plus les fêtes de fin d'année avec mes proches. J'imagine déjà le petit Finn ouvrir ses cadeaux de Noël, émerveillé, sans moi. Mon cœur se serre et mes poings également. Ça n'arrivait pas non plus ça, avant. Certes, j'adore ma famille et j'adore passer les fêtes avec eux, mais les adieux étaient bien plus faciles avant ma soudaine remise en question de tous les pans de ma vie.

Je fixe les yeux verts du capitaine Mancini et le détaille : cheveux noirs coupés court, comme il se doit pour ce job, mâchoire carrée, dents parfaites et corps musclé. Je n'aurais jamais regardé un supérieur de cette façon par le passé. Le fait que je le trouve mignon et qu'il ne semble pas vraiment plus âgé que moi s'ajoute à la liste des choses que je remarque désormais. Comme si chaque homme sur lequel je pose les yeux pourrait devenir un potentiel père de famille, capable de me donner ce que je souhaite maintenant.

Ces dernières années, j'ai craqué une ou deux fois sur un homme qui ne faisait pas partie du régiment — malgré les nombreuses fois où les autres officiers d'ici m'ont dragué, normal, je suis une des rares femmes présentes, un morceau de viande en somme — mais ça n'a jamais été sérieux. Quelques nuits à se découvrir sous toutes les coutures pour qu'on me laisse tomber par la suite, trop jaloux de mon environnement de travail ou tout simplement parce que le monsieur du moment avait assouvi son fantasme de coucher avec une militaire.

Je voyais mon métier comme la priorité numéro un et rien ni personne ne pouvait avoir la main mise sur ça. Enfin, jusqu'à Finn et ses grosses joues que j'ai envie de croquer. Mon job est toujours ma priorité, c'est même toute ma vie puisque je n'ai jamais connu que ça. Je suis devenue aussi docile qu'un Labrador. Alors quand j'ose avoir des pensées qui contredisent tout ça, c'est tout un chamboulement qui se passe dans ma tête et mon anxiété me tient éveillée toute la nuit.

Je pousse un soupir en remettant les pieds sur terre. Je ne risque pas de trouver quelqu'un qui veuille de moi de toute façon. Qui voudrait d'une nana militaire entourée d'hommes au quotidien ? Et qui ici voudrait de moi pour du sérieux et non pas parce que je représente la seule option lorsque nous partons dans un pays étranger ?

— Qu'en dites-vous ? insiste le capitaine Mancini.

— Est-ce que j'ai le choix ? demandé-je, consciente de la réponse.

— Ça fait partie de votre contrat et de la raison pour laquelle vous êtes avec nous sur cette base. On vous a mis sur cette mission parce que vous êtes l'une des personnes les plus qualifiées pour cette OPEX[3].

— Je sais.

— Tout va bien ?

Malgré le côté strict de l'armée, il n'en convient pas moins que nous sommes des êtres humains et que je passe mon quotidien aux

---

[3] Opération Militaire Extérieure de la France. Ce qui représente une intervention des forces militaires françaises en dehors du territoire national.

côtés de ces hommes. Une partie de moi a envie de se confier à Mancini, est-ce qu'il me verrait autrement que sa subordonnée si je le faisais ? Mes yeux se perdent à contempler sa bouche légèrement retroussée. Ça ferait quoi de les embrasser ? De les sentir contre ma peau et de les entendre me murmurer qu'elles seront toujours là pour moi ?

Je secoue la tête pour chasser ces pensées qui n'ont absolument rien à faire là. Même si j'en avais le courage, jamais je ne lui demanderai de sortir avec moi pour un rencard. Je peux déjà entendre les moqueries et les remarques des autres si cela venait à se savoir, même s'il n'y avait rien de plus derrière.

— Oui… J'ai juste un peu la tête ailleurs en ce moment.

— À la préparation des décorations de fêtes, j'imagine ? dit-il en haussant un sourcil et un sourire en coin.

Bon sang, tout ça serait plus facile s'il n'était pas aussi craquant. Et surtout si sa misogynie bien ancrée à cause à l'armée ne prenait pas toujours le pas sur ses paroles.

— Oui, j'adore Noël.

Mais pourquoi je lui dis ça ? Pourquoi je me confie à lui alors que je ne devrais pas ? Pour qu'il voit autre chose que la femme aux cheveux châtains attachés en chignon, qui porte treillis et chaussures militaires ?

— Ma femme adore aussi, vous êtes toutes pareilles, dit-il en rigolant légèrement et en se relevant de derrière son bureau.

Une sensation étrange se fait sentir dans mon ventre, comme si mes organes tombaient. Je commence à la reconnaître : la déception. Exactement la même que quand il m'a annoncé que dans un mois je devrai partir en mission en Afghanistan pour représenter cette soi-disant paix qu'ils recherchent tous.

Au moins, je n'ai plus à le mater et me demander à quoi nos bébés pourraient ressembler. Quelqu'un d'autre a la chance de goûter à ce bonheur, et pas moi.

— Ça sera tout ? demandé-je, désireuse d'aller extérioriser ma déception ailleurs.

— Ça sera tout, vous pouvez disposer, officier Walter.

Nina, je m'appelle Nina. J'en ai ras le cul de n'être qu'un nom de famille parmi tant d'autres. Personne ne connaît Nina ici. Nous nous saluons et je sors de ce bureau que je maudis désormais. On m'annonce toujours que je vais partir loin de chez moi dans cette pièce froide et masculine.

Les larmes me montent aux yeux à l'instant où la porte se referme derrière moi dans un petit cliquetis. Comment vais-je annoncer ça à mes parents ? À mes frères ? Et comme d'habitude, ils vont me faire de faux sourires en m'assurant que l'important c'est que je sois heureuse dans le métier que je fais. Mais le suis-je encore ? Je pense que le fait de me poser la question en dit long. Je peux déjà visualiser la peur que je décèle dans le regard de mon père quand je lui dis que je pars sur le terrain. Mais aussi la tristesse dans les yeux de ma mère qui souhaite chaque année faire les préparatifs de Noël avec moi, l'aider à décorer et à tenir le chalet que lui et mon père occupent sur le marché chaque saison. Ils devront trouver une solution sans moi, je vais encore devoir les laisser tomber.

C'est bien le mot à employer : devoir. C'est mon devoir de m'en aller, mon devoir de tout laisser tomber du jour au lendemain. Quand je reviendrai, Finn aura fêté ses trois ans, il parlera sûrement beaucoup mieux qu'aujourd'hui et aura encore grandi. J'ai l'impression qu'on me force à accepter ce départ et que je n'ai pas mon mot à dire. Et c'est le cas.

Il n'y a qu'une seule issue : partir. Mais je n'aurais jamais le courage de le faire, de mettre fin à mon contrat. Si je le faisais, qu'est-ce que je pourrais faire de ma vie ? J'ai mis assez d'argent de côté pour pouvoir vivre convenablement pendant au moins une année sans avoir à ne rien faire, donc le côté financier n'est pas le problème. Cependant, m'imaginer traîner sans rien faire tous les jours sans savoir dans quelle direction aller me semble être un cauchemar et ça me terrifie. Si je partais de la caserne, je deviendrais quoi ?

Dès que j'ai quitté le lycée, j'ai fait trois ans dans une école de sous-officier à Saint-Cyr, et quand j'en suis sortie, j'ai intégré le Corps Européen, ici, à Strasbourg, pour lequel je pars désormais presque tous les ans en mission à l'étranger. Je ne connais que ça, je n'ai pas de diplôme qualifiant, pas de passion autre que le sport que je pratique quotidiennement, pas de talent caché. En fait, j'ai grandi autour des règles strictes de l'armée, et je me rends compte petit à petit que je ne me connais pas moi-même.

Qu'est-ce que je suis, en dehors de l'armée ? Et cette personne-là, est-ce que quelqu'un en voudra un jour ?

J'ai les mains qui brûlent, le dos qui me fait souffrir le martyre et pourtant je continue de frotter frénétiquement toutes les surfaces, respectant les demandes incongrues de mes clients. Je suis éreinté aujourd'hui, plus que d'habitude, et ma patience est mise à rude épreuve. Accepter un contrat de plus… où avais-je la tête ?

Je savais que ça allait coincer, je savais pertinemment que mon corps, en plus de mon esprit, ne pouvait pas en subir plus. Pourtant, l'argent me faisant cruellement défaut, je n'ai pas trouvé d'autre alternative. Les nombreux CV et lettres de motivation que j'ai transmis à toutes les boîtes commerciales du coin n'ont toujours pas reçu de réponse favorable et je ne peux me permettre d'attendre indéfiniment que le miracle me tombe dessus. Je suis du genre à penser que pour quelque chose de bien nous arrive, il faut se remuer pour aller le chercher !

Les seuls jobs pour lesquels je suis accepté sont ceux pour lesquels je n'ai pas été formé, un comble quand on y pense !

— Monsieur Tómasson ? m'interpelle soudain une voix qui ne devrait pas se trouver là.

— Oui, Madame Blanc ? me retourné-je, un brin surpris.

La cliente a l'air en colère, elle a les bras croisés sur sa petite poitrine ornée de bijoux scintillants, ses doigts manucurés tapotant son coude comme si elle contenait sa rage. Qu'est-ce qu'elle va me sortir encore ?

Je travaille pour son mari et elle depuis deux semaines seulement et elle a déjà trouvé le moyen de m'en foutre plein la tronche pour tout un tas de conneries. Je sais faire le ménage, je n'ai pas besoin d'une liste et d'un plan détaillé pour savoir comment nettoyer un appartement aussi impersonnel que froid.

— Je vois que vous avez attaqué la cuisine…

Elle laisse traîner volontairement la fin de sa phrase, espérant sans doute que je devine le problème seul, pour ne pas avoir besoin de l'expliquer et d'affronter le conflit. Classique.

— Effectivement, réponds-je en prenant sur moi pour ne pas exploser.

— Oh et vous trouvez ça normal, donc ? Il n'y a rien qui vous choque ? Rien qui vous ennuie ?

Dans une autre vie, j'aurais jeté l'éponge sur le plan de travail, balancé les produits à travers la pièce et lui aurais craché ses quatre vérités en pleine figure. Seulement, je ne peux pas, j'ai terriblement besoin de ce job et de l'argent supplémentaire qu'il m'apporte. Et puis… je ne suis plus ce mec-là. J'ai grandi, mûri, j'ai appris à contenir mes frustrations à défaut de les évacuer autrement.

— Je vous demande pardon, Madame Blanc, je ne suis pas sûr de comprendre.

— Vous n'avez pas fait la salle de bain ! Incapable ! me hurle-t-elle, pointant son doigt orné de bagues vers moi.

C'est trop, putain ! Qui croit-elle être pour me parler de la sorte ? Où se croit-elle ? Certes, c'est elle qui m'emploie et elle doit recevoir un service irréprochable, mais elle n'a pas à me parler comme une merde ! Je ne suis pas un paillasson que l'on écrase de ses souliers dégueulasses !

Je serre les mâchoires autant que les poings pour me retenir d'exploser, je dois garder la tête froide, l'esprit clair. Et mon job.

— J'ai vaporisé du produit dans la douche ainsi que la baignoire et les vasques, je le laisse agir avec le bicarbonate de soude, comme c'est inscrit sur la fiche, expliqué-je le plus calmement possible. Dans cette attente, j'ai voulu avancer dans mon travail en commençant la cuisine.

— Oh, donc vous êtes un de ceux-là… constate-t-elle, méprisante.

— Un de ceux-là ?

Nom de Dieu, je vais me briser les dents à force de les serrer comme ça. J'inspire et expire discrètement, déterminé à ne pas exploser, bien que ça devienne de plus en plus compliqué.

— Un tire au flanc qui ne pense qu'à finir sa journée plus tôt ! Un vaurien !

Putain de merde, là c'est vraiment trop et je ne peux pas laisser passer une telle chose. Ce que les autres pensent de moi en général ne m'atteint pas vraiment, mais là, ces mots me foutent en rogne et malgré toutes mes tentatives pour garder mon calme, j'explose. Et ça fait mal.

— OK, donc en plus d'être une grosse connasse égocentrique qui passe sa journée à se contempler le nombril et à dépenser l'argent de son mari, vous êtes aussi une vipère à la con exigeante et débile ? Sympa l'ambiance !

Je balance l'éponge, donne un coup de coude dans le vaporisateur à ma droite qui s'ouvre sur le carrelage et contourne l'îlot central sous ses yeux ébahis et apeurés. Elle tremble comme une feuille, certainement convaincue que je vais la frapper, encore plus conne que ce que je croyais !

— Sachez, Madame Blanc, que quand on n'est pas capable de s'occuper de son propre ménage alors qu'on n'en branle pas une de la journée, on perd le droit de juger le travail d'autrui, qu'on ne comprend évidemment pas. Ce que je souhaite faire, c'est gagner du temps pour filer d'ici le plus vite possible, non pas pour me branler les couilles sur un canapé, mais pour rejoindre mon deuxième boulot.

— Mais…

Elle tremble de plus belle, à mesure que je m'approche d'elle, sa peur devient terreur.

— Nous n'avons pas tous la chance d'avoir épousé quelqu'un de riche qui subvient à nos besoins. Moi, qui fais partie du petit peuple, je me démène du matin au soir pour pouvoir bouffer à ma faim. Alors avant de l'ouvrir, apprenez à regarder plus loin que le bout de votre putain de nez refait !

Sur ces mots assassins qui ne me ressemblent aucunement, je la dépasse, récupère mon sac à dos dans l'entrée ainsi que mon manteau et claque la porte en partant. Mes pas martèlent le sol jusqu'à l'extérieur du bâtiment, mon cœur bat à un rythme effréné et je peine à remettre mes idées en ordre autant qu'à enfiler mon foutu blouson. Pourtant, il faut que je le fasse vite — remettre mes idées en place, pas forcément me couvrir —, je dois impérativement appeler mon patron avant que la vieille rombière me devance.

Je sors mon téléphone de ma poche, les mains tremblantes et lance l'appel très rapidement. Qu'est-ce que je vais lui dire au juste ? Que j'ai perdu patience et m'en suis pris à une cliente ? Que je n'ai pas su rester à ma place ? Merde ! Il m'a déjà dans le collimateur et je crains qu'il ne soit pas très compréhensif. Tant pis, je dois me défendre et faire valoir mes droits !

— Allô ?

— Allô, Thierry, c'est Simon. Euh… écoute, je t'appelle parce que j'ai eu, euh… un petit…

— T'embête pas, je suis déjà au courant.

Putain, la garce n'a pas perdu de temps !

Je soupire et me passe une main sur le visage, attendant la

sanction. Elle s'annonce terrible, j'en suis certain.

— Qu'est-ce qui t'a pris, bon sang !

Ce n'était pas une question, même si la formulation laisse entendre le contraire, l'intonation est sans équivoque. Putain…

— Je suis vraiment désolé, Thierry, je ne pouvais plus accepter de la laisser me traiter comme elle l'a fait. Je ne dis jamais rien, je réponds à toutes sortes d'exigences, tu le sais, mais me faire insulter ainsi… ce n'était pas possible.

— Insulter ? Ce n'est pas ce qui m'a été rapporté. Elle t'a gentiment demandé de nettoyer la salle de bain en priorité et tu es devenu fou, selon ses dires. Tu sais que le client est roi, il doit obtenir le service pour lequel il paie !

Putain, mais sérieux ?! Dans quel monde on vit pour que les gens soient encore capables de faire de telles choses ? Ne pas assumer d'être une grosse connasse passe encore, mais mentir pour se couvrir et se faire passer pour un ange, je ne peux plus supporter ce genre d'agissements !

— Je t'assure que ça ne s'est pas passé ainsi. Tu commences à me connaître, tu sais que je suis conciliant et que je fais toujours ce qui m'est demandé sans râler.

— Oui, mais je sais aussi que ça fait plusieurs fois que je dois te rappeler à l'ordre.

— Pour des conneries, Thierry, putain ! crié-je, malgré moi.

Le problème, c'est que je ne suis pas encore calmé et que je suis en train de m'enfoncer plus profondément dans ma merde. J'en ai conscience et à force d'aller et venir sur le trottoir, je réalise que mon idée n'était pas forcément la meilleure. J'aurais dû attendre d'être apaisé avant de passer ce coup de fil.

— Apparemment, elle n'était pas loin de la vérité… soupire-t-il.

— Quoi, tu crois vraiment que je suis fou ?! m'emporté-je.

— Je constate juste que tu es dans un état… préoccupant. Alors, écoute, ce qu'on va faire c'est que tu vas prendre un petit temps pour toi. Je vais voir comment organiser le planning et te laisser quelques semaines pour te… calmer.

Mon sang ne fait qu'un tour, je ferme le poing et enfonce mes ongles dans ma paume, la rage coulant dans mes veines avec abondance.

— Non, tu sais quoi ? Va te faire foutre, Thierry ! Je me tire de ta boîte, comme ça, j'arrêterai de te causer des problèmes.

Sans attendre de réponse, je raccroche et me retiens *in extremis* de jeter mon smartphone sur le bitume.

— Putain de merde ! hurlé-je, attirant le regard des passants.

Il ne manquait plus que ça ! Je n'en reviens pas d'avoir cédé à ma colère, d'avoir laissé l'ancien moi revenir sur le devant de la scène. Je ne suis plus ce gars, je ne suis plus celui qui pète des assiettes et hurle sur ses proches. Je ne suis plus le petit con qui ne sait pas se maîtriser…

Et aujourd'hui, après six années passées à enterrer ce côté de moi, j'ai éradiqué tous mes efforts en une fraction de seconde. Je m'en veux tellement. Au-delà du fait que je déteste causer de la peine autour de moi et manquer de respect à autrui, je viens de perdre un emploi précieux qui me rapportait un peu plus de la moitié de mon salaire. Putain de merde ! J'ai été si con !

J'enfonce mon téléphone dans ma poche, rajuste mon sac à dos et quitte les lieux, observé par quelques-unes des personnes ayant assisté à mon pétage de plombs. En quelques foulées, je suis devant l'arrêt de bus où je fais les cent pas en attendant l'heure de son passage.

Comment je vais faire pour retrouver un emploi comme celui-ci ? Le service au bar seul ne suffira jamais et la boîte de nuit encore moins. Putain, j'étais déjà suffisamment enfoncé dans la merde, je n'avais pas besoin de ça !

En cet instant précis, je me déteste pour ce que je viens de faire. Certes, je ne dois pas me laisser traiter comme une merde, mais cela ne veut pas dire que je dois me permettre d'envoyer chier tout le monde comme ça. Bordel, quel con !

En soufflant, je sors mon téléphone, m'assieds sur le banc en métal froid et ouvre la seconde application que je déteste le plus : celle des petites annonces de travail.

Entre tenter de trouver la perle rare et le job idéal, je ne suis pas certain de savoir ce que je préfère. Toujours est-il que dans l'immédiat, c'est d'un travail dont j'ai besoin et que la femme parfaite attendra. Si tant est qu'elle se trouve de l'autre côté d'un téléphone.

Bon, voyons ce qu'on a… peintre en bâtiment, boulanger, charpentier, préparateur en pharmacie… Rien de rien, je ne peux pas postuler, les qualifications requises pour ces emplois me dépassent complètement.

Alors que je sens la déception se lier à l'angoisse de plonger dans une situation financière bien plus grave, mon regard est attiré par une annonce différente des autres.

« Recherche vendeur ou vendeuse pour tenir un stand sur le marché de Noël de Strasbourg.
Qualifications requises : aimer la période des fêtes, sourire et partager l'esprit de Noël avec les clients ! »

Je pouffe de rire. Je ne suis pas le mieux placé pour propager la joie de Noël, je ne suis pas du genre étoiles pailletées, guirlandes interminables et boules scintillantes, mais sourire ne me semble pas insurmontable. Et puis, travailler tous les jours sur ce stand pendant toute la durée du marché peut m'apporter énormément autant financièrement que socialement. Les commerçants ont l'habitude de s'échanger les coordonnées des bons employés, si je réussis à faire mes preuves — ce dont je ne doute absolument pas vu les exigences de l'annonce — alors ce sera tout bénef' pour moi !

Mon bus arrive, je fais une capture d'écran de l'annonce et grimpe dedans. Dès que j'arrive au bar, j'appelle !

J'ai perdu un job aujourd'hui, il est temps d'en décrocher un autre !

4
Nina

Deux semaines se sont écoulées depuis que le capitaine Mancini m'a parlé du déploiement en Afghanistan prévu dans quelque temps. Je suis toujours aussi perdue, et la conversation que j'ai eue avec lui il y a quelques jours n'a rien arrangé.

J'ai osé aller le voir pour lui parler de ce qui me contrariait, je lui expliquais que je commençais à avoir des doutes, que je n'avais plus vraiment le cœur à partir et que j'angoissais même à l'idée de passer à côté de ma vie. S'il a d'abord commencé son monologue en me rappelant ce qui aurait dû me remotiver — les raisons qui m'ont poussée à m'engager, défendre et représenter le pays — il a quand même terminé en me parlant d'être humain à être humain, à défaut de capitaine à lieutenant. Sa phrase résonne en boucle dans ma tête nuit et jour. « *Le simple fait que vous ayez un doute devrait vous mettre la puce à l'oreille, rien ne doit vous sembler imposé* ».

Je sais qu'il a raison, mon corps réagit bien trop violemment quand je songe à repartir. Mon estomac se noue et la nausée monte.

Mon angoisse me fige et m'empêche d'être compétente dans tout ce que j'entreprends. C'est à peine si j'arrive à respirer correctement. Mon corps rejette ce départ, je devrais peut-être l'écouter. Car si je pars et que je le regrette, je ne pourrais jamais regagner ces mois loin de ma famille que j'aurais manqués et je pourrais même mettre en danger inutilement, mon équipe et moi-même.

Le capitaine Mancini m'a alors donné cinq jours pour réfléchir et lui fournir ma réponse. Il n'a pas mis les mots dessus, mais je sais qu'il n'attend pas mon feu vert pour partir, il attend de savoir si je vais mettre fin à mon contrat ou non. De toute façon, je n'ai pas à décider de mes départs, seul le renouvellement de mon contrat m'appartient. Une fois engagée, j'en ai accepté les termes et ces derniers sont clairs : un séjour outre-mer ne se refuse pas. Trop longtemps, j'ai prétendu être aveugle, la réponse est évidente et se trouve sous mes yeux. Seulement la peur de sauter dans l'inconnu me paralyse et m'empêche de la saisir.

Étrangement, penser à tout quitter ne m'angoisse pas autant que ce séjour en Afghanistan, et pourtant Dieu sait à quel point je serais perdue si je n'avais plus l'armée. Si je perdais tous ces repères que j'ai depuis dix ans et qui ont façonné la personne que je suis devenue aujourd'hui. J'y fais de plus en plus attention, mais je me rends compte que tout dans mon quotidien me vient de mon métier : la façon dont je plie et repasse mes draps, la façon de lacer mes chaussures, mon goût prononcé pour l'ordre et le rangement, tout aligné au millimètre près, même jusqu'à ma retenue et ma froideur envers les autres êtres humains, comme si j'érigeais une barrière entre eux et moi. Alors, comment tout quitter du jour au lendemain ?

Je suis en mission Vigipirate aujourd'hui au marché de Noël du centre pour le jour d'ouverture, peut-être est-ce la façon du capitaine Mancini de me permettre de réfléchir et de revenir aux bases en m'assignant une dernière mission sur place, moins exigeante. Demain, je devrai donner la réponse à cette question pas tout à fait formulée, mais qui hante mes pensées.

Je resserre mon FAMAS[4] contre moi, la main posée sur la crosse et l'autre sous le canon. Mes yeux scrutent la grande place où une multitude de chalets en bois se dressent désormais, tous décorés de guirlandes ou de boules aux couleurs de Noël. J'analyse tout, cherchant le moindre détail qui pourrait montrer que quelque chose mérite notre intervention ou tout simplement dissuader. Je détaille les personnes que je croise, essaye de deviner si leurs gros manteaux cachent une quelconque arme ou bombe.

Malgré le froid, ils sourient tous et s'émerveillent devant les devantures des chalets : bijoux faits main, crêpes chaudes, vins, décorations, et tout un tas d'autres réjouissances. Certains s'arrêtent pour prendre une photo devant le sapin géant au bout d'une allée et je les observe discrètement en faisant le tour du marché pour la deuxième fois. Des parents qui prennent en photos leurs enfants, des couples qui font des selfies, plus amoureux que jamais, ou encore des jeunes qui photographient l'arbre pour le poster sur les réseaux.

Je pousse un soupir, je les envie. Pas ceux qui passent leur vie sur Instagram ou encore Facebook, mais plutôt ceux qui ont quelqu'un avec qui partager ce moment. Je me tourne discrètement vers l'officier Drancy à mes côtés qui martèle le sol de ses rangers. Je ne partage pas ce moment de vie avec lui, je ne partage pas ma vie privée avec, du moins pas de la façon que je recherche, seulement cette mission. Nous marchons par équipe de deux en faisant le tour du marché, un autre binôme en renfort de l'autre côté du marché et une équipe détachée dans une autre rue, en cas d'intervention.

Comme chaque année, la sécurité est la priorité pour le marché de Noël, qui accueille des milliers de civils. Si je faisais ce genre de mission au début de ma carrière et ponctuellement, je ne pensais pas que ma dernière soit aussi banale qu'ennuyeuse.

— Ça va, Walter ?

Je force un sourire sur mon visage, ce qui fait tirer encore plus

---

[4] Fusil d'assaut de l'armée française.

mes cheveux plaqués en arrière en un chignon parfait et manque de m'arracher une grimace. Il me tarde de rentrer et de les relâcher.

— Oui, pourquoi ? lui demandé-je, le regard toujours porté devant moi.

— Il y a des bruits qui courent sur la base.

— Qui sont ?

— Que tu veux nous quitter ?

Je jette un œil dans sa direction et nos regards se croisent. Ses yeux couleur charbon se plantent dans les miens, et au lieu d'y voir de la colère ou du ressentiment, j'y vois de la compassion. Si nous n'étions pas en mission et entourés de centaines de personnes, j'aurais presque les larmes aux yeux.

— Je n'ai pas vraiment pris de décision encore, et depuis quand tu écoutes les rumeurs ?

— Depuis que ma camarade préférée pense à tout plaquer.

— On pourra toujours se voir dans le civil, tu sais.

Son regard se détache du mien et il scrute la foule. Il contracte sa mâchoire rasée à la perfection et mon cœur se serre. Nous nous connaissons depuis sept ans maintenant, il est celui dont je suis le plus proche sur la base, celui en tout cas à qui j'ose parfois me confier sur la vie militaire, sans filtre et sans craindre qu'il aille tout répéter. J'ai fait quelques missions à l'étranger avec lui et nous nous sommes beaucoup rapprochés. D'une certaine façon, le fait que ce soient ses parents qui l'aient forcé à s'engager et le fait que je pense à enfin partir, nous rapproche encore un peu plus. J'ai le choix qu'il n'a pas.

— Oui, soupire-t-il, si tu ne m'oublies pas.

— Je t'enverrai des colis pleins de bonne bouffe d'ici quand tu seras là-bas, lui réponds-je en lui faisant un clin d'œil.

— Merci, enfin quelqu'un qui pense au bonheur de mon estomac. Tu dis que tu n'as pas vraiment pris de décision, mais ça m'en a tout l'air.

Il passe la main sur le côté de son crâne rasé pour remettre en place son oreillette. En l'observant, je revois toutes nos soirées, étouffés par la chaleur de l'Afrique, à chanter sur n'importe quelle musique et nous moquer du regard épuisé des autres. En y regardant de plus près, je me demande si j'aurais tenu aussi longtemps s'il n'avait pas été là. Est-ce que j'aurais supporté les remarques machistes, ceux pleins d'envie et la jalousie des autres, si je n'avais pas trouvé une personne qui ne prêtait pas attention à tout ça, qui me défendait au risque de se prendre une remontrance.

— Je parle déjà comme si c'était fini.

— Alors tu as ta rép…

Nous sommes coupés par une voix grésillante dans notre oreillette. Je décolle mes doigts du canon et les porte à mon oreille, pour mieux entendre. Le rythme des battements de mon cœur s'accélère, je suis hyper concentrée et toutes ces histoires d'armée, de mission et de famille s'estompent aussitôt pour ne laisser la place qu'à la marche à suivre. La voix du commandant de mission se veut urgente et me met en hyper alerte, il se passe quelque chose.

Mes yeux passent du couple qui mange une crêpe au chocolat à ma gauche, au petit chien étouffé au milieu de la foule face à moi et à l'homme accoudé devant un chalet, en pleine discussion à ma droite.

— *Sac suspect repéré derrière un chalet dans l'allée trois. Évacuez la place immédiatement et sécurisez les lieux.*

Dans un mouvement coordonné, Drancy et moi avançons et suivons les ordres qui nous ont été donnés. Je m'avance vers les passants et leur demande, gentiment, d'évacuer les lieux. Le but premier étant de ne pas créer de panique et de mouvement de foule, ce qui retarderait l'évacuation. Certains nous écoutent, et d'autres ne comprennent pas de suite. Il suffit cependant qu'ils baissent les yeux sur nos armes pour qu'ils obéissent, les yeux écarquillés.

Je demande aux passants que je croise de se diriger vers l'extérieur du marché et m'avance vers les chalets pour demander à ceux qui y travaillent d'évacuer. Tous obéissent, sentant l'urgence et le sérieux avec lesquels je formule mes phrases. Je ne sens plus mes cheveux qui tirent, mes pieds qui me font mal à force de piétiner sur place ou encore mon cœur qui tambourine. Tout ce qui compte c'est de suivre les ordres et d'évacuer le plus vite et efficacement possible. Tout ce qui compte, c'est de sauver tout ce monde.

Tout se passait très bien, jusqu'à ce que j'arrive devant un homme assez grand, vêtu d'une casquette cachant son crâne aux côtés rasés de près et qui continue de rester planté sur place devant un chalet. Il regarde vers la droite, puis se retourne subitement vers moi.

Ses yeux clairs et bleus comme du verre croisent les miens. Mon cerveau se déconnecte l'espace d'une microseconde pour me dire qu'il a un regard magnifique et qu'il dégage quelque chose qui m'attire. Je me reprends en secouant la tête, ce n'est absolument pas le lieu ni le moment. J'ai peut-être perdu de précieuses secondes. Je m'avance d'un pas vers lui pour le rejoindre à travers la foule qui part dans le sens inverse.

— Monsieur, j'ai besoin que vous quittiez le marché, s'il vous plaît.

Il fronce les sourcils, je sens qu'il n'est pas du genre à suivre des ordres celui-ci. Il me détaille de la tête aux pieds, mais ne semble pas impressionné. Encore un qui doit penser qu'une femme militaire, c'est contre nature. Il hausse un sourcil, la mâchoire serrée.

— Pourquoi ?

— Il faut évacuer la zone.

— Il se passe quelque chose ?

Bon sang, il commence à me taper sur les nerfs celui-là, avec ses questions à la con. *Obéis et tais-toi !*

— Je ne peux pas vous communiquer cette information, mais il faut que tout le monde évacue.

Il scrute les alentours, les passants qui nous frôlent en marchant rapidement vers la sortie. Sa main droite vient frotter sa mâchoire carrée couverte d'une barbe soignée. J'oblige mes yeux à arrêter de le mater de la sorte alors qu'il n'écoute rien à ce que je lui ordonne.

— Je récupère mes affaires et je pars.

Il commence à se retourner, mais je lui empoigne le bras, sans réfléchir.

— On n'a pas le temps, il faut partir sur-le-champ !

Je sens le rouge me monter au visage tellement je bouillonne. S'il se passait quelque chose que je ne pourrais pas empêcher juste parce que monsieur a besoin de récupérer son sac, sûrement plein de protéines vu ses muscles, je ne me le pardonnerais jamais. Il faut que je l'oblige à me prendre au sérieux.

Il regarde ma main sur son avant-bras, puis me lance un regard noir. Je la retire vivement sous le poids de sa menace muette.

— J'en ai pour deux secondes, je travaille juste derrière… et puis, je dois verrouiller le chalet…

— Je m'en fiche ! Il faut partir maintenant, le supplié-je presque.

Je regarde autour de moi, les trois quarts ont évacué, mais je perds un temps fou avec ce borné. Avant de perdre un peu plus mon sang-froid, j'essaye de le raisonner.

— Monsieur ?

— Tómasson.

— Monsieur Tómasson, je suis le lieutenant Walter. Il nous a été communiqué une urgence qui nécessite de quitter les lieux immédiatement avant l'arrivée de démineurs. Pouvez-vous coopérer et partir, s'il vous plaît.

Les mots m'arrachent la bouche tellement j'ai envie d'étriper cet homme devant moi. Ce n'est pas sa belle gueule qui va le sauver si une bombe fait tout sauter. Il pouffe un peu avant de replonger ses yeux dans les miens. Il se fout de moi ?

— Pas la peine de me répéter la même chose en y mettant les formes, j'avais très bien compris la première fois. J'ai juste besoin de récupérer mon sac qui m'est hyper important. Si on n'avait pas perdu de temps à se répéter, j'aurais déjà eu le temps de le faire et de partir loin d'ici.

Son arrogance me fait inspirer fortement pour ne pas exploser. Certes, au fond, il a raison. Mais j'ai des ordres à suivre, et il ferait mieux d'en faire de même avant que je ne dérape.

— Vous pourrez le récupérer plus tard.

— J'en ai besoin maintenant !

Putain, mais qu'est-ce qu'il m'énerve ! Il a quoi de si important dans son sac ? Soudain, mes instincts reprennent le dessus. Et s'il était responsable de toute cette agitation ? Et s'il ne voulait pas partir, car c'est lui qui vient foutre le bordel ? La panique s'empare de moi et cette fois, je ne lui laisse plus la chance de me répondre.

— Monsieur, veuillez me suivre immédiatement si vous ne voulez pas avoir plus de problèmes.

Ses yeux s'arrondissent de surprise à cause du ton froid et autoritaire que j'ai employé. Il baisse le regard sur mes mains qui se resserrent plus fortement sur mon arme. Ses lèvres parfaites s'ouvrent légèrement, mais aucun son ne sort.

Finalement, il lève les mains en l'air, souffle fort et commence à me suivre vers la sortie. Je ralentis, me place à côté de lui et le suis pour ne pas le perdre. Il semble inquiet, se retourne vers les chalets, avant de me lancer le regard le plus noir que je n'ai jamais reçu.

C'est incroyable ! Cette putain de militaire avec son air autoritaire n'a clairement pas les mêmes problèmes que le commun des mortels ! Elle n'a même pas pris la peine de me comprendre, ou même de me proposer une solution. Et maintenant, je me retrouve à faire le pied de grue derrière une barrière en métal — qui soit dit en passant ne nous protégerait en aucun cas d'une quelconque explosion —, sans téléphone pour prévenir Matt, le boss du bar, et sans même avoir verrouillé le chalet ! Je n'ai même pas de monnaie sur moi pour prendre le bus et rejoindre mon prochain lieu de travail. Putain !

Ma montre m'indique que les heures défilent, les aiguilles me narguant de leur mouvement linéaire. Je danse d'un pied à l'autre, faisant craquer mes articulations sous l'effet du stress. Nom de Dieu, ils en ont encore pour longtemps ? Ne peuvent-ils pas embarquer la fichue bombe pour la désamorcer ailleurs ? Loin du chalet dans lequel je bosse, de préférence.

Quel idiot je fais, je suis tellement obnubilé par mes propres problèmes que j'en occulte le danger que représente une telle situation.

Je jette un coup d'œil autour de moi, nous sommes tous entassés, l'inquiétude tordant les traits de beaucoup de personnes présentes. Nous pourrions tous mourir. Nous aurions tous pu mourir.

Ma frustration s'atténue un peu, la peur de voir tous ces innocents perdre la vie prenant le pas sur le reste. Merde, quel égoïste je fais quand je m'y mets ! Je n'en reviens pas d'avoir été aussi concentré sur mes problèmes, aveuglé par ma petite personne.

C'est ce moment précis que choisit la militaire pour s'approcher de l'endroit où je me situe, rejoignant l'un de ses collègues. Je n'entends pas ce qu'elle lui dit, mais je profite que son regard croise le mien pour lever la main et l'interpeller.

— Vous avez encore un souci, Monsieur Tómasson ? me demande-t-elle d'un ton qui n'appelle pas de réponse.

— Je… euh, je…

Ben merde ! Qu'est-ce qui me prend ? Je ne sais plus aligner deux mots ou quoi ? Serait-ce son visage fin ou ses yeux sublimes qui me mettraient dans un tel état ? Non, les femmes en uniforme, pas ma came. Surtout quand ledit uniforme comprend une arme à feu.

— Je voulais juste savoir si ce sera bientôt terminé ?

Ma question, posée à la place des excuses que je devrais présenter, fait soulever d'autres interrogations du même genre autour de moi et, en un rien de temps, un brouhaha incontrôlable s'élève de la foule. *Bien joué, Simon…*

— Mesdames et Messieurs, s'il vous plaît un peu de calme ! tonne Walter.

Madame Walter ? Mademoiselle ? Honnêtement, ainsi vêtue, je peine à lui attribuer un truc du genre.

— Veuillez rester calmes, je vous prie ! Nous aurons bientôt des informations à vous communiquer !

La foule ne se tait pas, les interpellations bruyantes en plus des personnes qui râlent tout simplement deviennent insupportables. Walter — nom de famille, je suppose ? — me jette un regard noir, un de ceux qu'il n'est pas bon d'affronter. Et merde, elle sera encore moins disposée à m'aider avec mon sac désormais.

Je soupire et passe une main sur mon visage, puis demande à mes compagnons d'infortune de se taire.

— Nous plaindre n'accélérera pas les choses, nous devrions écouter les soldats et faire le silence.

— Mais cela fait déjà plus d'une heure et demie que nous attendons sans avoir d'infos ! râle une femme sur ma droite.

— Et nous faisons tout notre maximum pour vous en donner, assure Walter, ses mains en évidence, placées pour rassurer.

— Votre maximum c'est vous pavaner devant nous, c'est ça ? Vous ne devriez pas déjà être en train de procéder à une arrestation ? s'insurge un homme sur ma gauche.

— Oh, allez, mec, laissons-les faire leur taf et prenons encore sur nous quelques minutes, tu veux ? suggéré-je pour calmer la mer que j'ai déchaînée.

Le gars me toise malgré sa petite taille et finit par hausser les épaules, en se taisant. L'avantage d'être grand, c'est qu'il suffit bien souvent de se montrer impressionnant, pas besoin d'en venir aux mains.

Je pivote et retrouve le regard de la militaire, elle semble abasourdie, ce qui me fait sourire malgré moi. Pendant une seconde, j'ai l'impression que quelque chose se passe. Un courant qui me traverse, mon sourire se fait plus franc et mon regard se perd dans l'intensité du sien. OK, les femmes en uniforme ce n'est pas du tout mon truc, mais il faut avouer qu'elle en a un en plus. De truc, hein. Un regard marron très clair, des cheveux bruns dont j'ignore la longueur vu la coiffure, des dents alignées, de prime abord rien de très extravagant et innovant non plus. Mais son physique provoque une réaction chez moi.

Elle a un visage… de poupée. Fin, doux — malgré l'air revêche qu'elle arbore —, avenant et compatissant. Ces qualificatifs ne correspondent en rien à l'image qu'elle renvoie, je me demande bien à quel moment elle retire son masque. Si elle l'enlève de temps en temps. À bien y réfléchir, vu le métier qu'elle fait, ce n'est pas étonnant qu'elle se construise une telle carapace, une femme dans un milieu d'homme doit toujours redoubler d'efforts pour faire ses preuves. Ce qui est stupide, soyons réalistes.

Notre échange de regard est interrompu par une voix sortant de sa radio. En un instant, elle pivote et ajuste son oreillette, dissimulant ainsi toutes les informations qui pourraient lui être transmises.

Les murmures s'élèvent de nouveau autour de moi, moins agacés et violents, ils transpirent l'inquiétude et la peur embaume bien vite le trottoir sur lequel nous avons été évacués. Non loin de là, je remarque deux enfants, âgés de moins de dix ans. Engoncés dans leurs anoraks, ils s'agrippent à la barrière métallique comme si leur vie en dépendait, comme s'ils s'attendaient à voir débarquer leur superhéros préféré d'une minute à l'autre. Ils sont bien les seuls à posséder un tel regard, empli d'espoir et d'innocence.

Mon cœur se serre, je réprime les émotions que ces gosses font naître en moi et reporte mon attention sur Walter.

Elle secoue la tête, se massant le front avec un air de dépit imprimé sur le visage. Je sens sa frustration m'atteindre et, malgré moi, je laisse la peur se frayer un chemin dans mon cœur. Je n'ai certes pas entendu d'explosion, mais j'espère sincèrement que tout le monde est sauf.

— Reçu, Caporal, répond-elle à sa radio avant de se tourner vers son collègue.

Ce dernier soupire et laisse finalement échapper un petit rire qui me rassure instantanément. Il ne plaisanterait pas si quelque chose de grave s'était produit.

— Mesdames et Messieurs, vous allez pouvoir accéder de nouveau au marché d'ici vingt minutes. La zone est dégagée et le danger écarté, déclare Walter d'une voix forte.

Un flot d'applaudissements retentit, enserrant mon cœur et faisant vibrer ma cage thoracique. Un poids s'en retire et je respire à pleins poumons avant de claquer mes mains l'une contre l'autre, en rythme avec la foule. Tout va bien, tout le monde est en sécurité, c'est tout ce qui compte.

Enfin, ce qui importe aussi c'est que je vais enfin pouvoir récupérer mon sac, mon téléphone et mon argent, fermer le chalet afin de filer au bar. Pourvu que mon bus ne soit pas passé quand j'arriverai à l'arrêt !

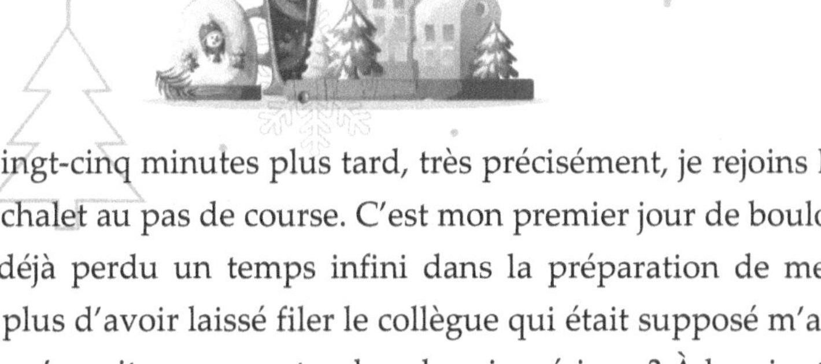

Vingt-cinq minutes plus tard, très précisément, je rejoins le chalet au pas de course. C'est mon premier jour de boulot ici et j'ai déjà perdu un temps infini dans la préparation de mes tâches, en plus d'avoir laissé filer le collègue qui était supposé m'aider. Ce con n'aurait pas pu rester dans le coin, sérieux ? À la minute où nous avons été évacués, je l'ai vu quitter la zone en faisant tinter ses clés de bagnole. Je savais que j'aurais dû le rattraper ! Maintenant, je me retrouve coincé, obligé de terminer la préparation en dépit de l'heure.

Dans mon sac à dos, j'attrape mon téléphone et appelle Matthieu, le patron du bar dans lequel j'ai un service dans moins de… quarante minutes.

— Simon ?

— Oui, je t'appelle, car je vais avoir un peu de retard, ça ne te pose pas de problème ?

— Disons que ça ne m'arrange pas des masses, mais bon… Que se passe-t-il ? Problème de transport ?

— Alerte à la bombe au marché où je bosse, on a dû évacuer la zone pendant près de deux heures et je dois rattraper le retard avant de venir, réponds-je tout en m'activant dans la petite cabane.

— Merde, aucun blessé ?

— Nope', mais c'était assez stressant. Militaires et compagnie, tu vois le genre.

— Ouais. Bon, écoute, viens quand tu peux, mais ne tarde pas trop non plus, s'il te plaît. Melissa a choppé la grippe et ne pourra pas assurer ce soir.

— Je fais au plus vite quitte à venir en courant.

— Déconne pas, j'ai besoin d'un serveur sur deux jambes, va pas te péter une cheville, plaisante-t-il.

Je ris et le remercie rapidement pour sa compréhension avant de passer la quatrième vitesse. J'agence les bouteilles de vin, range les cartons, finis d'accrocher les guirlandes et ajuste les derniers présentoirs. J'ai clairement fait à l'instinct, peu sûr de savoir si tout sera correct puisque mon collègue — dont j'ai oublié le nom — n'est pas là pour m'indiquer la marche à suivre.

Non loin du tiroir-caisse je trouve un paquet de Post-its et choppe rapidement un stylo pour y noter un petit quelque chose à l'attention des patrons. Hors de question de me faire virer le premier jour pour une erreur qui ne m'incombe pas. Évidemment, je tais le fait que l'autre type m'a laissé tomber et n'évoque que l'alerte à la bombe, m'excusant de ne pouvoir rester plus longtemps pour mieux préparer le chalet.

Ce soir, Monsieur et Madame Braun, viendront tenir la boutique éphémère pour la soirée spéciale d'inauguration. Je me serais bien proposé de le faire, mais ils ont, semble-t-il, une véritable passion pour Noël et souhaitent partager cette soirée en famille. Ce que je respecte et qui me permet d'accumuler un second emploi et donc un salaire supplémentaire.

Mon petit mot laissé en évidence, je quitte le chalet après l'avoir fermé à clé. Je cours à petites foulées pour rejoindre l'arrêt de bus le plus rapidement possible quand je tombe sur la militaire. Je manque de peu de la renverser et me retiens de tomber in extremis.

— Eh bien, vous semblez pressé ! me lance-t-elle.

— Oui, j'ai un bus à attraper, me justifié-je sans en comprendre la raison.

Cette femme me perturbe, sa beauté diffère avec l'air qu'elle se donne, rendant le paradoxe saisissant.

— Vous avez récupéré votre sac, je vois.

Je serre entre mes doigts la bretelle de mon sac à dos, lui jetant un rapide coup d'œil. Comme si je découvrais son existence et sa présence.

— J'aurais aimé pouvoir vous remercier pour ça, mais malheureusement je ne peux pas, rétorqué-je d'un ton un peu plus froid que je ne le souhaitais.

Elle pince les lèvres, les yeux plissés dans ma direction. Ses mains se serrent sur son arme, serait-ce une façon de vouloir m'effrayer ? M'intimider ? Ou alors trouve-t-elle dans ce geste le réconfort qui lui manque quand elle perd le contrôle ?

— Je croyais que vous aviez un bus à prendre, Monsieur Tómasson ?

— C'est le cas, Madame Walter. Bonne soirée.

Sur ces mots — que je me surprends moi-même à prononcer —, et sur son air ahuri, je m'éloigne et reprends ma course folle contre la montre, râlant contre moi-même pour ces quelques secondes perdues à jouter verbalement. Il me semble l'entendre murmurer un vague « *Lieutenant Walter* », mais ce n'est pas assez clair pour que je l'affirme.

Pourquoi me suis-je donné cette peine ? Je n'ai fait que gaspiller mon temps avec elle et, malgré ma joie de l'avoir autant perturbée, je regrette de ne pas avoir simplement su l'ignorer.

L'étincelle du défi, le goût du risque ou je ne sais quoi m'a poussé à la titiller, juste pour effacer de son visage l'air suffisant qui ne lui va pas. Enfin, qu'est-ce que je dis, je ne la connais même pas. Pour autant que je sache, ça pourrait être une grosse connasse égocentrique et malpolie, ce que je prends pour un masque n'est peut-être que sa véritable personnalité.

Et pour ce que j'en ai à foutre ! Pour le moment, j'ai plus urgent à penser et c'est lorsque je vois le bus se décaler sur le côté, que j'accélère le rythme et que, en dépit de tous mes efforts, j'assiste impuissant à son départ que la frustration gagne en puissance. Quelques secondes ont suffi à me faire louper mon moyen de transport.

Satané militaire !

6

Nina

on stylo à bille frotte contre le papier blanc et dessine des mots que mes supérieurs liront. Je me redresse, relis la dernière phrase que j'ai écrite et soupire. Je froisse le papier dans mes mains et le lance vers la poubelle, à l'autre bout de la pièce. Une chose est sûre, basketteuse professionnelle n'est pas le job parfait pour ma reconversion.

J'attrape ce qui doit bien être la quatrième feuille de la journée pour recommencer à rédiger mon compte-rendu. Les sourcils froncés, le cœur en miettes et le poignet qui me brûle, j'aligne les mots les ressentant avec fracas. Ma décision est prise, mais je n'ai jamais été aussi incertaine. Mettre dix ans de carrière derrière soi, ça fout une claque monumentale dans la tronche !

Je finis une nouvelle fois, me relis. Là, je pense que je n'ai pas fait d'erreur. Hier, j'ai dit au capitaine Mancini que j'allais mettre fin à mon contrat, malgré mon amour et ma servitude pour ce pays. Bien que mon cœur penche dans la balance des deux côtés, il se rapproche désormais plus vers ce que Drancy appelle la liberté, mais ce que je nomme le saut dans le vide. Il faut donc que je fournisse un compte-rendu à mes supérieurs pour mettre fin à mon contrat dans l'armée de terre.

Je ravale la boule dans ma gorge et me répète que c'est pour le mieux. Je vais avoir tellement plus de temps à consacrer à ma famille, mais surtout à moi-même. Me découvrir en dehors des règles strictes et savoir quelle femme je suis sans cet uniforme me semble être la priorité désormais. Je jette un œil à celui qui est en train de sécher sur mon étendoir. Je ne vais donc plus jamais le porter et en être digne ?

Mon téléphone vibre sur la table et me fait sursauter. « *Adelaïde Braun* » s'affiche sur l'écran et je souris. Ma mère sent quand j'ai besoin d'un peu de réconfort.

— Coucou, maman, alors la soirée d'inauguration ?

Si je lui parle de son entreprise, peut-être que je détournerais l'attention et n'aurais pas à parler de ce que je ressens.

— Tout s'est très bien passé, il y avait un monde fou, comme à chaque fois ! On aurait bien eu besoin d'une paire de bras en plus. Dis-moi en parlant de ça…

Mon ventre se contracte d'appréhension, je n'aime pas quand elle commence à prendre ce ton sérieux, ça veut dire que quelque chose ne va pas.

— Oui ?

— Je sais que tu dois être en plein questionnement maintenant que tu as pris ta décision, mais…

— Tourne pas autour du pot maman, dis-moi ce qu'il y a, s'il te plaît.

— Eh bien, je ne voulais pas que tu t'inquiètes inutilement, surtout après l'alerte à la bombe que tu as dû gérer.

— J'étais pas toute seule, tu le sais.

— Oui, mais quand même ! Tout ce stress n'est pas forcément bon. Enfin, bref ! Dorian n'est pas revenu depuis la première après-midi et il ne compte pas revenir. Il nous lâche complètement !

— Quoi ? Comment ça ? Mais il travaille pour vous depuis des années ! m'insurgé-je.

— Il est venu nous voir hier pour nous dire qu'il déménageait.

Je lève les yeux au ciel.

— Sérieusement ? Et il ne pouvait pas vous prévenir plus tôt pour que vous ayez le temps de trouver un remplaçant ?

— C'est ce qu'on lui a dit, mais bon, sa décision est déjà prise…

— Je suis désolée pour vous, maman. Vous allez faire comment ? Tu vas le remplacer pendant que papa gère la boutique ?

— Nina…

J'aime encore moins ce ton-là. Bon sang, il se passe quoi à la fin ?!

— Maman ?

— Tu sais comment je suis… maladroite et tout ça…

— Oui et ?

— Avec ton père, on a voulu faire un tour à la patinoire hier soir et disons que je suis une piètre patineuse.

— Ce qui veut dire ?

J'ai l'impression que je ne vais jamais connaître la véritable raison de cet appel téléphonique.

— Je me suis cassé le poignet en retombant sur la glace.

Je me lève d'un bond de ma chaise, surprise.

— Quoi ? Mais pourquoi tu ne me l'as pas dit de suite j'aurais pu venir ! Tu vas bien ? Tu es allée à l'hôpital ? Qu'ont dit les médecins ?

— Oui, ça va, plus de peur que de mal, mais mon poignet doit rester immobilisé pendant au moins quatre semaines, voire plus selon l'évolution.

Je soupire et me rassieds. Elle va bien, c'est tout ce qui compte. Je suis simplement sous le choc de l'apprendre seulement maintenant alors qu'on aurait pu me prévenir plus tôt. J'aurais pu me rendre utile.

— Je suis désolée de te l'annoncer comme cela, mais avec tout ce qui se passe dans ta vie en ce moment…

Je ne dis plus rien, parce qu'il n'y a rien à dire. Mes parents me soutiennent à cent pour cent, et même s'ils ne le disent pas, je sais que ça les rassure que j'arrête l'armée. Ils savent aussi à quel point ça me rend triste et m'angoisse.

— C'est pas grave, l'important c'est que tu ailles bien.

— Oui, oui, je vais bien. Mais… on n'a plus qu'une seule personne pour travailler au chalet maintenant. Tu sais que c'est impossible à gérer, avec tout ce monde.

— Oui, j'imagine. Vous allez vous organiser comment ?

— Quand est-ce que tu es libre ?

— Comment ça ?

Je ne comprends pas sa question et encore moins ce qu'elle vient faire ici. Est-ce qu'elle prend des antidouleurs qui lui font perdre la tête ?

— L'armée. Tu finis quand ?

— Techniquement, j'ai déjà fini. Enfin, je dois donner mon compte-rendu pour mettre fin au contrat et ce sera fait. J'y vais cette après-midi.

— Donc tu es libre ce soir ?

— Oui ? je laisse traîner la fin du mot, curieuse de savoir ce qu'il y a de si spécial à propos de ce soir.

Ont-ils prévu un repas en famille ?

— Super ! Alors je t'embauche.

— Hein ?

— Au chalet, Nina !

— Maman, tu peux être plus claire, je ne comprends rien.

— Eh bien, tu n'as rien de prévu ce soir, et nous n'avons plus personne pour nous aider sur le marché de Noël, alors je pensais que tu pourrais nous filer un petit coup de main, le temps de ma guérison.

— Oh !

Je comprends enfin et mon cerveau se met en marche. Travailler au chalet, vendre le vin et quelques gâteaux alsaciens, ça ne devrait pas être si difficile, non ? Pour un premier boulot après l'armée, non seulement je n'imaginais pas en avoir un aussi vite, mais encore moins dans cette branche-là.

— Et puis peut-être qu'en travaillant, ça te donnera des idées sur ce que tu voudras faire comme métier après.

J'ai l'impression d'être une cause perdue. Je déteste me sentir tellement paumée que même ma mère essaye de trouver des solutions pour moi. Pourtant, je ne peux pas me permettre de refuser quoi que ce soit à mes parents, surtout s'ils ont besoin d'aide et que cela me permet de m'occuper. C'est toujours mieux que l'Afghanistan, n'est-ce pas ?

— Je dois venir à quelle heure ?

Ma mère pousse un petit cri de joie dans le haut-parleur et je recule d'un pouce le téléphone de mon oreille pour ne pas finir sourde avant l'heure.

— Vers dix-huit heures trente ? Le nouvel employé, Simon, sera là, vous pourrez vous organiser.

— Ça marche, j'espère que ça va aller.

— Mais oui, ma chérie ! Et puis Simon est très gentil et mignon, donc pas de soucis. Je t'envoie par SMS l'emplacement du chalet.

Une fois de plus, je lève les yeux au ciel, cette fois avec un sourire aux lèvres. S'il y a bien quelqu'un qui veut que je trouve mon bonheur auprès de l'homme de ma vie, c'est bien ma mère. Être grand-mère une fois ne lui suffit pas, elle veut encore plein de petits enfants à pouvoir gâter.

— Soigne-toi bien maman, je t'envoie un message quand je suis rentrée de la base.

Nous nous disons au revoir et je raccroche. Ma lettre est toujours devant moi. Je la relis pour la énième fois.

Troquer l'uniforme pour un tablier de Noël, est-ce que je fous ma vie en l'air ?

Je range la lettre dans une enveloppe et vais prendre une douche. Quand j'en ressors, j'essaye de ne plus me remettre en question et d'aller jusqu'au bout de ce que mon cœur me souffle de faire depuis des mois. Ça me rend triste, oui. De tourner la page, de dire au revoir à tout ce monde qui était devenu le mien. Mais je sens au plus profond de mon être que c'est ce qu'il me faut, que c'est la voie que je dois prendre, même si elle est difficile.

J'attrape mes affaires, range l'enveloppe dans mon sac à main, descends les quelques marches de mon immeuble jusqu'à ma voiture noire et démarre. Ça fait des années que je ne suis pas allée sur la base en tenue de civil, et me voilà quelques minutes de trajet plus tard en train de marcher le long du bâtiment principal en jean, bottines à talons et cheveux relâchés le long de mon dos.

J'observe tout comme si c'était la première fois. L'ambiance qui se dégage des lieux — comme si les foulées des soldats retentissaient encore contre le bitume — me prend aux tripes. L'ordre qui y règne, l'odeur si particulière de terre et de sueur. Les quelques soldats qui entrent et sortent des bâtiments. Je dis silencieusement au revoir à tout ce qui m'attirait avant et me donnait une raison de me lever le matin. C'est à moi désormais d'en trouver une nouvelle.

— J'en connais certains qui vont apprécier ton départ !

Je sursaute en entendant cette voix dans mon dos et me retourne. Drancy se tient droit devant moi, un sourire aux lèvres et de la sueur sur sa peau d'ébène.

— Bonjour à toi aussi, officier Drancy. Qu'est-ce que tu veux dire par-là ?

— Si ton départ veut dire que tu viens te pavaner ici dans un jean moulant plutôt qu'un cargo informe, j'en connais qui vont se rincer l'œil et te le faire savoir.

Je rougis à ses mots. Non pas parce que Drancy me fait de l'effet, ça fait des années qu'on a mis au clair notre amitié, mais plutôt parce que je vais devoir m'habituer à voir les regards changer, ce qui est déjà le cas.

— Ils devront se rincer l'œil ailleurs alors, parce que je ne compte pas donner mon temps à un militaire.

Il porte ses mains à sa poitrine comme s'il avait été touché en plein cœur.

— Ouch ! Même pas moi ?

Je ris de bon cœur avec lui, puis il reprend son sérieux.

— Tu es sûre de toi, alors ?

— Ne me fais pas douter, j'ai changé trois mille fois d'avis. Je pense que cette fois, je ne peux plus reculer.

— T'as envie de reculer ?

Ses yeux noirs me scrutent, cherchent la moindre brèche, mais je tiens à lui prouver qu'il n'y en a pas.

— Non. Il faut que je parte, que je découvre autre chose, quoi que ce soit qui me plaise, autre que l'armée.

— Ça, ça va être dur, Walter, tu es née pour te dépasser, suivre les ordres et en donner.

— Il faudra bien que je trouve, d'ailleurs je commence à filer un coup de main au chalet de mes parents ce soir.

— C'est bien, au moins tu n'auras pas trop l'occasion de cogiter. Allez, va dans ce fichu bureau et abandonne-moi pour toujours !

— Qu'est-ce que t'es un *drama king*[5], je te jure !

Nous explosons de rire et je me détends légèrement, j'avais vraiment besoin de ça pour me redonner un peu de courage et ne pas fuir dans l'autre sens.

— On reste en contact, Drancy, d'accord ?

— Bien sûr, seulement si maintenant tu commences à m'appeler Ethan et que je peux enfin t'appeler Nina.

Je lui souris sincèrement, il n'y a plus de hiérarchie ou de règles à suivre entre nous désormais.

— À plus, Ethan Drancy.

Je l'entends rire dans mon dos et je me dirige enfin vers ce bureau froid qui signe la fin de tout.

Le capitaine Mancini m'accueille avec un sourire poli sur les lèvres et me demande de m'installer dans le fauteuil face à lui. Je ne

---

[5] Littéralement « *roi du drama* ».

sais pas à quoi je m'attendais, mais en tout cas je pensais que notre entrevue serait moins rapide. J'ai juste déposé mon compte-rendu, il m'a donné toutes les informations utiles dont j'avais besoin et je suis repartie comme si de rien n'était. Comme si je ne venais pas de prendre la décision la plus importante de ma vie.

C'est en pleurant un bon coup dans ma berline que je me gare près du marché pour commencer ce nouveau chapitre de ma vie. Tout va tellement vite ! J'essuie mes joues et mes yeux rougis du revers de la main, inspecte mon reflet dans le rétroviseur intérieur et sors prendre une bouffée d'air frais.

Quelques mètres plus loin, je passe l'arche sur laquelle est inscrit « *Strasbourg, capitale de Noël* » et marche vers le chalet que tiennent mes parents cette année. Je passe sur le côté pour ouvrir la porte latérale quand je percute de plein fouet quelqu'un à l'intérieur qui se met à jurer.

— Pardon, je…

Je lève la tête vers l'inconnu et mon cœur loupe un battement tandis que ma colère grimpe en flèche. C'est une blague, qu'est-ce qu'il fout là, celui-là ?

— Toi ! dis-je en le pointant du doigt.

Il hausse les sourcils, surpris par la colère qui m'anime soudain. Je dois admettre que je suis le suis également de ma réaction aussi forte.

— Quoi, moi ? T'as un problème peut-être ? lance-t-il sur la défensive.

Je vois que le respect n'existe plus, maintenant que je ne suis plus en treillis et une arme à la main. Elle me manque déjà !

— Oui, qu'est-ce que tu fais dans ce chalet ?

— Je travaille. Toi qu'est-ce que tu fais dans ce chalet ?

— Je travaille aussi. Tu es Simon ?

— Oui. Je travaille ici pour la saison.

— Moi aussi.

— Bien, dit-il, les lèvres pincées et le regard méfiant, avant de quitter le chalet pour faire je ne sais quoi.

Super, je sens que mon premier travail va être une partie de plaisir — ou plutôt, de torture — si je dois côtoyer ce naze à casquette
tous les jours.

Je n'ai jamais été chanceux, ce n'est pas quelque chose dont je peux me vanter. Mais alors, avoir la poisse à ce point-là, fallait y penser !

Quand Madame Braun m'a appelé pour me prévenir qu'une autre employée viendrait remplacer le déserteur, elle m'a seulement précisé que c'était sa fille et qu'elle arriverait après moi. J'étais loin de me douter que je tomberais sur elle, ou plutôt qu'elle tomberait sur moi. Elles n'ont pas le même nom de famille et comment j'aurais pu savoir que la militaire était mariée ? Vu son caractère, je salue le courage de ce pauvre homme.

À mon retour du van, où je suis parti chercher de nouvelles bouteilles de vin, je la découvre, plantée comme un piquet, ses yeux rivés sur les étagères que je viens d'agencer. Elle penche la tête d'un côté, puis de l'autre, gratte son menton et enfin soupire de mécontentement.

— Bon, qu'est-ce qui ne va pas ? Tu vas parler ou rester plantée là à souffler ? ne puis-je m'empêcher de demander tout en posant les caisses.

— Je te demande pardon ? s'indigne-t-elle.

— Ah, ça, c'est gentil ! J'accepte tes excuses, il ne m'en fallait pas moins pour atténuer la frustration. Mais ce n'était pas le sujet, là.

Elle fronce les sourcils, s'avance vers moi et s'arrête un peu trop près. Sa petite taille l'oblige à lever la tête et ce n'est qu'à cet instant que je remarque à quel point elle semble bien moins impressionnante sans son uniforme et son fusil. Je pouffe de rire quand elle commence à me pointer du doigt, ce qui lui fait clairement perdre ses moyens.

— Je peux savoir pourquoi tu te marres ?

— Pour rien, j'étais en train de me dire que, finalement, t'es pas si impressionnante que ça.

— Parce que tu crois l'être, toi ?

— Pas le moins du monde, et je n'essaye pas non plus de m'en convaincre.

Sans attendre, je me détourne d'elle et vide les caisses en bois, rangeant dans les frigos prévus à cet effet les bouteilles de vin. En-suite, je dois ranger les caisses empilées les unes sur les autres dans le fond du chalet. C'est minuscule ici, mais il faut agencer l'espace dans le but d'y voir clair et de pouvoir accéder à tout ce dont nous pourrions avoir besoin pour satisfaire les clients.

Dans mon dos, je l'entends soupirer bruyamment. Soit elle fait exprès pour me provoquer, soit elle ne se rend pas compte qu'elle est chiante. Je ne relève pas, je reste silencieux et continue de ranger les caisses, puis m'attaque à l'énorme rouleau de papier cadeau.

Hier soir, les patrons — les parents de la militaire, donc — ont fait l'inauguration et en ont profité pour ramener du papier cadeau différent. Selon eux, celui qu'ils avaient sélectionné n'était pas assorti aux couleurs des décorations du marché et devait donc impérative-ment être changé. Comme si qui que ce soit y portait de l'intérêt.

— Écoute, je pense qu'on ne va pas pouvoir s'entendre, com-mence soudain ma collègue forcée.

— On n'est pas obligés d'être amis, tant qu'on fait notre boulot, lui fais-je remarquer.

— Non, ce que je veux dire c'est que… je pense que c'est bon. Tu vas pouvoir partir et je… ben je vais assurer ici. J'en parlerai avec mes parents, je suis sûre qu'ils n'y verront pas d'inconvénient. Ça leur fera un salaire en moins…

Je me raidis instantanément, me retourne vivement vers elle, la peur nouant mes intestins. Elle a retiré son manteau et me dévoile une plastique que j'étais loin d'imaginer. Mais là n'est pas le propos !

— Non ! Ne fais pas ça ! m'écrié-je un peu trop vivement.

Elle écarquille les yeux, me sonde une seconde tandis que j'essaye de reprendre un minimum de contenance. Mon cœur martèle ma cage thoracique, je ne peux pas perdre cet emploi. Pas maintenant que j'en ai décliné un autre et que j'ai réduit toutes mes heures au bar ainsi qu'à la boîte. Je n'y survivrai pas.

— Et pourquoi je ne le ferais pas ? On ne va décemment pas tenir un mois entier dans ces conditions.

Elle croise les bras sur sa poitrine — généreuse soit dit en passant —, me toise avec un air de dédain certain et il me faut redoubler d'efforts pour ne pas exploser. Quand je suis tendu et anxieux à cause de ma situation, j'ai tendance à tout mélanger et à m'en prendre aux mauvaises personnes. Je ne tiens pas à perdre mon job juste pour cette raison.

Je passe une main sur mon visage, arrête ma paume sur la casquette que je ne quitte pas et soupire avant de planter mon regard dans le sien. Une seconde, j'y décèle une curiosité qui me fait serrer les dents, mais je repousse ce sentiment pour me concentrer sur les cartes qu'il me reste à jouer.

— Je suis désolé, je pense que nous sommes partis sur un mauvais pied et nous devrions juste apprendre à composer l'un avec l'autre.

— Un mauvais pied ? Tu m'as manqué de respect et tu t'es comporté comme un gamin capricieux pour un foutu sac à dos !

— Je ne m'attends pas à ce que tu comprennes, je ne te

demanderai d'ailleurs pas de le faire, mais sache simplement que j'avais toutes les raisons du monde de vouloir récupérer mes affaires.

— Et lesquelles ? Quelles raisons pourraient compter suffisamment pour mettre ta vie, ainsi que la mienne, en danger ?

J'inspire et déglutis, hors de question de dévoiler à cette femme toutes les difficultés qui jalonnent ma vie et font de moi un homme aussi stressé. Et puis elle n'a rien à savoir à mon propos, ma vie personnelle m'appartient à moi seul.

— Je viens tout juste d'avoir ce job, je ne tenais pas à le perdre.

— Ça n'a aucun sens ! souffle-t-elle, têtue. Personne ne se met dans un tel état pour un travail !

— Nina, murmuré-je doucement en m'approchant d'elle.

Quand je prononce son prénom, elle écarquille les yeux. Aucune animosité, seule la surprise se peint sur son visage. Oui, sa mère m'a aussi dit comment elle s'appelle. Et j'avoue que ces quatre lettres qui glissent sur ma langue me font un drôle d'effet, comme la sensation d'une barbe à papa sucrée et légère. Putain, mais qu'est-ce que je raconte ! C'est l'odeur de cannelle et de raisin qui me fait tourner le cerveau ou quoi ?

Je me reprends, il faut que je garde ce job et craquer sur la militaire ne m'y aidera pas. De toute façon, comment le pourrais-je alors qu'elle est aussi relou ?

— Je me suis comporté comme un con et je te présente mes excuses. Je ne suis pas méchant, je n'ai aucunement voulu te manquer de respect ou te dévaloriser devant tes pairs, sois-en assurée. Je ne peux pas me permettre de perdre cet emploi, il compte énormément pour moi et je ne te demande qu'une seule chose : trouvons un terrain d'entente pour réussir à honorer le magnifique chalet de tes parents.

En mentionnant ses parents, je m'attends à ce qu'elle craque et accepte de me laisser travailler ici, sans s'opposer à mon embauche. Mais la militaire est têtue et elle ne souhaite visiblement pas lâcher l'affaire.

— Pourquoi tu tenais tant à récupérer ton sac ? me demande-t-elle, d'un ton plus doux.

Têtue et curieuse de surcroît…

— J'avais impérativement besoin de mon téléphone pour contacter mon autre patron, celui de mon job de nuit.

Pourquoi j'ai dit ça ? Pourquoi lui ai-je livré cette information alors que je souhaitais la garder pour moi ? Est-ce que son insistance aurait eu raison de moi ? Il semblerait. Elle est douée, putain !

— Ton job de nuit ? T'es quoi, agent de sécurité ou un truc comme ça ? me demande-t-elle en me détaillant du regard.

C'est clair que j'en aurais le gabarit, on ne va pas se mentir, mais je n'ai malheureusement pas eu le financement de la formation. Ce poste m'est passé sous le nez pour des raisons de merde, encore une fois. Bon, ça, elle n'a pas besoin de le savoir et moi je n'ai pas besoin de repenser à ça.

— Un truc comme ça, bredouillé-je.

Avant qu'elle ne saisisse l'opportunité de me poser davantage de questions, j'enchaîne en changeant de sujet :

— Alors, tu peux accepter de travailler avec moi dans une ambiance cordiale ?

Pour affirmer mon propos, je lui tends ma paume. Rien de mieux qu'une poignée de main pour sceller un accord, non ?

Elle m'observe, puis baisse les yeux et finit par me serrer la main. Ce contact, bien que classique, fait naître en moi une nuée de frissons, un sentiment étrange qui se propage de ma tête à mon cœur en une demi-seconde. Ouais, mais peu importe ce que je ressens, cette femme est la fille de mes patrons et il est hors de question que j'envisage quoi que ce soit. Même si ses dents blanches et alignées qui se dévoilent derrière un sourire timide me plaisent énormément. Quoi ? J'ai toujours eu un faible pour les jolies dentitions, surtout quand elles sont ainsi révélées par un sourire lumineux.

— J'accepte. À condition que tu me laisses gérer le chalet de mes parents.

— Aucun problème, c'était le rôle que devait avoir l'autre employé, celui qui t'a été attribué.

— *Deal* !

Elle relâche ma main, laissant une sensation de vide sur mon épiderme, puis pose ses poings sur les hanches en observant son environnement.

— Bon, ben y'a de quoi faire ! lance-t-elle alors.

— Quoi ? Non, j'ai tout rangé, on va pouvoir commencer à préparer le vin chaud et ouvrir.

— Oh, tu appelles ça « *rangé* » ? m'interroge-t-elle en désignant le fond du chalet.

J'y jette un œil, les caisses sont empilées, alignées contre le mur, tandis que trônent deux caves à vin d'environ un mètre soixante-dix à proximité. Je ne vois pas comment ça pourrait être mieux agencé.

— Euh… Oui, pourquoi, ça ne va pas ?

— Pour commencer, les caisses en bois sont fragiles, il ne faut pas les empiler s'il n'y a pas de bouteilles à l'intérieur pour les soutenir. Ensuite, tu as mis les caissettes en plastique devant les caves à vin, comment tu comptes ouvrir la porte ? Et ça, indique-t-elle en désignant les guirlandes lumineuses, ça doit être allumé en permanence. Aucune excuse.

Elle prend les rênes, met de l'ordre là où je pensais qu'il y en avait déjà et, en quelques minutes, installe le fond du chalet comme elle le désire. Je ne la contredis pas, je la laisse faire et lui file un coup de main. Pas besoin de me froisser de nouveau avec elle pour des trucs aussi futiles.

— Bon, mes parents t'ont dit de préparer le vin chaud ou de le réchauffer ? me demande-t-elle en enfilant le tablier que je porte aussi.

— De le… préparer.

— Mais enfin, ça n'a pas de sens ! Pourquoi ne l'ont-ils pas préparé à l'avance ? On va perdre un temps fou ! râle-t-elle.

— Ça devrait aller vite, on est deux, lui fais-je remarquer.

Elle me jette un coup d'œil rapide, puis secoue la tête sans rien dire et me fait, une fois de plus, serrer les dents. Ne rien dire, demeurer poli et cordial, voilà ce que je dois me répéter pour ne pas l'envoyer chier. Parce qu'elle a beau être sublime, elle n'en demeure pas moins chiante.

— J'ai rangé tous les ingrédients dans ce tiroir, expliqué-je en le désignant.

Elle l'ouvre, récupère tout et s'installe devant le meuble où se trouve la marmite. Au milieu du sachet de sucre roux, des citrons et des oranges, elle récupère la recette, inscrite à la main sur une feuille. Elle la lit tandis que je lui apporte les bouteilles de pinot noir prévues pour cette mixture.

— Tu peux me donner le pèse-personne pour aliments, s'il te plaît ?

— Le quoi ? m'écrié-je, à la limite d'exploser de rire.

— Ben le truc là, le… le pèse-personne miniature là, tu sais pour peser le sucre et tout !

Sans pouvoir me retenir, et face à sa tête déconfite, j'explose de rire. Elle débarque d'où sans déconner ? Un pèse-personne pour aliment, c'est la première fois qu'on me l'a fait celle-là !

Bon, je rigole, je rigole, mais elle n'a pas l'air de vouloir plaisanter du tout et son regard noir m'aide à retrouver mon calme. Elle n'a pas d'autodérision, ce qui est dommage, car ça aiderait certainement à la détendre, un petit fou rire.

— Tu veux dire la balance ? la questionné-je.

— T'avais besoin de rire comme une otarie alors que t'avais compris où je voulais en venir ?

— T'en aurais fait de même à ma place, Nina.

Je me tourne et récupère la balance, donc, avant de la lui tendre, un sourire amusé sur les lèvres.

— Je ne me moquais pas méchamment, tu n'as pas besoin de le prendre comme ça.

— Ouais. Merci…

Elle frôle mes doigts, s'attarde une seconde sur mes yeux, puis pivote et s'affaire à la préparation du vin chaud. Elle ne m'adresse pas un mot durant tout le processus, elle se contente de se décaler pour me montrer ce qu'elle fait et les quantités de chaque ingrédient. Je note mentalement, je suppose que ça pourra me servir, mais j'admets avoir du mal à me concentrer.

En remuant comme elle le fait, elle m'offre une vue panoramique sur son décolleté. Ses seins ont l'air fermes, rebondis et je ne peux m'empêcher d'imaginer la douceur de sa peau. Elle est à peine hâlée, certainement due à un bronzage estival qui peine à s'effacer, mais semble aussi douce qu'une pêche.

Merde, à quoi je pense, moi ? Si je me mets à comparer la militaire à de la nourriture, cette entente risque de se compliquer. Parce qu'il n'y a qu'une chose dans la vie qui peut me détourner d'un job : la bouffe. Je suis gourmand, j'adore découvrir de nouvelles saveurs et Nina semble en être une tout à fait savoureuse.

Nina

S'il continue de me dévisager de la sorte, je sens que je vais lui envoyer du sucre en pleine poire ! D'accord, j'abuse peut-être un peu, mais je me sens clairement contrariée, entre mon départ de l'armée, le voir ici et savoir que je vais devoir me le coltiner pendant toute la saison. Certes, on a fait un *deal*, mais ça n'empêche pas que son comportement me fout en rogne !

J'essaye de me concentrer sur ma préparation pour ne pas péter un câble. Ses yeux pèsent lourd sur moi, je déteste qu'on me regarde de la sorte. Ce n'est pas parce qu'il est encore plus canon d'aussi près que ça lui donne un laissez-passer pour profiter de la vue.

Il se penche un peu plus en avant pour observer le mélange à l'intérieur de la marmite et je n'en peux plus, je me sens oppressée !

— Tu vas me coller comme ça encore longtemps ? lancé-je d'un ton plus froid que je ne l'aurais désiré.

Je veux lui faire passer le message d'arrêter de me coller aux basques, mais il faut quand même que je reste un minimum polie si je ne veux pas tout faire capoter.

— Bien, dit-il, les lèvres pincées. Tu auras tenu même pas une heure, chapeau !

— De quoi tu parles ?

— À te comporter gentiment avec moi.

— Tu n'arrêtes pas de tourner autour de moi et de scruter la moindre chose que je fais. Alors, OK, je veux bien te montrer deux ou trois trucs parce que, clairement, j'ai beaucoup plus d'expérience que toi, mais ça ne veut pas dire que tu dois me suivre comme un petit toutou.

— C'est pas ce que tu aimes normalement ? Qu'on te suive et qu'on t'obéisse au doigt et à l'œil ?

Je lui lance un regard plus noir que l'âme d'un tueur en série, mais ce con garde encore son petit sourire en coin. Ce qu'il peut être arrogant ! Et puis, qu'est-ce qui lui permet de croire qu'il me connaît un tant soit peu ? Je ne lui ai rien raconté de personnel ni même rien montré. En dehors de mon agacement pour son désordre qu'il ose appeler rangement, bien sûr.

Je ne prends même pas la peine de lui répondre et me retourne pour ranger les ingrédients que j'ai pris. Je l'entends souffler derrière moi et j'ose jeter un regard dans sa direction. Son dos me fait face, il est accoudé sur l'ouverture du chalet et regarde les alentours. Dans cette position, son cul ressort merveilleusement bien, moulé par un jean qui me donne l'eau à la bouche.

Pfff, je me déteste quand je suis comme ça ! On ne m'a pas touché depuis si longtemps que le moindre mec à moins de trois mètres de distance avec qui j'enchaîne plus de trois mots semble m'émoustiller pour rien. Il ne m'excite pourtant pas le moins du monde. Il est arrogant, moqueur et bon à rien ! Voilà, je l'ai dit.

Je ne sais pas pourquoi mes parents l'ont embauché, mais c'est moi qui vais devoir me taper ce boulet et tout lui expliquer de A à Z. Je vais perdre un temps fou, si j'avais été toute seule, j'aurais pu tout gérer et tout aurait été fait à ma façon : à la perfection.

J'ai bien compris à son regard presque apeuré qu'il tient à garder cet emploi, seulement je n'arrive pas à saisir pourquoi ! Il ne sait pas décorer, ne sait pas faire du vin chaud, et ne semble même pas partager l'esprit de Noël ! Si son job c'est d'être videur dans un bar ou un truc du genre, pourquoi il est ici ?

Une fois de plus, je plisse les yeux, suspicieuse à son égard. Ce mec est louche. Entre vouloir récupérer son sac à tout prix et garder ce job quoi qu'il lui en coûte, il y a quelque chose qui ne colle pas. Pourquoi ce travail est-il aussi important pour lui ? Surtout sachant qu'il n'est que temporaire ?

Je suis sûre qu'une fois de plus mon esprit part dans tous les sens, mais je le garde à l'œil quand même. Il se retourne et me surprend en train de le fixer suspicieusement.

— Bordel, mais pourquoi tu me regardes comme ça ? On dirait que j'ai buté ton chat !

— Désolée, je… j'étais perdue dans mes pensées.

— Et dans tes pensées, tu me tuais de quelle façon ?

— Je ne pensais pas à ça ! Laisse tomber. Je vais rajouter cette guirlande, il en manque autour du chalet.

Je quitte rapidement la petite pièce pour lui échapper, lui et sa langue bien pendue. Mon esprit divague vers cette partie de son corps et je secoue la tête. Il faut vraiment que je me trouve quelqu'un pour combler ce besoin qui grandit en moi, et vite !

Une fois la petite échelle posée contre l'une des parois en bois, je monte dessus et commence à installer la guirlande. Je peine à atteindre le haut, mais en me mettant sur la pointe des pieds, j'y arrive quand même. À certains endroits, je plante des agrafes spécialement conçues pour maintenir la guirlande. J'entends la porte du chalet claquer et je lève les yeux au ciel. Il ne peut pas faire un peu attention, non !

Je lève mon bras droit pour positionner l'énorme agrafeuse à l'endroit précis où je dois accrocher le câble quand je commence à perdre l'équilibre et bascule en arrière. Je pousse un petit cri et ferme les yeux, comme si ça allait amortir la chute. Au lieu de ça, deux mains puissantes m'agrippent les hanches. Je ne me ramasse pas par terre comme une crêpe, mais je me retrouve déposée délicatement sur le sol, toujours ces mains brûlantes sur moi. Une fraction de seconde, mon corps effleure le sien, me laissant le loisir de sentir ses muscles tendus.

Je me retourne lentement, de peur que le moindre mouvement me fasse tomber à la renverse une fois de plus. Mes yeux se posent sur les iris bleus de Simon, mon souffle se coupe. Nos visages sont proches et nos respirations se mêlent en un nuage de fumée blanche. Ses mains sont encore posées sur moi, il ne les retire pas et reste figé là, à me dévisager la bouche entrouverte. Nos poitrines montent et descendent rapidement en rythme avec notre respiration, elles se touchent presque.

— Tu veux te tuer ou quoi ? lance-t-il soudainement, une exaspération profonde au fond de la voix.

L'odeur de son parfum me monte au nez, un mélange d'épices et d'agrumes. C'est qu'en plus il sent vraiment bon…

— Non, je… j'installais la guirlande, lui réponds-je hésitante, essayant de reprendre mes esprits. Soudain, mes yeux se détachent de sa bouche sensuelle, avisant notre proximité.

Je m'écarte de lui brusquement, comme s'il était porteur d'une maladie ultra contagieuse, et repousse ses mains de mes hanches pour le repousser. Je ne manque pas de remarquer à quel point elles sont douces et fortes à la fois. Mon bas ventre se contracte me prouvant que je suis décidément vraiment à côté de la plaque. Un an plus tard, un homme me touche les hanches et je redeviens une petite vierge sensible au moindre contact !

— La prochaine fois, demande de l'aide au lieu de faire ça toute seule sur une vieille échelle à deux balles !

Il se passe une main sur le visage comme pour faire disparaître sa colère. Je ne me suis pas fait mal et il ne m'apprécie pas, pas la peine de se mettre dans un état pareil pour ma petite personne ! Presque, il m'engueulerait pour avoir failli tomber sans l'avoir fait exprès !

Tout désir qui semblait pointer le bout de son nez s'évanouit instantanément et est remplacé par l'agacement qui devient habituel quand il est dans les parages.

— Je préfère me démerder que voir la satisfaction sur ton visage si je te demande de l'aide ! lui crié-je alors qu'il se dirige vers la porte du chalet.

Il s'arrête net, une main sur la porte ouverte et dos à moi. Je regrette déjà ce que je viens de dire. Pourquoi je ne peux pas juste me taire et laisser quelqu'un m'aider, pour une fois ? Mais qu'est-ce qui cloche avec ce deal ? Pourquoi est-ce si difficile de m'y tenir ? Je ressens cette force qui me pousse à le chercher toutes les cinq minutes pour lui en mettre plein la tronche, n'importe quoi !

— J'ai vraiment besoin de ce travail, dit-il les dents serrées. Tu ne le comprends peut-être pas, mais on n'a pas tous papa et maman derrière nous pour nous filer un taf dès qu'on les appelle en pleurnichant. Alors, je te le demande pour la dernière fois. Est-ce qu'on peut se comporter comme des adultes et s'entendre un minimum pour faire le travail qu'on nous a demandé ? Tu n'as pas à m'apprécier et d'ailleurs je ne t'apprécie pas non plus, tu peux me lancer des piques si ça te chante, mais reste respectueuse et laisse-moi bosser en paix.

Je devrais m'excuser et le remercier de m'avoir empêché de tomber, je sais. Seulement aujourd'hui, je n'ai pas la patience pour ça. Je n'ai plus la patience pour rien. Je veux juste aider mes parents et rentrer me cacher dans mon lit.

Alors je ne lui réponds pas, je ne sais même pas ce que je pourrais lui dire. Les larmes me montent aux yeux. Pas seulement à cause de l'irritation qu'il provoque, mais à cause du maelström d'émotions qui ne me quitte plus et me fait m'en prendre à la mauvaise personne.

Il rentre dans le chalet sans prononcer un mot de plus tandis que j'abandonne les guirlandes. S'il tient tant que ça à m'aider, il n'aura qu'à s'en occuper tout seul. Je n'ai besoin de l'aide de personne.

La soirée se déroule… convenablement. Je ne dirais pas à la perfection, parce que j'ai dû reprendre Simon quelques fois pour lui expliquer certaines façons de procéder et comment distribuer le vin. Mais je dois quand même admettre qu'il s'est pas mal débrouillé et qu'il a un contact naturel avec les clients. Ces derniers l'ont apprécié et certains sont tombés sous son charme. Je ne sais pas lequel ils aperçoivent chez lui, mais bon, tant que ça attire du monde.

Je retire mon tablier et essuie la sueur de mon front avec. Il a beau faire froid en cette fin de mois de novembre, se retrouver à l'intérieur de cette petite pièce, quasiment collée à un autre être humain bouillant qui remue dans tous les sens, c'est la canicule assurée.

Simon retire son tablier à son tour, s'assied sur une caisse en plastique vide et je me mords la langue pour ne pas lui faire remarquer qu'il va la casser. Après tout, j'ai les jambes en compote moi aussi et j'ai bien envie de me poser. Je grimpe alors en un geste fluide et rapide sur le comptoir du chalet et m'y assieds. Nous ne nous disons rien, le silence commence à m'étouffer et je cherche alors quelque chose à dire. Quelque chose de *gentil*.

— Tu t'es bien débrouillé ce soir, pour un débutant, lui dis-je en un souffle, d'une voix à peine audible.

— La moitié d'un compliment, je prends, me répond-il avec ce fichu sourire en coin. Merci, Nina, rajoute-t-il.

Ses yeux se posent sur moi et je détourne vite le regard. Pour une raison que j'ignore, je n'arrive pas à garder le contact visuel avec lui plus de quelques secondes. C'est presque comme si… il m'intimidait ? Impossible ! Je suis habituée à travailler avec des hommes, dont certains mes supérieurs, je ne suis intimidée par personne, et encore moins un type débarquant de nulle part.

Il se relève en soupirant, regarde sa montre et attrape son manteau accroché à la porte avant de l'enfiler.

— À demain, Nina. J'espère que tu seras de meilleure humeur, j'aimerais bien te voir sourire un peu plus.

Et il quitte le chalet sans un mot de plus. Je reste muette, me retourne pour l'observer s'éloigner depuis l'ouverture. J'espère aussi que je serai de meilleure humeur. Ce n'est pas de sa faute si je me sens vide.

Les derniers mots qu'il m'a adressés tournent en boucle dans ma tête pendant la moitié de la nuit et m'empêchent de dormir. Une partie de moi a envie de lui sourire plus, d'oser le regarder en face, peut-être même d'apprendre à le connaître. Comme ça, on pourrait travailler dans une ambiance bien moins pesante. Mais je ne sais pas pourquoi, je ne veux pas lui donner cette satisfaction, je ne veux pas m'ouvrir à *lui*.

Je revois ses biceps se contracter en portant des choses lourdes avec cette petite veine qui les longe, le sourire charmant qu'il adresse aux clients, ses mains chaudes et puissantes sur mes hanches et son souffle sur mon visage, sa voix prononcer mon prénom à chaque fois comme si c'était la première fois… Je divague et commence à sombrer dans le sommeil. Une dernière pensée s'empare de mon esprit embrumé.

Est-ce que ça veut dire qu'il aime mon sourire, s'il veut vraiment le revoir ?

Il est six heures du matin, je suis éreinté et je n'ai qu'une envie : rentrer dormir. Pourtant, je dois encore ranger et nettoyer la boîte, avec les autres employés. J'ai les yeux qui piquent, ne cesse de les frotter pour tenter de les garder ouverts. Putain de journée qui n'en finit plus !

À ce stade-là, je pourrais clairement m'endormir n'importe où, y compris sur cette banquette dégueulasse et collante. Merde, qu'est-ce que je dis ? Je ne suis pas non plus un clochard. Pas encore…

— Eh, Simon ! Matte un peu ce que j'ai trouvé ! s'époumone Pedro, un de mes collègues.

Je me tourne et pouffe de rire quand je le découvre agitant un soutien-gorge rose fluo devant lui. Quand nous nettoyons la boîte, nous retrouvons toujours toutes sortes d'objets insolites, y compris des sous-vêtements. Je ne comprendrai jamais comment une femme peut perdre un soutif sur la piste de danse.

— Il te va bien, tu devrais le garder, plaisanté-je en retournant à ma tâche.

Je fais glisser la serpillière sur le sol, tentant d'éradiquer au maximum l'excès d'alcool qui le rend ultracollant et dégueulasse. Ne savent-ils pas boire sans en renverser ? Visiblement, non.

Après une heure, un soutif, des lunettes de soleil, trois préservatifs — neufs et emballés, son propriétaire n'ayant pas emballé visiblement — et un téléphone explosé, nous fermons enfin la boîte.

— Vous voulez aller prendre un petit-déj' ? propose Clarisse, encore en pleine forme.

— T'es sérieuse, meuf ? s'étonne Ariane.

— Ben quoi, faut bien manger !

— Oh, mais tu tournes à quoi ? On est tous explosés de fatigue ! intervient Pedro.

Notre collègue improvise quelques mouvements de danse, chose dont je suis clairement incapable après une telle journée.

— Vous êtes des vieux, c'est pour ça ! nous taquine-t-elle avant d'accrocher son bras à celui de Mike. Toi, tu viens avec moi, hein ?

— Désolée, bichette, mais pas cette fois.

— Rooo, vous êtes nuls ! Simon ? Tu m'accompagnes ?

Je secoue la tête, retire au passage ma casquette en laissant tomber mes cheveux sur mes épaules. Ils sont de plus en plus longs, bientôt il me sera difficile de les faire rentrer dans la *snapback* que je ne quitte que rarement.

— Désolé, Clarisse, mais ça fait bien vingt-quatre heures que je suis debout, je vais finir par tomber sur place.

— Vous me laissez tomber, vous abusez ! râle Clarisse en fouillant dans son sac.

— Une prochaine fois, OK ? lui suggéré-je. Quand je n'aurais pas enchaîné une journée et une nuit de travail.

— Ouais, quand les poules auront des dents, commente Matt qui débarque dans notre dos. T'es un drogué de travail, Simon, on sait tous que tu ne t'arrêteras jamais.

Je rigole, malgré la douleur de la piqûre dans mon cœur. Pour mes collègues et mon boss, je suis ce mec bosseur qui ne supporte pas de rester chez lui et qui adore se défoncer au travail. Ils ignorent que c'est juste une nécessité pour moi et que je ne peux me permettre de vivre autrement.

— Il me faudrait une désintox' ! lancé-je en riant.

Mes collègues rient à leur tour, puis, un à un, ils s'éloignent pour grimper dans leur voiture et rentrent chez eux dans le but de gratter quelques heures de sommeil avant le prochain service.

— Bon, à demain ! lancé-je à Mélissa, la seule encore présente sur le parking.

— Monte, je vais te ramener, me propose-t-elle, ou plutôt m'impose-t-elle.

— Ça va aller, Mel, je vais marcher un peu.

— Non, grimpe.

Je serre les dents, mais finis par lui sourire et obéir. Je suis trop épuisé pour lutter. Surtout contre une Mélissa aussi têtue qu'une certaine militaire avec qui j'ai partagé ma fin d'après-midi.

Merde pourquoi l'image de Nina s'incruste dans mon esprit là, tout de suite ? Pourquoi son sourire prend toute la place dans ma tête ?

— Alors, ça va en ce moment ? me demande ma collègue en quittant le parking.

— Ouais, ça va. Et toi ? T'étais malade m'a dit Matt ?

— Rien de fou, je me suis vidée une journée et ça allait mieux ensuite. Et… financièrement ? Ça va ?

Mélissa est la seule à connaître ma situation, je l'aurais presque oublié tant elle est discrète sur ce sujet-là. Je passe une main dans mes cheveux lâchés et observe la ville qui défile derrière la vitre, ce n'est pas un sujet sur lequel j'aime m'appesantir.

— Ça roule, comme d'hab.

— Tu sais, je te l'ai déjà dit y'a quelques mois, mais je réitère : si t'as besoin de quoi que ce soit…

— Tu es là, je sais, la coupé-je, gêné. Mais t'en fais pas, tout va bien Mel.

Elle n'insiste pas, se contente de hocher la tête tout en conduisant au milieu des rues calmes de Strasbourg. En moins d'un quart d'heure, je suis au pied de mon immeuble, environ une heure plus tôt que si j'avais pris le bus.

— Merci, Mel, à demain.

— Avec plaisir, n'hésite pas à me demander quand c'est comme ça. Au moins, tu gagnes un peu de sommeil, c'est toujours ça de pris.

— C'est clair que j'en ai besoin. Merci !

Je descends de la voiture et referme la portière avant de marcher vers la porte d'entrée de mon hall, mon sac à dos sur l'épaule. Je suis éreinté, il est sept heures quarante-cinq et je vais enfin pouvoir me reposer un peu. Pour de courtes heures, certes, mais ce sera déjà ça.

Après trois heures de sommeil, me voilà déjà debout, encore plus fatigué qu'au moment où je me suis couché. À ce rythme-là, je ne vais pas tenir bien longtemps, j'en ai conscience. Mais malheureusement pour moi, je ne peux pas me permettre de prendre plus de temps libre. Je manque cruellement d'argent, ça, on l'aura compris.

Je me douche le plus rapidement possible, le tic-tac de l'horloge dans ma tête me mettant une pression monstre. Je dois être au chalet à midi pétantes et il est déjà onze heures et quart, il faut que je me remue !

J'enfile le plus rapidement possible un jean, un tee-shirt ainsi qu'un pull épais, puis saute dans mes boots. Dans l'entrée, je mets mon manteau et récupère mon sac à dos pour quitter l'appartement très vite. Au moment où je passe la porte, la hanse qui pend encore dans le vide s'accroche à la poignée et se déchire dans un bruit qui me serre le cœur.

— Putain de merde ! râlé-je en balançant mon bien dans le couloir.

Je suis dégoûté, putain ! C'est mon seul sac à dos et le voilà en lambeaux ! Merde, comment je vais faire avec une seule hanse ?

Enragé, je claque la porte et la verrouille avant de récupérer ce foutu sac sans même y jeter un œil. Je n'ai pas le temps de m'en occuper maintenant et si je m'y penche alors que je suis en colère, je vais le déchirer intégralement, pour le regretter ensuite.

Ma vie est faite de petites galères dans ce genre, de celles qui font chier et qui ne peuvent être surmontées sans en engendrer d'autres. Pour n'importe qui, ça ne serait qu'un détail, mais pour moi c'est la merde. Et comme je suis encore trop fier pour me présenter au Secours Populaire ou à la croix rouge, je vais devoir bosser deux fois plus dur, trouver un extra au black, pour me payer un nouveau sac à dos. J'en ai vraiment besoin.

Installé dans le bus qui me conduit au marché, j'inspecte la hanse et bricole un semblant de substitut en nouant les extrémités entre elles. Je ne sais pas combien de temps ça tiendra, mais je tente le coup quand même. Avec mon énorme manteau, je ne suis pas sûr de pouvoir le passer sur mon épaule, ça me semble bien trop petit et serré. Fait chier !

Le bus s'arrête là où je descends, je me lève et le quitte, mon sac précieusement serré entre mes mains. Je n'ose même pas le mettre sur mon dos tellement je crains le résultat. Après tout, je n'ai que quelques mètres à marcher pour rejoindre le chalet, je peux bien le porter ainsi.

Les autres exposants s'activent, préparant leur espace, un sourire aux lèvres, la joie de Noël déjà bien présente dans leurs esprits. Pour moi, c'est compliqué d'adopter cet esprit-là. Je n'ai pas fêté Noël depuis si longtemps que je ne suis même pas capable de dire ce que j'ai mangé lors de ma dernière célébration. Il y avait eu une dispute, ça, c'est quelque chose que je peux affirmer sans mal.

Il me semble d'ailleurs que ce fut l'une des dernières que j'avais accepté d'endurer. Ma famille étant ce qu'elle est, j'ai dû choisir entre les cris et les reproches ou la solitude. Peu de temps après le Nouvel An, je prenais ma vieille Golf et roulais en direction du nord-est avec pour unique but de changer de vie. Ça fait six ans désormais que je m'échine à survivre.

Ouais, je n'ai peut-être pas fait le meilleur choix à l'époque en accordant ma confiance à ce patron véreux quitte à chambouler toute ma vie, mais au moins je suis aujourd'hui tranquille et loin de toute la méchanceté des miens.

Mon téléphone qui vibre dans ma poche me sort de mes pensées et je consulte rapidement les notifications tout en me rapprochant du chalet mon sac sous le bras. Avec tout ça, j'en aurais presque oublié cette application merdique et toutes ces femmes intéressées qui vident la batterie de mon téléphone.

Plusieurs *matchs* sur *Lovoo* — une nouvelle application que j'ai décidé de tester, mais qui ne m'apporte rien de plus que l'autre —, deux messages sur Tinder et une alerte de ma banque.

Sans lire cette dernière information, j'en devine déjà la nature : « *Le solde de votre compte est bas, veuillez le réapprovisionner* ». Que suis-je bête, je n'ai qu'à virer dix mille euros de mon compte caché ! Pff ! Ces satanés banquiers ne comprennent rien, le conseiller a beau connaître ma situation, il n'annule pas pour autant l'envoi automatique de ces messages. Ça n'a aucun sens, si j'avais de quoi approvisionner mon compte, est-ce que je ne l'aurais pas déjà fait ?

— Ah, enfin, te voilà ! m'accueille Nina, déjà sur le qui-vive.

— Bonjour à toi aussi, rayon de Soleil, la taquiné-je en rangeant mon téléphone.

— Oui, bonjour. On a eu une nouvelle livraison, faut que tu me files un coup de main !

— À vos ordres, boss !

Elle me jette un regard sombre, mais je discerne un petit sourire sur ses lèvres, c'est un début. Comme elle avance devant moi, je ne peux m'empêcher de détailler sa tenue, ainsi que son physique. Elle est vêtue d'un jean moulant, d'un pull en laine fine et a noué une écharpe autour de son cou. Ses cheveux sont noués en un chignon strict, vestiges de son job de militaire certainement.

Une question me vient en tête, elle me brûle les lèvres depuis hier, mais je n'ai pas osé aborder le sujet vu la tension qui règne entre nous. En déposant mon sac à l'emplacement prévu par Nina pour nos affaires, je ne peux m'empêcher d'y songer avec plus d'ardeur. Pourquoi n'est-elle pas dans son régiment ? Ne devrait-elle pas effectuer des missions à cette période ? Défiler avec ses collègues qui continuent d'arpenter le marché depuis hier ?

Je secoue la tête et chasse mes interrogations, m'affairant rapidement à porter les caisses de bois et les ranger à l'intérieur. Ranger précisément comme elle l'exige, bien entendu. Alors que je termine, ma bouche prend le pas sur mon esprit.

— Tu ne devrais pas être dans ton régiment ? demandé-je en m'adossant au comptoir non loin d'elle.

Brusquement, elle relève la tête du tiroir-caisse et je remarque le mouvement tendu de ses maxillaires.

— J'ai du temps libre, lâche-t-elle froidement.

— Ah ouais, des vacances qui n'en sont pas vraiment. Je vois.

— Ce ne sont pas…

Nina est interrompue par un couple de personnes âgées qui s'approche de l'ouverture du chalet. Elle répond à leurs questions, je rajoute mon grain de charme et nous finissons par leur vendre deux bouteilles de rouge ainsi qu'un sachet de *bredele*[6].

Quand ils partent, je prends une seconde pour admirer le sourire de Nina et, conscient qu'un trouble se dissimule sous sa carapace, remets le sujet sur le tapis. Quelle douleur de voir son rictus disparaître instantanément.

— Tu allais dire quoi ? Ce ne sont pas des vacances ?

— Ce ne sont pas tes affaires. Voilà ce que j'allais dire. On a

---

[6] Les bredele sont des petits gâteaux confectionnés à l'occasion des fêtes de fin d'année. Une spécialité Alsacienne qui se décline sous diverses formes.

convenu d'être polis et respectueux, mais ne me demande pas non plus de te raconter ma vie, car ça n'arrivera pas.

Je lève les mains en guise de reddition, pour le coup je la comprends et j'accepte de ne pas forcer. Si elle estime que ça ne me concerne pas, je suis prêt à l'accepter. Je ne suis pas curieux pour trois sous après tout.

— Pas de problème, je comprends.

Elle entrouvre la bouche pour dire un truc, mais se ravise et se contente de m'adresser un sourire reconnaissant.

Je rêve ou elle s'est adoucie ?

La journée de travail ne fait que commencer, mais je me sens épuisée comme si j'avais fait un *huit kil*[7] ! Dormir même pas quatre heures, ça a cet effet-là sur moi.

Pourtant, je suis de bien meilleure humeur qu'hier, ce que je ne comprends pas. Je devrais être d'un tempérament de chien à cause du manque de sommeil, du travail avec Simon et de la fin de ma carrière militaire, mais je n'en suis rien. J'en viens même à sourire sincèrement aux clients et à avoir envie de discuter un peu plus longuement avec eux pour essayer de les connaître.

Est-ce que je devrais me reconvertir dans le social ? Non, je ne pense pas que ça me correspondrait. Ces derniers jours, chaque fois que je vais quelque part — faire mes courses, aller à la pharmacie ou au restaurant — je ne peux m'empêcher de me mettre à la place de tous ces travailleurs et de me demander si ça m'irait.

---

[7] Course de 8 km à faire en moins d'une heure pour s'entraîner à évacuer une zone, en treillis, rangers et sac de 8kg sur le dos pour les femmes, 11kg pour les hommes. Un véritable plaisir !

Malheureusement, je crains que le chemin soit long, car je n'ai pas eu une seule fois envie de prendre leur place.

J'imagine que je pourrais enchaîner petit boulot sur petit boulot, tous à chaque fois différents et pour une courte période, ça me permettrait de toucher un peu à tout et de ne jamais m'ennuyer si ça ne me plaît pas. Seulement, je crains que ce ne soit pas une situation viable sur le long terme et si j'en ai la possibilité, j'aimerais ne pas m'aventurer sur ce terrain-là. Celui où chaque mois est un gros point d'interrogation et de ne pas savoir si je pourrais payer toutes les factures.

Simon et moi travaillons d'arrache-pied pour servir tous les clients et nous ne nous adressons pratiquement pas un mot. Ça ne me dérange pas, mais j'ai l'impression que quelque chose ne va pas. Outre le fait que nous ne nous apprécions pas vraiment.

Je jette un œil dans sa direction alors qu'il range quelques billets dans le tiroir-caisse et le détaille. Sa silhouette ressort toujours aussi bien dans ce jean et ses boots, les manches de son pull relevées montrent ses avant-bras et sa casquette est toujours perchée sur sa tête. Qu'est-ce qu'il cache là-dessous ?

C'est en prenant un peu plus le temps de l'observer que je remarque les cernes sur son visage, mais aussi sa pâleur. Alors, quand nous nous retrouvons seuls, entre deux clients, je ne peux m'empêcher de l'approcher en m'adossant contre le comptoir, à quelques centimètres de lui.

— Tu vas bien ? lui demandé-je, soucieuse.

Non pas que sa petite santé m'intéresse, mais s'il n'est pas en état de travailler, c'est moi qui vais devoir me taper tout le sale boulot. Il tourne sa tête vers moi et plante ses yeux dans les miens. Je les détourne aussitôt.

— Oui, ça va, pourquoi ?

— Je sais pas, tu as l'air… fatigué.

— Merci du compliment, tu ne me trouves pas beau alors ? plaisante-t-il en se redressant et en allant récupérer son téléphone dans son sac. Ça, un sac ? On dirait plus une serpillière, il est tout usé sur le bas, presque déchiré et une des bretelles semble vouloir être partout sauf ici.

— C'est… je…

Non, mais, pourquoi je bafouille ?!

— Oublie, ça ne me regarde pas. Ton sac va bien ?

— J'ai juste fini le boulot tard cette nuit, mais t'en fais pas, je vais assurer toute la journée, je ne vais quand même pas laisser tomber ma militaire préférée.

Je lève les yeux au ciel et il rit, dépose son portable à côté de la caisse après avoir vérifié ses notifications et me fait face.

— C'est quoi, déjà, ton boulot de nuit ?

— Je travaille dans une boîte.

— Qu'est-ce qui peut te pousser à accepter de rester toute la nuit dans une boîte de nuit ?

— Je… ça ne te regarde pas.

Sur ce, son visage se ferme et il scrute la foule. Message passé, la conversation est terminée. Pourquoi ne veut-il pas me dire ce qu'il fait comme boulot ? Enfin, ce n'est pas vraiment une question trop personnelle, non ? Je pensais qu'on allait être courtois l'un envers l'autre et faire un peu de conversation.

A-t-il honte de son travail dans ce cas ? Je ne vois pas pourquoi, à part videur, barman et DJ, qu'est-ce qui pourrait lui faire honte ou être trop personnel pour en parler avec moi ?

Soudain, mes neurones se connectent et j'écarquille les yeux. Oh ! Il est peut-être danseur, mais dans le style, danseur chippendale, strip-tease ? Il y a ça en boîte de nuit ? Ça fait tellement longtemps que je n'y ai pas mis les pieds que le doute s'installe. Je pense oui, dans des soirées spéciales ou dans des salles réservées à cet effet, peut-être ? En tout cas, malgré les épaisses couches de vêtements qu'il porte, je suis persuadée qu'il en aurait le physique.

S'il fait vraiment ce métier, je ne vois pas pourquoi il ne veut pas m'en parler. Enfin, certes c'est peu conventionnel, mais c'est un métier comme un autre. Cependant pour une fois, celui-là je ne me mets même pas à sa place pour essayer de déterminer s'il me conviendrait, c'est non direct ! Je suis bien trop pudique pour m'exhiber nue ou presque devant des inconnus.

Il n'a peut-être seulement pas envie que je le juge, que je me moque ou lui envoie une pique comme j'ai l'habitude de le faire. En un sens, je le comprends, ça a dû lui arriver souvent.

— Alors, ton sac il fait la gueule ou quoi ? Y'a des nuages au paradis entre vous ? j'essaye d'égayer la conversation et rigole à ma propre blague. Seule.

Il me lance un regard noir. Cet homme est vraiment incompréhensible, je parle d'un sac bon sang ! Ses sautes d'humeur commencent vraiment à me mettre sur les nerfs moi aussi. Moi qui pensais que ça allait être une bonne journée !

Au même moment, une sonnerie retentit sur le téléphone posé à côté de la caisse, juste sous mon nez. Instinctivement, je jette un coup d'œil et détourne vivement le regard quand je comprends que ce n'est pas le mien. Malheureusement, mes yeux ont eu le temps de lire les premières notifications.

Il fait un pas vers moi, fulminant de colère et arrache le téléphone du comptoir pour aller le mettre dans son *sac*.

— Tu veux que je te le déverrouille ? Tu pourras lire plus facilement comme ça ! lance-t-il, les mâchoires serrées.

Ce type a un sérieux problème. Il passe du tout au tout, moi qui voulais uniquement savoir s'il allait bien, je garderai mon empathie pour moi la prochaine fois.

— J'ai pas fait exprès de regarder, j'avais pas vu que c'était le tien.

— Oui bien sûr, comme si t'avais pas capté alors que tu me scrutes depuis tout à l'heure, prête à m'engueuler à la moindre erreur, pour aller me dénoncer à papa et maman !

Je vois bien qu'il se retient de crier, pour ne pas faire fuir les clients. Mais du coup, ça lui donne encore plus un air enragé et je dois avouer qu'il m'impressionne. C'est quoi son problème au juste ? Je veux bien ne pas être facile à vivre des fois, mais je ne mérite pas qu'on me parle de la sorte.

— Je te signale que si je te regarde, ce n'est pas pour ta belle gueule, lui dis-je en le pointant du doigt, ma voix s'élevant un peu. Je m'inquiétais simplement pour toi parce que tu sembles fatigué, c'est tout. Si tu prends tout comme un affront, t'as qu'à aller voir un psy, il t'aidera à gérer ta putain de colère !

Cette fois, je ne me retiens plus. J'en ai marre d'en prendre plein la tronche parce que monsieur ne dort pas suffisamment. Personne ne prendra le dessus sur moi, surtout pas lui. Ses mâchoires se contractent une fois de plus, et je garde mes yeux rivés dans les siens.

— C'est quoi ton problème à la fin ? Hier tu me demandes de sourire plus et là, que j'essaye d'être courtoise, tu m'envoies chier !

Il se passe une main sur le visage, clairement exaspéré et épuisé. Je n'arrive pas à déceler la moindre information dans ses yeux, seulement qu'ils me détaillent, comme s'ils cherchaient à savoir sous quel angle m'aborder. S'il veut encore m'attaquer, je suis prête à me battre.

— Rien. Juste que… j'ai presque pas dormi, je n'ai toujours pas mangé et je recommence encore ce soir. Ce n'est rien contre toi, Nina, dit-il en soufflant, comme s'il s'en voulait réellement.

— On dirait pourtant.

— Bonjour, est-ce que je pourrais avoir deux tasses de vin chaud, s'il vous plaît ? nous interrompt une vieille dame, accompagnée, sûrement, de son mari qui la tient par la taille.

Je lui souris naturellement et me détourne de la boule d'émotions qu'est Simon. Qu'il aille se défouler ailleurs, mais pas sur moi. Je verse le liquide chaud dans deux tasses, les échange contre deux billets et les range.

— Bonne fin d'après-midi, n'hésitez pas à repasser si vous voulez une petite sucrerie avec !

Bien décidée à ne pas laisser passer, je me retourne vers Simon qui me regarde toujours, les bras croisés sur sa poitrine. Je discerne littéralement l'épuisement sur son visage et son regard a perdu en intensité. Il semble presque triste.

J'inspire alors et prends une autre approche que la joute verbale interminable. J'attrape une serviette en papier, place un *bredele* dedans et le lui tends.

— Tiens, il est dix-sept heures et apparemment t'as toujours pas mangé. Ça te fera peut-être du bien.

Il semble hésiter et je me retrouve le bras tendu vers lui.

— J'ai pas pris d'argent sur moi pour le payer, avoue-t-il d'une voix à peine audible.

— Eh bien, c'est pas grave, c'est offert par la maison.

— Tes parents ne vont pas m'en vouloir ?

— Ils s'en rendront sûrement même pas compte. Mais je pense qu'ils préfèrent avoir un employé en forme et qui travaille bien plutôt qu'une loque épuisée.

Il tend enfin son bras et attrape la pâtisserie. Nos doigts se frôlent à peine et un frisson me parcourt sur tout le corps. Il fait déjà bien froid à cette période de l'année.

— Merci, Nina.

— C'est pas un vrai repas, mais bon, c'est toujours ça. La prochaine fois, essaye de dormir correctement et de manger un peu.

— Qu'est-ce que ça peut te faire ? me demande-t-il la bouche pleine.

Mes yeux passent de son regard à sa langue qui lèche un de ses doigts couverts de sucre. S'il fait ça devant des nanas qui passent, je suis sûre qu'elles achèteront un de nos gâteaux sans réfléchir.

— Absolument rien, j'ai juste pas envie de devoir m'occuper de toi si tu fais un malaise.

— J'en ferai pas, rit-il.

Il semble enfin détendu maintenant que son ventre n'est plus vide. C'est ça, la clé pour désamorcer la bombe Simon ? Un peu de nourriture et il se radoucit ? Ça devrait être facile alors.

Je ris à mon tour en posant mes yeux sur sa joue.

— T'as du sucre, là, dis-je en pointant sa joue du doigt.

Il se retourne vivement pour s'essuyer, gêné. Lui ?

— Je pensais pas que tu serais le genre de mec à être gêné devant une femme. Surtout pour un peu de sucre.

— Pourquoi tu dis ça ? me demande-t-il une fois débarbouillé.

— Aux vues de toutes les notifs *Tinder* sur ton téléphone, t'es pas du genre timide.

Je ne sais pas pourquoi je lui ai sorti ça, je ne sais même pas ce qui m'a pris. Mais le regard qu'il me lance me fait comprendre qu'encore une fois, j'ai dit de la merde. Bon, demain ça ne sera pas un *bredele*, mais deux. Peut-être que cette fois ça marchera et que je pourrais en apprendre plus sur lui sans lui donner envie de m'étriper à mains nues.

Et puis d'ailleurs, qu'est-ce que j'en ai à foutre qu'il parle — et sûrement plus — à plein de femmes sur Tinder ? Les pauvres, je les plains, ça doit sûrement être ça !

J'enchaîne les nuits à la boîte, les journées au chalet et commence à perdre pied. Clairement, mon corps me fait comprendre que je pousse trop, mais je suis si déterminé à l'ignorer, que je continue de forcer. Ça fait six jours maintenant que ça dure, la boîte de nuit étant ouverte du lundi au dimanche en cette période, tout comme le chalet, j'enchaîne sans répit. Mon jour de repos est le lundi pour les deux jobs, mais c'est la journée que je consacre au sport, alors ce n'en est pas vraiment une. Je n'y peux rien, je ne peux pas m'en passer, même si je suis éreinté. C'est ma seule échappatoire à toute la merde qui m'accable, je ne survivrais pas à une vie sans cela. Je rêve de pouvoir retourner à la salle, mais dans cette attente je me contente de courir et d'effectuer quelques exercices de musculation dans un parc près de chez moi.

Évidemment, j'ai beau mesurer près de deux mètres — à dix centimètres près, on peut au moins me laisser le privilège de le dire ainsi —, je n'en demeure pas moins un humain, avec ses faiblesses.

Alors que je charge une caisse de six bouteilles dans le coffre d'une voiture pour une cliente habituée, ma tête se met à tourner et je suis pris d'un vertige désagréable. Je me retiens à la voiture, m'asseyant sur le rebord du coffre, cligne des yeux à de nombreuses reprises pour tenter de retrouver une vision normale, avant d'entendre mes oreilles bourdonner. Merde ! Qu'est-ce qui m'arrive ?

Je perçois vaguement la cliente me demander si je vais bien, sens la chaleur m'envahir et me donner l'impression que je suis dans un sauna. Alors qu'il fait approximativement zéro degré et que je n'ai même pas mis mon manteau !

Et soudain, deux mains fraîches se posent sur mes joues, elles me ramènent partiellement à la réalité et m'aident à m'ancrer aux prunelles que je perçois face à moi. Deux orbes noisette avec une pointe de vert, sublimes.

— Simon ? Simon, tu m'entends ?

Je hoche la tête, au prix d'un effort surhumain, et Nina passe désormais sa paume sur mon front. Elle m'arrache un frisson à me toucher ainsi, j'en viendrais presque à ignorer tout ce qui nous éloigne. Puisque, à ce moment précis, rien n'a d'importance en dehors de ses mains sur ma peau et de son inquiétude pour moi.

— Tu veux que j'appelle les pompiers ? Tu comprends ce que je dis ? Putain, il n'est quand même pas en train de faire un AVC ! s'exclame-t-elle, paniquée en regardant la foule tout autour de nous.

Comme je commence à reprendre pied, je m'humecte les lèvres et attrape son poignet délicatement.

— Ça va aller, la rassuré-je d'une voix enrouée.

— Non, mais tu plaisantes ! T'es aussi blanc que le cul d'un bonhomme de neige !

— C'est pas si moche que ça, si ? plaisanté-je.

Elle lève les yeux au ciel, soupire, et c'est ainsi que je remarque qu'elle n'a toujours pas retiré ses mains de mon visage. Elle me maintient comme si j'étais une chose fragile et précieuse, ce qui pourrait habituellement me foutre hors de moi. Ce qui me fait un bien inexplicable à cet instant précis.

— Arrête de plaisanter, tu m'as fait super peur ! m'engueule-t-elle, les yeux brillants.

— Ne t'inquiète pas, je vais bien, murmuré-je, envoûté par cet instant étrange.

Une seconde, peut-être plus, nos prunelles restent ancrées et ne semblent pas près de se détacher. Tant mieux, j'aime me perdre dans l'intensité de son regard si particulier, dans la douceur de ses iris et...

— Vous voulez de l'aide pour l'allonger ? On doit appeler les pompiers ? Pour l'amour du Ciel, il va mourir ? nous interrompt une voix aiguë.

Nina secoue la tête, rompt notre contact visuel et recule d'un pas, me laissant un vide que je n'imaginais pas ressentir.

— Non, tout va bien. Pardon pour ce dérangement et encore merci pour vos achats, Madame Klein.

Nina m'attrape le bras, m'invite à me relever et — quand je me suis assuré de tenir debout —, nous avançons tous les deux en saluant une dernière fois la cliente. Sur la dizaine de mètres qui séparent notre chalet — putain de merde, qu'est-ce que j'ai dans le crâne, *notre* chalet ? Non, le chalet où je bosse —, Nina ne me lâche pas le bras. Pas une seule seconde.

Alors, quand nous arrivons à destination et que la mère de cette dernière se trouve là, son bras plâtré maintenu en écharpe, ce n'est pas uniquement la gêne qui m'envahit, mais aussi la honte. Pour qui va-t-elle me prendre si elle me voit ainsi collé à sa fille ?

— Bonjour, tous les deux ! nous salue-t-elle avec entrain.

— Maman ! Qu'est-ce que tu fais là ? Tu ne devrais pas te reposer ? demande Nina en s'éloignant pour étreindre sa mère.

— Si, mais je tournais en rond alors je me suis dit que venir faire un tour ici serait une bonne idée.

— Bonjour, Madame Braun.

— Oh par pitié, appelez-moi Adélaïde !

Elle est si chaleureuse, avec son sourire rayonnant sur les lèvres. J'ignore quel âge elle a, mais cette femme possède une classe indiscutable. Elle a les cheveux châtains, noués ce jour en chignon parfait, les yeux noisette et le visage fin, précisément comme sa fille. Ou plutôt Nina les a comme sa mère. Ses rides sont peut-être l'une des seules distinctions qui subsistent entre les deux femmes, elles ne sont qu'un copier-coller l'une de l'autre en somme.

J'entre dans le chalet, un brin vacillant, mais reprends mon poste sans rien montrer à mon employeuse. Hors de question qu'elle pense que je mérite des vacances ou une connerie comme ça, je peux encore tenir.

— Alors, vous faisiez quoi tous les deux ? interroge la mère, curieuse.

— Nous sommes allés aider Madame Klein avec sa commande.

— Oh, elle était là ? demande alors Adelaïde en scrutant les allées autour d'elle. Quel dommage, j'aurais adoré la voir !

— Elle vient de partir, mais sois assurée qu'elle reviendra avant la fin du marché, explique Nina.

Tandis que je m'affaire à remplacer les bouteilles vendues par un nouveau stock, ma chère collègue qui ne peut s'empêcher de l'ouvrir, m'interpelle depuis l'autre côté du comptoir.

— Eh oh ! Tu t'assieds, oui !

— Pardon ? m'insurgé-je avec toute la politesse dont je peux faire preuve devant sa mère.

Cette dernière observe d'ailleurs notre échange avec grand intérêt.

— Oui, tu as failli me claquer entre les doigts alors tu poses tes fesses sur ce tabouret et tu manges un truc, m'ordonne la militaire, ses vieilles habitudes de l'armée refaisant surface.

— Pourquoi tu exagères ? J'ai eu un vertige, car la caisse était un peu lourde et qu'il fait froid, ce n'est rien, tenté-je de minimiser.

J'ai conscience que ce n'était pas *rien*, mais il est absolument exclu que je l'admette devant Madame Braun et sa chère et irritante fille. Dois-je encore le répéter ? Je ne PEUX pas perdre cet emploi.

— Ne discute pas, mange un truc et reprends ton poste après.

C'est ta chef qui l'ordonne !

— On n'est pas dans ton régiment, Nina, rétorqué-je en obtempérant tout de même.

Tandis que la fille me tire la langue d'une manière tout à fait puérile et charmante au demeurant, la mère sort sa casquette de… maman, et dévoile toute son inquiétude me concernant.

— Simon, vous ne vous sentez pas bien ? Vous voulez prendre le reste de la journée pour vous reposer ?

— Oui ! répond Nina à ma place.

— Non ! crié-je presque, à l'exact même moment.

Nina et moi nous regardons d'un œil noir, elle n'a pas intérêt à pousser sa mère à me faire partir ! Sinon, il se pourrait que je devienne encore plus con et méchant !

— Non, ça ira, Madame Braun. Comme je l'ai dit, le froid et la caisse… rien de préoccupant, je vous assure. Je peux rester et j'assurerai la soirée également, expliqué-je, un brin plus calme.

— Vous êtes sûr ?

— Oui, je vais écouter les conseils de votre fille et manger un petit quelque chose. Ensuite, je reprendrai le travail si cela vous convient.

— Bien, si vous êtes sûr de vous, alors c'est d'accord.

J'attrape ma canette de coca, celle que j'ai laissée à côté du tiroir-caisse depuis si longtemps que les bulles se sont fait la malle, et en bois une gorgée. La patronne est compatissante, quelque chose qui semble faire défaut à sa fille par moments, elle m'offre un sourire radieux et se tourne vers Nina.

— Et si on allait lui chercher quelque chose de plus nourrissant que ces fichus *bredele* ?

— Bonne idée, il mange trop de sucre, il va finir par s'empâter, rétorque la militaire, à mon grand étonnement.

J'ouvre de grands yeux, m'apprête à répliquer quand la mère explose de rire et pose sa main sur l'avant-bras de sa fille.

— T'es incorrigible ! Vous faites une sacrée paire tous les deux, je ne regrette pas que Dorian soit parti !

Putain de merde ! Je manque de recracher mon coca, et même de m'étouffer avec. Vu la tête que tire Nina, elle en aurait fait de même si elle avait eu un truc dans la bouche. Wow, cette phrase résonne étrangement dans mon esprit pervers et je chasse les idées qui l'accompagnent, et dont je ne veux rien savoir. Pourquoi songer seulement à ce qui pourrait entrer dans sa bouche ? Mais merde ! Je recommence !

Alors que je mène un combat laborieux contre mes pensées lubriques — qui n'ont définitivement pas lieu d'être —, les deux femmes s'éloignent, la mère blablatant joyeusement. Je déglutis avec peine, troublé par ce qui vient de se passer autant que par les mots de Madame Braun.

Et, j'y pense ! Je n'ai toujours pas osé m'enquérir de la situation de Nina ! Le fait de rencontrer sa mère, qui ne porte pas le même patronyme, me fait songer que mes idées — en plus d'être déplacées — sont à proscrire immédiatement ! Si elle est mariée, il est hors de question que je l'imagine autrement qu'en collègue, et potentiellement amie. Et puisqu'il n'y a aucune autre raison qui expliquerait son nom de famille différent, c'est réglé.

Je me fais donc la promesse de cesser mes enfantillages sur le champ. Je ne la regarderai plus, je ne penserai plus à elle comme je viens de le faire et je ne me perdrai plus dans son regard ou dans son sourire. Terminé.

Fort de cette décision, je termine mon coca et sers trois clients avant que mère et fille ne reviennent les bras chargés de victuailles. Merde, combien va me coûter cette affaire ? Les deux font le tour et entrent dans le chalet, déposant la nourriture aux effluves appétissants sur le plan de travail où nous préparons habituellement le vin épicé.

— On ne savait pas trop ce que tu aimes, donc on t'a pris un petit mix. Tu as un sandwich au thon, une barquette de frites, une part de flammenkuche[8], et un bretzel[9].

— Tout ça ? m'étonné-je un peu vivement.

— Il faut ce qu'il faut pour un homme tel que vous, Simon, sourit la mère.

— Je… euh, merci. Combien je vous dois ?

Je transpire, j'ai les mains moites à seulement imaginer le montant qu'elles ont dépensé pour tout ça, montant dont j'ai cruellement besoin pour autre chose. Seulement, je ne suis pas du genre à faire l'aumône et il est hors de question que je ne paye pas pour ma propre nourriture. Je vais manger les frites et la flammenkuche maintenant et je garderai le reste pour ce soir.

— Rien du tout ! C'est offert par Nina ! s'enthousiasme la mère.

La fille, elle, n'a pas l'air dans le même état d'esprit ; elle lève les yeux au ciel, visiblement agacée par sa mère.

— Je tiens à payer, assuré-je en plantant mon regard dans celui de la militaire.

— Mais non c'est rien, allez mange, me rabroue-t-elle avant de tourner les talons.

Je remercie les deux femmes d'une petite voix, m'installe au fond du chalet et dévore littéralement la tarte flambée que j'affectionne particulièrement. Ça me fait un bien fou de manger, je remplis mon estomac de forces qui font cruellement défaut à mon corps.

Tandis que mère et fille assurent le service — enfin, Nina assure alors que sa mère discute avec les clients —, je termine mon repas et range les restes dans mon sac. J'ai de quoi manger ce soir et j'en suis heureux. Cela m'évitera de manger des pâtes sans sauce, sans viande, sans rien.

Si je commençais à envisager la possibilité de lever le pied, ma situation se rappelle à moi lorsque je ferme mon sac et que la

---

[8] Tarte salée composée de crème fraîche, lardons et rondelles d'oignons. Une tuerie !

[9] Pain brioché au cœur moelleux et à la croûte fine et croustillante. Alors, t'as faim, là ?

fermeture cède. Putain, c'est plus de la poisse à ce niveau-là, je suis un chat noir ! Je râle le plus discrètement du monde, inspire et expire pour me calmer et retourne travailler.

Comment pourrais-je lâcher la boîte — qui est clairement le job qui m'épuise le plus — alors que je n'ai même pas de quoi me payer un nouveau sac ? Je peux tomber mille fois, je me relèverai mille et une supplémentaires. Je n'ai pas d'autre choix et il est exclu que je finisse à la rue. Je n'y survivrai pas.

En me retournant, je remarque que Madame Braun m'observe, elle jette un rapide coup d'œil en direction de mon sac, puis retourne à ses discussions enjouées sans rien laisser paraître. C'est bien, elle a au moins le mérite de ne pas afficher la pitié que je lui inspire.

Légèrement requinqué, je retourne à mes tâches et compte profiter de cette soirée au marché pour souffler. Le rythme lors d'une nocturne ici n'est clairement pas aussi soutenu que celui de la boîte.

e cœur battant encore la chamade après le malaise de Simon, j'attends aux côtés de ma mère que la commande soit prête. J'essaye de me ressaisir sans qu'elle ne s'aperçoive de mon trouble. Il se passe quoi dans sa vie pour qu'il se sente aussi mal ? Cette fois, je commence vraiment à m'inquiéter. C'est peut-être pour ça que je lui ai acheté autant de nourriture.

— Comment ça se passe, Nina, entre toi et Simon ? me demande ma mère, me sortant de mes pensées.

Je capte son regard, un miroir du mien, et la curiosité que j'y lis me fait monter le rouge aux joues. Il n'y a pourtant pas de raison pour que je réagisse de la sorte à la simple évocation de son nom et du mien dans la même phrase.

— Ça se passe bien. Ce n'était pas très facile au début, car nous ne fonctionnons pas de la même façon, mais on a réussi à trouver un terrain d'entente.

— Un terrain d'entente ? s'enquit-elle, un large sourire aux lèvres.

Je lève les yeux au ciel, mais ne peux m'empêcher de sourire. Donnez-lui une bribe d'informations, elle vous cuisinera jusqu'à ce qu'elle ait tous les détails !

— Ce n'est pas ce que tu crois, maman. Tous les mecs que je croise ne veulent pas être avec moi, tu sais.

— Ils seraient bêtes de ne pas le vouloir.

— Mouais. Enfin, bref il n'y a rien à dire. On travaille ensemble et puis c'est tout. C'est à peine si on se supporte de toute façon.

Elle hausse les sourcils. Merde ! J'en ai trop dit.

— Je veux dire, c'est pas mon meilleur ami quoi. On travaille et puis c'est tout.

— Tenez, mademoiselle, ça fera cinq euros, me coupe le commerçant en me tendant la part de flammenkuche.

Après avoir payé, nous faisons un détour vers le grand sapin illuminé de dizaines de guirlandes rouges, vertes et blanches. Il est à peine dix-sept heures trente, mais à ce moment de l'année, le soleil commence déjà à perdre en intensité et les éclairages festifs illuminent la grande place. Nous nous arrêtons devant le grand arbre et l'observons, émerveillées comme si c'était la première fois que nous le découvrions.

J'inspire profondément l'odeur caractéristique du sapin et me tourne vers ma mère.

— Merci, maman. Pour le boulot, mais aussi pour tout le reste. Le soutien que vous m'apportez papa et toi.

— C'est normal, ma chérie, c'est toi que nous devrions remercier, dit-elle en montrant son bras emplâtré.

Elle me prend dans ses bras et j'essaye de ne pas renverser toute la nourriture que je tiens dans mes mains. Manquerait plus que j'offre de la bouffe écrasée à Simon.

— On mange ensemble dimanche soir, après la fermeture du chalet ? Je vais demander à tes frères s'ils veulent venir aussi.

Un large sourire sincère étire mes lèvres et mon cœur se gonfle. Ce que j'aime retrouver ma famille et manger en leur compagnie !

$\mathcal{M}$on pied droit tape le sol en rythme avec mon ennui. Il y a peu de clients ce soir, peut-être que le froid les a découragés à sortir. Simon est perché sur un tabouret face au mien et regarde dans le vide, vers le reste du marché. Nous n'échangeons pas le moindre mot, je crois que nous sommes trop fatigués pour nous chamailler comme ça a été le cas toute la semaine. Je prends le temps de l'observer, sa mâchoire carrée recouverte d'une fine barbe noire et son nez droit. Il a un très joli profil. Soudain, il retrousse légèrement ses lèvres, mais ne me regarde pas.

— La vue te plaît, soldat ?

Mes yeux s'arrondissent de surprise et je détourne vite la tête pour regarder dans la direction opposée, comme s'il pouvait deviner la gêne qui se lit sur mon visage. Il éclate de rire.

— Le marché est très beau, cette année, tenté-je de me rattraper.

— Il ne l'était pas, les autres années ? me demande-t-il, et cette fois je sens son regard posé sur moi.

— Si, tous les ans, il est magnifique. Ce n'est pas pour rien qu'il est si réputé. Tu n'y es jamais allé ?

— Pas une seule fois.

Je tourne enfin la tête pour lui faire face et nos regards s'accrochent. Ses yeux bleus me troublent de bien des façons.

— Comment ça se fait ? Tu n'habitais pas ici ?

Ma curiosité prend le dessus, mais je n'y peux rien. Étrangement, j'ai envie d'en apprendre plus sur ce mec mystérieux qui mange ce que je lui achète comme si c'était son premier repas de la semaine.

— Si, ça fait six ans que je suis à Strasbourg. Mais Noël tout ça, ce n'est pas trop mon truc, même si j'ai prétendu le contraire à tes parents, ça reste entre toi et moi, lâche-t-il avec un petit sourire et ses yeux me transpercent.

Bordel, si j'étais n'importe qui d'autre, je succomberais sur place.

— Pourquoi ? demandé-je, timide.

Je n'ai pas envie qu'il se renferme comme il a l'habitude de le faire, mais je ne peux réprimer cette interrogation qui me brûle les lèvres.

— Comme la réponse à la plupart des choses qui nous tourmentent. Conflit familial.

— Oh, je suis désolée…

— Ne le sois pas, t'étais pas là, rit-il en me tournant le dos et en passant un coup d'éponge sur le comptoir.

Il semble hésiter un instant.

— Tu le fêtes avec ta famille, toi ?

— Oui, tous les ans avec mes parents et mes frères. Ou du moins, quand je suis ici et pas en mission.

— Et… ton mari ? lâche-t-il rapidement en essuyant frénétiquement ce comptoir qui va finir par briller encore plus que les souliers de Cendrillon.

Je pouffe de rire.

— Mon mari ? De quoi tu parles ?

Il se retourne vers moi et fronce les sourcils.

— Vu que tu n'as pas le même nom de famille que tes parents… je suppose que t'es mariée. C'est pas trop dur, quand tu pars en mission, d'être loin de lui ?

Il se racle la gorge et son dos me fait face à nouveau. Il semble plus que gêné et je ne peux m'empêcher de rire une nouvelle fois. Mais il se passe quoi dans son cerveau, franchement ?

— Mais Simon, dis-je entre deux sourires, je suis pas mariée ! Donc non, cet homme imaginaire ne me manque pas quand je suis loin d'ici. Enfin, quand je l'étais.

Un brin de nostalgie s'empare de moi et mon cœur se serre. Je ne repartirai plus jamais. C'est pour avancer dans ma vie, j'en suis consciente. Pour finalement avoir ce dit mari et ne pas être en manque de sa présence puisque je partagerai mon quotidien en continu avec. Il n'empêche que ça va me manquer, un petit peu.

Il me fait face une fois de plus et son sourire en coin reprend sa place habituelle.

— Je pensais… vraiment, je pensais que c'était le cas, désolé pour la confusion.

— Pas de soucis, on me l'avait juste pas encore faite celle-là ! À la majorité, j'ai pris le nom de jeune fille de ma mère, Adélaïde Walker avant qu'elle devienne Madame Frantz Braun.

— Pourquoi ?

Il pose le torchon qu'il avait à la main sur son épaule, croise les bras et me regarde avec curiosité. Pourquoi je lui raconte tout ça ? Je ne devrais pas être en train de l'engueuler ? Je ne peux malgré tout pas m'empêcher de lui répondre.

— Parce que mon père, avant d'être viticulteur, a passé vingt-cinq ans dans l'armée de terre, ici même, et était très respecté. J'ai voulu faire mes preuves sans que l'on m'accuse de quelconques facilités liées à mon nom. Ce que j'ai fait. Personne n'a jamais rien su ou alors, ils me respectaient trop pour m'en faire la réflexion.

— Je vois. Je comprends mieux maintenant. Pourquoi tu t'es reprise un peu plus tôt ? En disant quand tu *étais* loin d'ici.

Je baisse les yeux sous le poids de son regard. C'est fou de ne pas arriver à le regarder sans flancher. Ça ne m'était jamais arrivé. J'ai peur de quoi ? Qu'il arrive à lire en moi alors que je ne laisse personne le faire en temps normal ?

— L'armée et moi, c'est fini.

Ses yeux s'arrondissent de surprise, il entrouvre la bouche, la referme et la rouvre une fois de plus. On dirait une marionnette dont le marionnettiste aurait oublié son dialogue.

— Depuis longtemps ? réussit-il enfin à prononcer.

— Depuis le jour où je suis venue travailler avec toi, un peu plus d'une semaine, quoi.

— Wow, je savais pas ! Laisse-moi deviner, songe-t-il en frottant sa mâchoire et en posant son doigt sur son menton en le tapotant légèrement.

Je souris intérieurement de le voir réfléchir de la sorte, les sourcils légèrement froncés, concentré et perdu dans ses pensées. Un rictus se forme sur sa bouche qui semble douce.

— Ah ! J'ai trouvé, s'exclame-t-il au bout de quelques secondes de réflexion. Je t'ai observée tout à l'heure et j'ai bien remarqué comment tu regardais les nombreuses familles qui passent dans cette allée. Tu m'apprends que tu n'es finalement pas mariée et que tu as quitté l'armée. Tu adores les fêtes de Noël et les passer en famille, qui doit être quand même grande si on pense que t'as plusieurs frères.

— Hum hum, l'encouragé-je, curieuse de savoir quelle conclusion tirée par les cheveux il va me sortir.

— Comme toutes ces femmes dans les films à l'eau de rose, je pense que tu as tout quitté pour pouvoir enfin trouver ton prince charmant, ou plutôt, que lui te trouve parce que c'est tellement plus romantique ! rigole-t-il en portant sa main à son cœur. Tu en avais marre de partir et tu t'es dit que tu ne pourrais pas gérer une carrière militaire et plein de bébés qui courent partout, surtout si ça voulait dire manquer leurs premiers pas et leurs premiers « *maman* ».

Il continue de s'esclaffer et je déglutis difficilement. Finalement, il tombe dans le mille et sa conclusion est tout sauf tirée par les cheveux. Il est donc si facile de lire en moi ? Je pensais vraiment que je réussissais à ne rien montrer au monde extérieur, je me suis bien plantée.

En remarquant le sérieux sur mon visage, il s'arrête de rire instantanément, mais son sourire reste scotché sur son visage parfait.

— Attends, j'ai raison ?

— Plus ou moins… avoué-je à contrecœur.

À quoi bon essayer de démentir ? Apparemment, l'homme qui m'insupporte le plus arrive à lire en moi comme dans un livre ouvert, ça ne sert à rien de lui mentir.

Simon penche la tête en m'observant. Je lève les yeux vers lui, les plante dans les siens et cette fois ne les détourne pas. Quelque chose se passe, je ne saurais dire quoi, pendant ces quelques secondes figées dans le temps. Je me perds dans l'océan de ses yeux, ma bouche est sèche et je ne trouve rien à dire de plus. L'extérieur ne semble plus exister, je ne ressens plus cet ennui qui avait pris place plus tôt, ce froid qui me tend habituellement ou encore cette fatigue dans les jambes à force de piétiner. Tout est flou sauf ce regard, infini. C'est à peine si j'ose cligner des yeux, de peur de louper une seule seconde de cet échange.

Simon contracte ce muscle sur sa joue avant de se racler la gorge et d'étirer ses lèvres.

— Regarde ça, Nina, on arrive presque à avoir une discussion civilisée.

J'expire en souriant, comme si j'avais retenu mon souffle pendant tout ce temps.

— C'est bizarre, venant de nous, dis-je en me relevant finalement de mon tabouret et en me plaçant en face de lui, contre le comptoir. Il scrute le moindre de mes mouvements, une tension à peine perceptible dans les yeux.

— Et toi, Simon, qu'est-ce que tu recherches ? Toutes ces nanas sur *Tinder* qui ne veulent qu'une nuit ou… autre chose ?

Ses yeux me dévisagent et le muscle sur sa mâchoire se contracte une nouvelle fois. Il déglutit difficilement avant de me répondre.

— Crois-le ou non, mais toutes ces femmes ne m'intéressent pas. Je pensais trouver la perle rare avec l'aide de cette application débile, mais je n'ai fait qu'enchaîner les échecs jusqu'à présent.

— Dommage pour toi, je suis sûre que tu trouveras quelqu'un qui te plaît vraiment un jour. Je te le souhaite.

Après tout, tout le monde mérite de trouver chaussure à son pied et de partager sa vie avec quelqu'un qui nous rend un peu plus heureux chaque jour.

Il bafouille dans sa barbe quelques mots que je ne distingue pas et récupère son portable dans son vieux sac. Il tapote rapidement sur l'écran.

— Je viens de supprimer l'appli. Tu as raison, je pense que je trouverai quelqu'un un jour, mais je ne pense pas qu'internet soit la solution.

Je lui souris et me tourne vers les autres chalets. La nuit est tombée il y a un moment maintenant, il est bientôt l'heure pour nous de fermer et de rentrer chez nous, chacun de notre côté. Je croise les bras et me les frotte ; quand il n'y a personne à servir et qu'on se pose un moment, le froid reprend le dessus et me donne des frissons. On me tapote légèrement l'épaule et je me retourne vers Simon qui me tend mon manteau. Je le remercie et l'enfile sans tarder avant de commencer à rassembler mes affaires.

Avant de partir, je ne peux m'empêcher de le mettre mal à l'aise.

— Alors, comme ça, tu m'observes ?

— Quoi ? demande-t-il en enfilant son manteau.

— Tout à l'heure, quand tu as essayé de percer mon mystère, tu as dit que tu m'avais observée.

— Ah, oui, c'est vrai que j'ai dit ça, lance-t-il avec un rire nerveux et en se massant la nuque.

— Du coup, la vue te plaît, le tombeur ?

Je me mords la lèvre et le fixe. Mission réussie, il est aussi gêné qu'un puceau devant une pub pour maillot de bain. Chose que je n'avais pas prévue : j'attends sa réponse comme un gamin attend le passage du père Noël. Impatiente, excitée, nerveuse.

epuis quelques jours, tout se passe à merveille entre Nina et moi, l'ambiance est bien plus agréable, même si j'avais commencé à apprécier nos joutes verbales. C'est pour cette raison qu'au saut du lit, je commence à ressentir l'impatience de cette nouvelle journée. Je me dirige d'un pas décidé et léger vers la salle de bain, me surprenant à sourire.

Je secoue la tête, retire mes vêtements et allume l'eau quelques secondes avant de me glisser dessous.

Merde ! C'est super froid ! Je laisse échapper un juron sur un ton qui n'a rien de viril et dirige le pommeau sur le sol, passant mes doigts sous le jet. Pourquoi ça ne chauffe pas ? Je veux bien qu'il faille un peu plus de temps pour obtenir de l'eau chaude en hiver, mais en général ça chauffe quand même un peu…

J'éteins, enroule une serviette autour de ma taille et rejoins le couloir, où se trouve le chauffe-eau. OH PUTAIN ! C'est quoi ce délire ?!

Par terre, une immense tache d'eau, une flaque, une mare !

J'ouvre le placard et manque de glisser au même moment, ce qui me fait de nouveau crier des injures. En me penchant, je découvre que l'eau s'écoule à grands flots depuis le bas du dispositif, il ne manquait plus que ça !

Ni une ni deux, je fonce dans la chambre, récupère mon téléphone et contacte le propriétaire. Une sonnerie, puis deux et enfin trois avant qu'il se décide à décrocher.

— Monsieur Muller, c'est Simon Tómasson, vous allez bien ?

— Et vous-même ? me répond-il d'une voix visiblement agacée.

— À vous dire vrai, il y a un problème à l'appartement. Le chauffe-eau fuit, il y a de l'eau partout.

— Nom de Dieu ! râle-t-il. Qu'avez-vous fait ?

— Rien du tout ! m'offusqué-je. J'ai simplement voulu prendre une douche quand j'ai remarqué qu'il n'y avait plus d'eau chaude. En allant vérifier dans le couloir, j'ai découvert la fuite.

— Et donc ? Vous pensez que je suis plombier ? Que croyez-vous que je vais faire ?

— Vous êtes mon propriétaire, c'est à vous de prendre en charge cette…

— Non, non, non ! Ce n'est à moi de rien du tout, vous avez dégradé les lieux, c'est à vous d'y remédier ! me coupe-t-il avec véhémence.

J'inspire et expire, retenant la rage que je sens poindre en moi, celle qui pourrait faire mal. Et me retomber dessus.

— Sauf votre respect, Monsieur Muller, cet incident est clairement lié à la vétusté de l'équipement que je vous ai déjà signalé, il se trouve donc que c'est de votre ressort. Ce n'est pas à moi de m'en charger.

— Oui, eh bien… débrouillez-vous et envoyez-moi la facture ! Je verrai ce que je peux faire pour vous rembourser.

Sans me laisser le temps de répliquer, d'expliquer si le courage me venait que je n'en ai pas les moyens, il raccroche. Seul avec mes pensées, ma rage et ma frustration, je serre les dents, me retenant de jeter mon téléphone de colère. Il ne manquerait plus que je doive en racheter un.

Je cherche le numéro d'un plombier, lance l'appel tout en coinçant l'appareil entre mon épaule et ma joue. Tandis que ça sonne, je récupère des serviettes dans le placard et les pose au sol pour tenter d'éponger l'eau. Putain, y'en a partout.

— Vous êtes sur le répondeur de *Plomb'67*, veuillez laisser…

Je raccroche. Je retente un autre professionnel, qui m'éconduit sans me laisser le temps d'expliquer, puis un troisième et enfin un quatrième.

— *ABCD-épannage* j'écoute ?

— Oui, bonjour, Madame, commencé-je. J'ai une énorme fuite sur mon chauffe-eau, je désespère de trouver quelqu'un, pouvez-vous m'aider ?

Je fais pitié, j'en ai conscience, je me plaindrais moi-même si j'en avais la force, mais que puis-je faire d'autre ? Je suis au fond du sceau et ce dernier est rempli d'eau. La secrétaire me passe le plombier, à qui j'explique précisément ce qui se passe ainsi que l'état du chauffe-eau à grand renfort de dates, que je trouve dans le dossier accroché à l'équipement. Il me demande de faire deux-trois tests, qui ne donnent rien, puis finit par me donner rendez-vous ce soir, à vingt heures.

— Pouvez-vous me dire combien cela va-t-il me coûter ? demandé-je, gêné.

— Oh, eh ben je peux pas trop vous aider, là. Ça dépendra de la panne, mais si on part sur un remplacement, vous pouvez compter un petit cinq cents euros.

Je manque de tomber le cul sur le sol mouillé, putain, il a dit un *petit* ? C'est moins que ce qui se trouve sur mon compte !

— D'accord, il me faudra une facture quoi qu'il arrive, mon propriétaire doit me rembourser.

— Pas de problème, mais ne vous basez pas sur ce tarif, cela peut varier et je ne pourrai pas savoir avant de voir le problème.

Je le remercie, puis raccroche et tape mon front avec mon téléphone. Comment je fais pour trouver cet argent ? Est-ce que je prends le risque d'utiliser le peu qu'il me reste sur mon compte, creusant au passage un découvert ? De toute façon, le propriétaire devra me rembourser, il n'aura pas le choix puisque la loi l'énonce très clairement.

Bon, je vais prendre un risque considérable, mais il faut noter que je n'ai pas d'autre choix. Constatant que l'heure a déjà bien avancé, je rouvre l'eau, me rue dans la salle de bain, où je me lave très rapidement au gant et à l'eau froide, avant de me vêtir chaudement. Déjà qu'il ne fait pas chaud dans cet appart', mais alors là… je me les pèle !

Aussitôt habillé et prêt à partir, je rajoute deux serviettes sur le sol, même si j'ai coupé l'eau selon les directives du plombier. On ne sait jamais. Putain, entre cette foutue histoire de sac et celle du chauffe-eau défectueux, je crois que je vais finir par péter un câble.

Sans avoir avalé le moindre petit-déjeuner, pas même englouti un café, je quitte mon logement et cours pour ne pas manquer mon bus. Ça serait le pompon !

La journée se passe un peu au ralenti et j'ai toutes les peines du monde à mettre mes soucis personnels de côté. Nina est calme — autant que puisse l'être la militaire, n'exagérons rien — et les clients sont agréables, heureux de profiter d'un super moment au marché. Malgré tout, je ne réussis pas à me réjouir, je feins des sourires qui puent le fake à dix mille et ne fais pas plus la conversation que ça, contrairement à d'habitude.

J'ai conscience que ce n'est pas bien, je sais que je devrais faire un effort, mais je n'y arrive pas. En dépit du fait que je sais que faire la tronche ne réparera pas miraculeusement mon chauffe-eau, Nina et les clients n'y sont pour rien. Le problème, c'est que cette tuile qui m'est tombée sur la tête l'a juste enfoncée un peu plus sous l'eau et que reprendre ma respiration dans ce maelström de merdes est trop compliqué.

— Bon, tu veux qu'on en parle ou tu vas ruminer dans ton coin comme un vieux ?

Je relève la tête, tente d'y afficher un sourire, mais ne force pas plus quand je vois la détermination dans le regard de Nina. Je ne peux pas mentir à cette femme, elle est bien trop perspicace pour se laisser berner par des excuses à la con, la faute à son ancienne carrière, je suppose.

— Un souci à l'appart, j'ai un plombier qui doit venir et ça m'fait chier, expliqué-je en raccourcissant au maximum.

— Oh merde ! Rien de grave, je présume.

— Tu présumes ?

— Ben oui, si ça l'était tu ne serais peut-être pas venu travailler pour t'en occuper au plus vite. Il doit venir à quelle heure le plombier ?

J'aime la facilité qu'elle a de parler des soucis qui, à moi, me font baliser, mais comment lui dire que c'est grave et que prendre ma journée n'aurait fait qu'aggraver les choses ? Alors que je cherche une réponse convenable à apporter sans pour autant admettre que je n'ai pas un flèche, un groupe de jeunes se présente devant le chalet et passe commande.

Nina les sert, elle leur sourit avec gentillesse, les fait régler et leur offre des pâtisseries avec joie. Elle est mystérieuse cette fille. J'ai beau avoir percé à jour son petit secret concernant les raisons de son départ de l'armée — chose qui n'était clairement pas difficile, soyons francs —, il reste des pans de sa personnalité que je peine à appréhender. Elle est exigeante, droite, maniaque sur les bords, mais aussi douce et tendre. Je suis sûr qu'en dessous de la carapace se trouve une femme rigolote qui aime s'amuser, ça se sent.

Quand le groupe de jeunes s'éloigne, Nina pivote vers moi, son sourire radieux encore plaqué sur sa bouche pulpeuse. Et putain, elle est belle. Naturelle, simple, toujours bien habillée et coiffée, il n'y a rien dans son physique qui n'interpelle pas le mien.

— Du coup ?

— Euh, il vient à…

Je bégaye, comme un ado pris la main dans le sac en train de baver sur l'élève populaire du lycée. J'ai trente ans, je ne suis plus le boutonneux que j'étais, pourquoi est-ce que je me sens aussi gêné ?

— Vingt heures, il doit regarder ce qui se passe avant de prendre une décision concernant les réparations. D'ailleurs, ça ne te dérange pas si je pars un peu plus tôt pour être à l'heure ?

— C'est quoi, un évier qui fuit, un truc comme ça ? Non, pas de soucis, je fermerai.

— Non, le chauffe-eau, il date de l'antiquité et j'ai découvert une grosse fuite ce matin.

— Attends, t'es en train de me dire qu'il y a de la flotte partout chez toi et que t'es quand même venu bosser ? T'es dingue ! Et si ton appart' est inondé d'ici ce soir ?

Je blêmis. Je ne me vois pas, je ne peux pas attester de la couleur de mon visage, mais je sens le sang déserter mon épiderme. J'ai bien coupé l'eau au niveau du chauffe-eau, mais si elle avait raison ? Quelle merde intersidérale ce serait si je rentrais dans un appartement flottant ?

— Tu… crois que c'est possible ? demandé-je, chevrotant.

— Ben j'en sais rien, je suis pas plombier. Mais si t'as une fuite d'eau, c'est synonyme d'inondation, non ?

— Il m'a fait couper l'eau de mon appart', enfin la partie avec le tuyau qui relie le chauffe-eau. Putain, il ne m'a pas dit que ce serait grave si on attendait ce soir !

Je panique, voilà, il ne m'en fallait pas plus pour devenir fou à cause de cette histoire de merde ! Peut-être que mon appartement est complètement sous l'eau, qu'il a inondé les autres logements en dessous du mien et que je vais me retrouver avec un procès au cul ! Il ne manquerait plus que ça !

— Eh, du calme ! Je suis sûre que s'il ne t'a rien dit c'est que c'est rien. C'est lui le pro, il va pas te donner un rendez-vous qui te foutrait encore plus la tête sous l'eau, plaisante-t-elle.

Malgré son sourire rayonnant et son petit rire mélodieux, je ne peux me résoudre à me détendre. L'idée de retrouver un lac en guise de foyer me tord les tripes, fait grimper mon anxiété à un niveau que je déteste atteindre. J'inspire et expire, me passe une main sur le visage et suis tenté de retirer ma casquette, qui semble comprimer mon crâne tout à coup.

Je n'en fais rien, interrompu dans mon geste par les mains de Nina qui se posent sur mes avant-bras.

— Simon, calme-toi, c'est rien. Respire un bon coup et ressaisis-toi.

Ses doigts s'enroulent autour de mes poignets, je sens sa peau contre la mienne et en apprécie la fraîcheur. Elle a froid ? Ne devrait-elle pas enfiler un pull supplémentaire ou son manteau ? Sans me préoccuper plus de mon état de stress, j'attrape ses mains instinctivement et agrippe ses doigts.

— Tu as froid ? lui demandé-je.

Tandis que ses prunelles s'arriment aux miennes, le temps se suspend dans le chalet. Nous nous dévisageons comme si nous ne nous étions jamais vus avant. Sa bouche parfaite s'ouvre pour me fournir une réponse, mais elle se referme avant même d'avoir prononcé le moindre mot. Nos doigts s'emmêlent, un geste banal et qui rend pourtant l'instant profondément intense.

Son épiderme contre le mien me fait frémir, une nuée de sentiments que je ne saisis pas me traverse et la bulle éclate lorsqu'un client se présente.

— Bonjour ! s'exclame-t-il joyeusement.

Nous sursautons, nous séparons brutalement et je déplore déjà qu'elle soit si loin de moi. Quoi ? Sérieux ? Mais… qu'est-ce qui me prend ?

14
Nina

Mon cœur bat la chamade lorsque je sers le client qui me demande trois tasses de vin chaud et quelques biscuits en plus. Mes doigts tremblent presque et ils semblent encore plus froids qu'ils ne l'étaient avant que Simon ne me touche avec ses mains chaudes. Comment fait-il pour ne pas avoir froid ?

Je ne comprends pas la réaction de mon corps alors que nous nous sommes à peine effleurés. Je me ressaisis donc et me concentre sur le travail. Je range tout, j'aligne les serviettes sur le comptoir et prépare des tasses vides en avance.

Simon s'occupe aussi de son côté, mais j'essaye de ne pas lui prêter plus d'attention que je ne le dois. Nous passons l'après-midi en silence, sans grande conversation. Il rumine dans son coin et se fait du souci, il faudrait être aveugle pour ne pas le remarquer. Ou tout simplement ne pas réussir à s'empêcher de jeter un œil dans sa direction toutes les cinq minutes. Je suis pathétique !

Malgré la semaine qui s'est bien déroulée et la bonne ambiance qu'il y a entre nous, je n'arrive toujours pas à le cerner complètement. Je n'arrive pas à comprendre pourquoi venir travailler aujourd'hui était plus important que de surveiller son appartement et éviter une éventuelle inondation ?

Je n'ose même pas lui poser la question, ça voudrait dire le regarder dans les yeux et peut-être y retrouver cette étincelle que j'y ai vue apparaître tout à l'heure. Et qui m'a déstabilisée.

Vers dix-neuf heures, il attrape son manteau, prend son sac et ouvre la porte latérale du chalet pour en sortir. Il s'arrête et se tourne vers moi.

— T'es sûre que ça ne te dérange pas que je te laisse toute seule ? me demande-t-il, soucieux.

— Non, je vais m'en sortir sans tes beaux yeux, Simon, dis-je en levant les miens au ciel et en souriant.

Qu'est-ce qui me prend de lui faire des compliments maintenant ? Je n'arrive même plus à contrôler les mots qui sortent de ma bouche.

— Merci, Nina.

— Pas de soucis. Tu travailles cette nuit encore ?

Je ne sais pas pourquoi, mais je suis de plus en plus curieuse à propos de ce qu'il fait en dehors de ce chalet. Quels sont ses hobbies ? Fait-il du sport ? Comment rentre-t-il chez lui ? Après tout, je ne l'ai jamais vu après que nos chemins se séparent le soir en quittant le marché.

— Oui, ça risque d'être bondé vu qu'on est vendredi soir. Et toi, des plans pour la soirée ?

Son sourire se fait timide et il resserre les lambeaux de son sac sur son épaule.

— Je vais sûrement rentrer prendre un bain chaud et filer direct au lit. Je sais, j'ai pas une vie palpitante, ajouté-je en riant.

— Crois-moi, je préférerais passer une soirée comme la tienne plutôt que d'enchaîner une énième nuit blanche. Allez, à demain, soldat.

Il me salue de la main, toujours son sourire craquant aux lèvres. Qu'est-ce qu'il m'énerve !

Pourtant, le mien reste scotché sur mon visage, même bien après son départ. Il s'élargit même lorsque j'aperçois un crâne brun rasé dans l'allée des chalets.

— Drancy ? m'écrié-je.

Il se retourne et ses dents blanches se dévoilent quand il se rend compte que c'est moi qui l'interpelle. Il se dirige vers moi d'un pas rapide.

— Je t'ai déjà dit que tu pouvais m'appeler Ethan !

— Comment tu vas, *Ethan* ? demandé-je en faisant exprès d'insister sur son prénom. Je suis contente de te voir.

— Ça va, on se prépare pour partir. Tu sais comment c'est. C'est notre dernier week-end ici.

— Combien de temps ?

— Six mois, peut-être plus.

Ses yeux se voilent de tristesse et mon cœur se serre pour lui. Je sais à quel point les adieux à nos proches sont difficiles au moment de partir et à quel point on redoute de les quitter.

— Comment tu vas faire sans moi ? lancé-je pour essayer de détendre l'atmosphère.

— Bonne question ! Je vais m'ennuyer à mourir sans tes remarques à la con.

— Arrête ! Tu me remplaceras vite j'en suis sûre.

— Jamais, t'es bien trop folle pour ça !

J'explose d'un rire loin d'être gracieux et quelques passants se retournent sur notre échange.

— Dis-moi, Nina…

— Oui, Ethan ?

Il lève ses yeux vers moi, pleins de malice. Oh, oh, ça veut dire qu'il a une idée derrière la tête.

— On sort tous ce soir, une dernière fois. Tu veux te joindre à nous ?

— Qui c'est ce « *nous* » ?

— Moi et les gars qui partent, certaines de leurs copines aussi. Mais le plus important, c'est que je serai là.

Il me fait un clin d'œil et bien que mon bain m'appelle, je ne peux pas refuser. Je ne le reverrai que dans longtemps après ça. Trop longtemps.

— À quelle heure et où ?

— Ah ! J'étais sûr que tu serais partante.

Son sourire s'élargit encore un peu plus, comme si c'était possible.

— On se retrouve vers vingt et une heures trente au Blue Moon, ça te va ?

— Oui, parfait, j'aurais le temps de rentrer me changer, dis-je en désignant mon tablier plein de sucre.

— Mais d'ailleurs, je viens de capter, qu'est-ce que tu fais ?

— Je travaille ici depuis quelques semaines. Pour aider mes parents. Je te l'ai dit l'autre jour !

— Ah oui, c'est vrai ! Si j'avais pensé te voir servir autre chose que ton pays, je n'y aurais pas cru moi-même, s'esclaffe-t-il.

— Achète-moi quelque chose ou va te moquer ailleurs, lui ordonné-je en lui tirant la langue comme une gamine.

Après lui avoir servi une tasse fumante de vin épicé, il repart et me texte les infos de la soirée.

Je ferme le chalet une demi-heure plus tard, monte dans ma voiture et me dirige chez moi. Je prépare mentalement la liste de mes choses à faire, choisir ma tenue, optimiser mon temps pour me préparer le plus rapidement et efficacement possible.

Je commence par prendre une douche rapide, me lave les cheveux qui frottent le milieu du dos et me rase les jambes.

Ensuite, je les sèche et les lâche, ça changera pour une fois. Mes yeux subissent mes essais maquillage, finissent par arborer un trait fin de liner, et enfin j'ajoute une fine couche de gloss sur mes lèvres.

J'enfile des collants noirs, presque transparents, ainsi qu'une robe de la même teinte. Elle m'arrive un peu au-dessus des genoux, moule mon corps, les bretelles sont fines et se nouent autour de mon cou. Le dos de la robe — ma partie préférée — dévoile ma chute de rein, le tissu s'arrête juste au-dessus des fesses.

Une paire d'escarpins plus tard et je fais face à mon reflet dans le miroir. Je me trouve belle et surtout, je me sens sexy. Chose que je ne ressens pas souvent, surtout en hiver. J'ai peur d'en faire un peu trop, mais après tout, ce n'est pas tous les soirs que j'ai l'occasion de sortir dans un bar et d'éventuellement rencontrer quelqu'un.

D'ailleurs, dans quelle boîte de nuit travaille Simon ? Je secoue la tête pour chasser cette pensée étrange et regarde l'heure sur mon téléphone, je ne vois pas pourquoi je pense à lui tout à coup. Si je pars maintenant, j'arriverai dix minutes en avance. J'attrape alors mon manteau, mon petit sac et rejoins la destination de la soirée.

J'en suis à mon troisième verre de cocktail et mes joues chauffent en même temps que mon inhibition s'évapore. Cela doit bien faire deux heures que nous sommes tous rassemblés dans ce bar avec quelques gars de la base et deux ou trois femmes qui les accompagnent. Ethan et moi passons la plupart du temps à rire à nos propres blagues sous les coups d'œil interrogatifs, mais l'ambiance est vraiment cool. On sent qu'ils profitent à fond et ne sont pas là pour faire les choses à moitié.

Je m'amuse comme ça ne m'était pas arrivé depuis longtemps. Je suis maintenant libérée de cette obligation de perfection à laquelle j'étais attachée lorsque j'étais lieutenant. Je n'en ai plus rien à faire ce soir, je veux juste profiter et rattraper toutes ces années où j'ai fait bonne figure.

Je me demande ce que fait Simon ? Je suis sûre que s'il me voyait dans cette robe et ces talons, il se foutrait de ma gueule. Avec son sourire là !

Je n'ai pas envie que la soirée s'arrête malgré ma tête qui commence à tourner, et à en juger par les yeux brillants de notre petit groupe, je ne suis pas la seule dans cet état.

— À notre départ ! lance le brigadier-chef Pierrot pour la énième fois ce soir.

Je connais son prénom, mais je suis incapable de m'en souvenir, là tout de suite. Nous levons tous nos verres et ils s'entrechoquent, renversant un peu de liquide sur la table. J'explose de rire, me joignant à l'hilarité générale.

Mes yeux scrutent le bar bondé, à la recherche de quelque chose, mais je ne saurais dire quoi.

— Dites les gars, ça vous dit d'aller en boîte pour continuer la soirée ? demande le jeune blond à ma gauche.

Je ne sais pas s'il m'a dit son prénom, mais j'ai l'impression de le voir pour la première fois à notre table. Je rigole toute seule en l'imaginant être apparu comme par magie et les regards se tournent vers moi.

— Alors, tu viens, Nina ? me demande Ethan dans mon oreille.

— Où ?

— En boîte !

— Ahhhhhh !

Mon sourire béat ne quitte pas mon visage et je rigole une fois de plus avant de reprendre une gorgée de ce cocktail sucré. Il est à quoi déjà ? Il est vraiment bon.

— Alors ? presse-t-il.

— Oui, la réponse est oui, Drancy !

Il me lance un regard noir, mais son sourire le trahit.

— Alors, allons-y !

Nous enfilons notre manteau avant de ressortir dans le froid qui me claque au visage une fois la porte passée. Je lève les yeux vers le ciel étoilé et inspire fortement. Ce que ça fait du bien, un peu d'air !

Je crevais de chaud à l'intérieur.

Pour une raison que j'ignore, nous partons à pied vers la boîte de nuit pendant ce qui me semble être une éternité. Mes pieds ne me remercient pas dans ces talons aiguilles. Qu'avais-je dans la tête pour m'habiller ainsi ? Je n'ai pas vu un seul beau gosse à la ronde, en tout cas pas aussi beau que…

— On y est ! lance Pierrot.

Le videur nous fait entrer, les basses résonnent contre les murs. Je paie mon entrée, donne mon sac et mon manteau à la femme qui s'occupe des vestiaires.

Le groupe est surexcité et se place à une table dans le coin VIP où je suis contente de prendre place. Les sièges rembourrés sont confortables, ça me fait un bien fou de m'asseoir un peu ! La musique vrille mes tympans, mais je réussis à m'habituer au volume au bout de quelques minutes.

La foule bouge en rythme avec le son que le DJ passe derrière sa table. Je me perds à contempler les gens qui dansent, se draguent et se collent pendant quelques minutes avant qu'Ethan ne me tende un verre de champagne. Je le bois d'une traite, pensant que ça va étancher ma soif, mais ça ne fait que l'accentuer.

Je me lève alors en quête d'un verre d'eau fraîche et me dirige vers le bar, de l'autre côté de là où nous nous trouvons. Je me faufile entre les corps chauds et transpirants des fêtards, avant d'enfin m'accouder au bar entre deux types saouls qui ne semblent même pas remarquer qu'ils sont à moitié avachis sur le comptoir.

Je rigole toute seule une fois de plus et le barman qui me tournait le dos et rangeait des bouteilles se retourne vers moi.

Ma respiration se coupe, mes yeux rencontrent le bleu de ceux de Simon. Et malgré moi, j'explose encore plus de rire, faisant se retourner les deux types à moitié endormis à côté de moi.

Sa mâchoire se contracte, il se penche sur le comptoir du bar pour rapprocher son visage du mien et que je l'entende par-dessus la musique. Pourquoi il a l'air en colère ?

— Qu'est-ce que tu fous là ?

— Eh bien le bonsoir à vous aussi, Monsieur Simon, le tombeur !

Je ris une fois de plus et attire l'attention du type à ma droite. Je me tourne vers lui et le surprends en train de se pencher pour mater mon derrière. Quel gros dégueu ! Il s'approche alors de moi, son haleine qui pue l'anis s'échouant sur ma joue.

— Tu veux boire un verre, ma jolie ?

— Non merci, retourne à ta sieste, papy ! dis-je en lui tapotant le bras.

— Allez, rien qu'un petit !

— Elle a dit non ! me coupe Simon en grognant presque avant que je ne puisse répondre.

Il foudroie l'homme du regard et j'avoue que s'il me regardait comme ça, je me chierais dessus. Je pouffe de rire, pose ma main sur celle de Simon et la tire pour qu'il se penche un peu plus.

Ses yeux se posent sur ma bouche, son souffle chaud la caresse tellement nous sommes près. Je me penche à mon tour, approche mes lèvres de son oreille gauche et ne lâche toujours pas sa main douce.

— Alors, ton problème de tuyau ? gueulé-je au moment où la musique change et qu'un semblant de silence s'installe avant que les basses ne fassent trembler le sol sous mes pieds de plus belle.

Il écarquille les yeux, les deux hommes à côté de moi ainsi qu'un autre type et une femme derrière le comptoir pouffent de rire. J'ai dit quoi de si drôle ? Je m'inquiète pour son tuyau, il semblait si anxieux, c'est normal non ?

Mais pourquoi semble-t-il en colère contre moi ?

lle est complètement malade de se pointer ici habillée comme ça ! Se rend-elle compte des regards qui glissent sur elle avec insistance ? Imagine-t-elle seulement ce que ces ivrognes dégueulasses ont en tête ?

Je serre les dents, sa remarque à propos de mon tuyau, au milieu de tous ces gens affamés d'autre chose que de nourriture, ça ne passe pas. Je sais précisément de quoi elle parle, bien sûr, mais les clubbeurs autour l'ignorent et me regardent tous avec ce drôle d'air. Je déteste ça.

— T'as besoin que j'appelle un taxi pour toi, peut-être ? T'as pas l'air dans ton état normal, je pense que la soirée est bien entamée, finie même.

— Rooooo, mais ne fais pas ton *rabat-jour* !

— Rabat-jour ? Tu joues à quoi, là ? Tu nous fais une version alternative d'*Ibiza, nous voilà !* ?

— Ibi-quoi ?! s'époumone-t-elle, ne comprenant clairement rien.

— Laisse tomber, je t'appelle un taxi.

— Mais c'est quoi ton problème ? Laisse-moi m'amuser un peu ! Qu'est-ce que tu peux être coincé !

Quand elle me balance ça au visage, je sais que je ne devrais pas le prendre personnellement. Je ne lui ai rien montré qui pouvait laisser penser que je suis un mec hyper fun qui adore s'amuser, mais je n'y peux rien, ça me fait chier. Peut-être parce que je n'ai pas pris le temps de m'éclater comme elle le fait en balayant mes barrières et mes problèmes depuis une éternité.

— Je ne suis pas coincé, mais toi t'es clairement défoncée alors ça suffit les conneries.

Sans réfléchir, je me faufile sur le côté et la rejoins en quelques enjambées. Je me saisis de son coude et l'entraîne vers la sortie quand deux mecs, plutôt baraqués, s'interposent.

— On peut savoir où tu crois aller ? me demande celui à la peau sombre.

— Pas vos affaires, lâché-je les mâchoires serrées.

— Je crois que si, mon pote, balance l'autre en tapant son poing dans sa paume.

OK, le gars déconne à plein tube s'il croit m'impressionner en faisant ça. J'aurais largement le temps de lui péter le nez et foutre un coup de boule à son pote si je le voulais. Et puis je n'ai qu'un geste à faire pour que Mike, qui est debout à environ six mètres de nous, les sorte par la peau du cul.

— Oh ! Drancyyyyy ! s'exclame soudain Nina en sautant dans les bras du premier type.

Je rêve ou quoi ? Je retiens Nina, peu sûr de savoir si elle agit ainsi à cause de l'alcool et si ces énergumènes n'y sont pas pour quelque chose dans son état. Elle qui est habituellement si maîtresse d'elle-même, pourquoi s'est-elle saoulée à ce point ?

— Les gars ! Je vous présente Simon ! Il bosse avec moi au chalet de mes parents et il est aussi strip-teaseur ici !

Je manque de m'étouffer avec ma salive. Elle vient de dire quoi ?! Non, mais d'où elle sort une telle connerie, celle-ci !

Forcément, les deux mecs me toisent et explosent de rire, ce qui n'arrange rien à mon état de colère.

— Je suis barman, me défends-je sans comprendre pourquoi.

Après tout, qu'est-ce que j'en ai à foutre de ces mecs ? Je ne leur dois absolument rien.

— Sérieux ? s'étonne Nina comme si je venais de lui annoncer que j'avais marché sur la lune.

— Oui, sérieux.

— Wow ! C'est moins exotique que ce que je croyais ! pouffe-t-elle.

— Bon, viens avec moi, je vais t'appeler un taxi.

Je n'en peux plus de la voir se ridiculiser ainsi, sa robe remontant et ses seins remuant dans tous les sens. Les chacals du coin comme je me plais à les appeler ne manquent rien du spectacle en dépit de sa présence entre les deux types. D'ailleurs, à y regarder de plus près, je ne serais pas étonné d'apprendre qu'ils sont militaires. La coupe, la tenue, la montre au poignet qui me rappelle étrangement celle de Nina, tout correspond.

— Je vois pas pourquoi tu veux la faire rentrer, mec. On s'amuse bien là.

— Ouais, tellement bien que vous êtes tous ivres et personne ne la surveille !

— Elle est assez grande pour se surveiller, pas vrai, Nina ?

La principale concernée papillonne complètement, elle danse sans même prêter ne serait-ce qu'une oreille à notre conversation. OK, il faut bien la tendre pour entendre quelque chose dans cette foutue boîte, mais merde ! *Nina, fais un effort !*

Pendant une seconde, j'observe sa façon de danser qui, au lieu de m'électriser comme le fait habituellement sa présence, me tend au maximum. Je déteste que les regards se portent sur ses courbes parfaites, sur son sourire immense et sur son regard envoûtant. Bon, là tout de suite, elle louche un peu et ne sait pas aligner deux pas sans tanguer, mais l'idée est là. Et pour moi, elle est juste magnifique.

— Bon allez, retourne derrière ton bar et fous-lui la paix, le pervers !

La réflexion de trop. Je serre le poing, me retiens de lui péter la gueule et attrape Nina par les hanches, la jetant sur mon épaule tout en dissimulant son cul en tirant sur sa robe. Je bouscule les deux mecs qui n'osent pas effectuer le moindre mouvement, puis me dirige vers la sortie.

— Mike, empêche ces mecs de me suivre. Ils font chier cette fille, je la raccompagne chez elle, je la connais, informé-je l'agent de sécurité.

— Entendu, mec.

Sur mon épaule, Nina se débat, morte de rire. Une fois dans le sas — une sorte d'antichambre de la débauche où se trouve Ariane, qui gère le vestiaire ce soir —, je la pose par terre en la tenant par la taille. Nos corps sont proches, vraiment très proches, et je ressens une fois de plus cette sensation étrange m'attirer vers elle. Seulement, je ne suis pas un pervers comme son connard de pote l'a balancé, je suis un mec bien et je me détourne prestement, la respectant trop pour profiter d'elle.

Elle semble déçue, mais ne dit rien.

— Tu as laissé ton manteau aux vestiaires ?

— Oui, avec mon sac. Mais pourquoi on part ? Et pourquoi t'es là, déjà ? C'est réel ou je rêve encore de toi ?

Je ne relève pas, secoue la tête en soupirant et lui demande :

— Tu as ton ticket ?

— Oui, juste là !

Ses doigts manucurés fouillent dans son décolleté et je dois lutter de toutes mes forces pour ne pas garder mon regard rivé sur ses seins ronds. Ils ont l'air si fermes…

Merde ! Lève les yeux, Simon !

Elle me sort un ticket tout ratatiné, recouvert de sa sueur. Je m'en saisis et lève les yeux au ciel quand elle glousse comme une dinde.

— C'était entre mes nichons !

Bien vu, Sherlock.

En deux temps, trois mouvements, je récupère ses effets personnels ainsi que les miens auprès de ma collègue à qui je fournis une rapide excuse ; puis j'entraîne Nina dehors, lui enfilant son manteau comme à une môme.

— Viens, tu vas t'asseoir là et on va appeler un taxi. Comment tu es venue ?

— Oh non ! Je prends pas le taxi, c'est mort ! On va où ? En boîte ? Ça fait des années que je n'y ai pas mis les pieds ! J'ai ma voiture, je conduis !

— On ne va nulle part, tu rentres chez toi.

— Ah, mais il est encore tôt !

— Il est trois heures du matin, Nina. Tu es complètement ivre, tu vas finir par faire n'importe quoi, fais-moi confiance, tu me remercieras demain matin, soldat.

De ma poche, je sors mon téléphone et lance l'appel vers une compagnie de taxi, un numéro que j'ai fini par enregistrer à force de bosser dans une boîte comme celle-ci.

Le temps que je la quitte des yeux, la voici qui s'éloigne de moi en tanguant et traverse la route sans jeter un œil autour d'elle. Mon sang ne fait qu'un tour, je me jette littéralement sur elle, même si aucune voiture ne débarque. Nous nous retrouvons du côté du parking, Nina explosée de rire et moi bouillonnant de rage.

— Mais qu'est-ce qui te prend, putain ! T'as bu quoi pour être dans un tel état ?! Tu veux crever ou quoi ?!

— Oh, mais tu arrêtes de crier un peu ! Je suis pas…

Elle s'interrompt, porte sa main devant sa bouche et, anticipant le prochain mouvement, je me place derrière elle et maintiens ses cheveux en place. Elle se penche et vomit sans aucune grâce, ce qui me ferait rire si je n'étais pas aussi inquiet pour elle.

De son sac accroché à mon bras et dont j'aperçois le contenu, je tire un paquet de mouchoirs afin de lui en donner un, sans toutefois lâcher ses cheveux. Je suis un mec super polyvalent dans le fond, j'arrive même à caser mon vieux sac sous mon aisselle.

— Pouah ! C'est dégueu ! s'exclame-t-elle, toujours aussi hilare.

— Bon, Nina, ça suffit les conneries. Je te ramène chez toi.

Sans lui laisser l'opportunité de réagir, de me contredire, je fouille dans son sac et en tire les clés de sa voiture. Hum, OK, une Audi, où peut-elle se trouver ? Je ne suis pas certain de pouvoir compter sur Nina pour me l'indiquer.

— Tu sais où t'es garée ?

— Nope ! Mais j'ai super faim ! Oh, et si on allait manger au KFC ?

Je soupire, passe mon bras autour de ses hanches pour l'aider à marcher et scrute le parking, généreusement éclairé par les immenses lampadaires. Des Audi, il y en a à la pelle, ça va être une partie de plaisir. Je presse le bouton et observe les voitures quand l'une d'elles clignote, bingo !

Située à quelques mètres seulement de nous, sa voiture flambant neuve me fait instantanément lever les yeux au ciel. Pourquoi ? Un cliché certainement. Audi A5 blanche, jantes en alliage, enfin tout le tralala des militaires du coin.

J'installe Nina qui ne cesse de s'extasier sur son putain de KFC et m'assieds derrière le volant quand la réalité me percute de plein fouet. Je suis réellement en train de déserter mon travail pour une fille ? Bon, pas n'importe quelle fille et je m'en voudrais toute ma vie si je ne faisais pas ça, mais… je ne peux pas partir comme ça. Putain ! Saloperie de merde !

Les dents serrées, je sors mon téléphone une nouvelle fois et écris un rapide SMS à Matt, l'informant que je m'absente pour une vingtaine de minutes, sans pour autant lui livrer les détails de cette escapade. Dans n'importe quel autre job, ça ne passerait pas. Mais ce mec n'est pas du genre à faire chier et la boîte n'était de toute façon pas pleine, on est sur les horaires où ça devient de plus en plus tranquille, ils survivront sans moi vingt minutes. Enfin, je ne sais même pas où elle vit, j'espère qu'elle n'est pas à l'autre bout de la ville.

— Tu connais encore ton adresse ?

— Le KFC ? Euh, je sais pas, vers là ! m'indique-t-elle en pointant du doigt vers notre droite.

Je ne suis pas sorti des ronces avec elle ! Je râle et consulte le GPS intégré de sa bagnole, cherchant si son domicile y est répertorié. Là encore, bingo, le trajet s'affiche et je soupire de contentement quand je découvre que je ne suis qu'à huit minutes environ. Le retour à pied sera long et chiant, mais ça devrait le faire.

Je démarre le bolide et frémis en sentant sa puissance sous mes pieds, entre mes mains. N'étant pas forcément matérialiste, je ne m'attache pas au luxe, mais j'admets qu'une voiture de ce genre me plaît particulièrement. Il se pourrait que je la prenne en otage, juste pour embêter un peu Nina. Ouais, ça me semble une bonne alternative pour revenir à la boîte plus vite et au chaud.

En quelques minutes, nous sommes stationnés au pied d'un bâtiment rouge, qui en impose du fait de son architecture autant que sa taille. La luminosité actuelle ne lui rend pas justice et j'aurais adoré en profiter en plein jour. Peut-être une autre fois…

— Oh, c'est ma maison ! s'exclame Nina.

Sans crier gare, elle ouvre la portière et sort en trombe, je l'imite et récupère nos affaires respectives avant de l'attirer contre moi. Hors de question qu'elle me refasse le coup de traverser la rue comme une dégénérée.

— Tu veux pas me border aussi, le tombeur ?

— Dis pas de conneries, je te ramène et je retourne bosser.

— Hum, hum.

D'un pas bancal, elle avance contre moi, et je ne peux m'empêcher de me sentir important. Je suis son pilier à cet instant précis, je suis heureux de l'aider, même si elle m'agace de s'être mise dans un tel état. À quoi pensait-elle ?

Quand enfin nous entrons dans l'ascenseur, Nina se plaque contre moi, ses mains touchant avidement mon torse. Je la retiens et

frissonne quand mes doigts rencontrent la peau de son dos. Pourquoi elle a enlevé son manteau, putain !

— Quel étage ?

— Qu'est-ce que t'es musclé ! Je peux voir ?

Elle tente de remonter la chemise noire que je porte, uniforme de la boîte. Je l'en empêche, même si j'admets que sentir ses doigts fins sur ma peau est une perspective plus qu'appétissante.

— Arrête ça, soldat, tu vas le regretter demain matin. Quel étage ?

— Reçu, capitaine tombeur ! s'écrie-t-elle en faisant le salut. Euh… troisième !

Je pouffe de rire, presse le bouton et continue de la maintenir à distance le temps que dure la montée. Je l'extirpe hors de l'ascenseur une fois celui-ci arrêté et repère en un regard sa porte, son prénom et nom étant inscrit sur une plaque dorée.

En temps normal, je ne fouillerais jamais dans le sac de qui que ce soit, mais parfois il faut savoir passer outre son éducation pour venir en aide à certaines personnes. Et comme Nina n'est même pas capable de compter jusqu'à trois, il faut bien ça pour déverrouiller sa porte et la faire entrer chez elle.

Wow, c'est une maison témoin ou quoi ? Rien ne traîne, tout est rangé au carré et aligné, c'est impressionnant. C'est flippant !

Dans l'entrée, Nina retire ses chaussures et me propose un verre, sans prêter une oreille à mes nombreux refus. Elle tangue, rigole, se rattrape au comptoir de la cuisine et ouvre la cave à vin. Je ne peux pas la laisser là toute seule, je dois m'assurer qu'elle s'endorme, sinon elle fera de la merde.

Et vu la quantité de bouteilles de vin qu'elle a à disposition, je pense qu'il vaut même mieux que je l'assomme moi-même. Sinon elle ne dormira jamais et passera sa nuit à vomir.

Bon, eh bien il semble que ces vingt minutes vont se transformer en plus…

e descends d'une traite le verre d'eau que Simon me tend, après avoir fouillé plusieurs placards. Qu'est-ce qu'il fait chez moi, dans ma cuisine ? C'est si étrange de le voir là que je pouffe de rire.

— Qu'y a-t-il de drôle, Nina ? Que tu sentes le vomi à trois kilomètres à la ronde ou que tu te sois mise en danger ce soir ?

— Qu'est-ce que tu peux être sérieux quand tu t'y mets ! Pourquoi t'es en colère contre moi ?

Je contourne le comptoir de l'îlot central de ma cuisine pour me tenir face à lui. C'est drôle, on a été plus proche physiquement ce soir que depuis qu'on se connaît.

Comme si mon cerveau n'avait plus aucune sécurité, j'approche mes mains de son torse et les pose dessus. Sa mâchoire se contracte, mais il ne dit rien, alors je me colle un peu plus contre lui. C'est comme si j'avais envie de faire ou de dire quelque chose, et au lieu de cogiter pendant des heures, je le fais, tout simplement. Sans réfléchir. Et là, Bon Dieu, si je m'écoutais, je le laisserais me retirer ma robe et me prendre sur le plan de travail.

L'une de ses mains se pose sur mon dos, sa peau entrant en contact avec la mienne, et ça ne fait que m'enflammer encore plus.

— Parce que tu fais n'importe quoi, Nina, murmure-t-il tout près de mon oreille, m'arrachant un frisson.

— J'ai encore rien fait…

— Tu vas regretter tout ça demain matin.

Pour toute réponse, je me colle encore plus contre son corps. Ce qu'il est puissant ! Il repousse mes cheveux en arrière et son regard se plante dans le mien. Je suis si près de ses lèvres, je n'aurais qu'à me pencher un peu plus et…

— Où est ta salle de bain ? me coupe-t-il dans mes pensées.

— Au fond du couloir, pourquoi ? Tu veux m'y amener ? demandé-je en me frottant légèrement contre lui.

Pourquoi je ne contrôle plus ce que je dis ? Ce que je fais ? Où est passé le filtre que j'ai d'habitude ? J'ai l'impression d'être dans un de mes rêves, ou plutôt fantasmes.

Il se racle la gorge avant de me repousser en arrière et de briser le contact de nos deux corps. Qu'est-ce qu'il m'agace ! Je souffle malgré moi et il pouffe un peu. Il se fout de ma gueule ou quoi ?

— Tu te moques de moi ? Tu sais quoi, t'es vraiment un conna…

— Nina, m'avertit-il d'un ton sévère.

Il se prend pour mon père ou quoi ?

— Ne dis pas des choses que tu vas regretter.

Je croise les bras sur ma poitrine, vexée. Je ne sais même plus ce que je voulais lui dire de toute façon, je sais seulement qu'il m'énerve.

Il s'éclipse, je ne sais où, j'en profite pour me resservir un verre d'eau. Je suis assoiffée, ma parole ! Je n'avais pas bu comme ça depuis des années !

— Nina ! m'appelle-t-il depuis une des pièces de la maison.

— J'arrive !

Mais je vais où, en fait ? J'ouvre la porte de ma chambre, mais elle est plongée dans le noir, clairement il n'est pas là. Je me surprends à rire de le chercher comme si nous faisions une partie de cache-cache. Je le trouve finalement debout, au milieu de ma salle de bain, le bruit de l'eau dans la douche retentit contre le carrelage bleu ciel des murs. Tiens, la même couleur que les yeux de Simon.

— Si tu préfères la salle de bain au lit, ça me va aussi, lancé-je en m'approchant de lui.

Il attrape mes poignets avant que je ne puisse une fois de plus poser les mains sur sa chemise. Bon sang, mais je veux juste savoir ce qui se cache dessous !

— Calme tes ardeurs, Nina ! On t'a pas touché depuis longtemps ou quoi ?

— Un peu plus d'un an, avoué-je à bout de souffle comme si je venais de courir un marathon.

C'est officiel, quand je suis bourrée, je dis la vérité, rien que la vérité, toute la vérité, votre honneur.

Il déglutit difficilement en regardant ma bouche, mais me maintient toujours à distance, ses mains sur mes poignets.

— Déshabille-toi, murmure-t-il.

Bon sang ! Je crois que je vais défaillir sous l'intensité de ses yeux. Alors, c'est vraiment en train d'arriver ? Je regrette presque d'être saoule pour ne pas pouvoir profiter de chaque seconde, et en même temps je me dis que je ne lui aurais jamais sauté dessus si j'étais sobre.

Il grogne lorsque je dénoue le nœud à la base de ma nuque et que ma robe descend sur mes hanches. Je me retrouve seins nus et en culotte devant cet homme à tomber, si on me l'avait prédit, je ne l'aurais pas cru.

— Bordel, Nina ! s'exclame-t-il en se tournant vivement pour que son dos soit face à moi.

— Quoi ? Tu m'as dit de me déshabiller.

— Pour aller te doucher ! Et pas devant moi ! me crie-t-il presque dessus.

Tu parles d'une douche, je viens de m'en prendre une froide en pleine tronche.

— Je t'attends dans le salon pendant que tu te laves, tu pues, soldat.

Je lui fais mon plus beau doigt d'honneur lorsqu'il quitte la pièce. Tant pis s'il ne peut pas le voir, l'intention est là. Je suis énervée, frustrée et déçue. Je m'attendais à quoi ? Je ne l'intéresse visiblement pas, au moins j'ai ma réponse.

Je frotte mon corps comme je peux, m'enroule dans ma serviette moelleuse et sors de la salle de bain après m'être brossé les dents, mes cheveux mouillés me chatouillant le dos. Je m'avance vers le salon, mais le trouve vide. Au même moment, la voix grave de Simon murmure près de ma nuque et mon désir remonte en flèche. C'est énervant ce pouvoir qu'il a sur moi, alors que le type vient de me foutre tellement de vents que j'ai l'impression d'avoir été prise dans une tornade.

— Va te coucher, Nina.

— C'est un ordre ? murmuré-je à mon tour en me retournant, nos corps se frôlant une fois de plus.

Je ne peux m'empêcher de poser mes yeux sur ses lèvres pleines. Mon cerveau semble reprendre peu à peu le contrôle de mes actions, car, au lieu de les embrasser comme j'en aurais tellement envie, je ne fais rien et me mords la lèvre inférieure, pour me retenir.

— C'est un ordre, oui. Tu as assez fait des tiennes ce soir, tu ne crois pas ?

— Reçu, capitaine tombeur !

Je rigole et me dirige vers ma chambre, Simon sur mes pas. Je me glisse sous les draps et retire ma serviette une fois dessous pour la balancer dans la tête de Simon qui se tient sur le pas de la porte.

— Ça, c'est pour m'avoir fait finir la soirée plus tôt ! rigolé-je en voyant sa tête et ses yeux écarquillés.

Je pourrais presque voir apparaître le fantôme d'un sourire sur le coin de sa bouche, mais il ne me donne pas ce plaisir.

— Et heureusement que je l'ai fait, sinon tu aurais vomi partout sur les clients de la boîte !

Je pouffe une nouvelle fois en m'imaginant la scène.

— T'es pas strip-teaseur, alors ?

Il pouffe à son tour, se détendant un petit peu.

— Bien sûr que non, je vois pas où tu es allée chercher ça !

— Tu es tellement mystérieux, tu ne veux jamais me dire quoi que ce soit sur toi.

Une lueur passe dans son regard, comme s'il était triste ? Qu'est-ce que j'en sais ? Tout tangue autour de moi.

— Tu vas vomir ? me demande-t-il.

— Je pense pas.

— Bien. Endors-toi, maintenant.

— Tu vas me laisser ? demandé-je un peu trop soudainement, une pointe de désespoir dans la voix.

J'aime bien le voir ici, dans ma chambre, c'est tout. Il semble hésiter, jette un coup d'œil sur le fauteuil au bout de mon lit et s'y assied.

— Je vais attendre que tu t'endormes pour m'assurer que tout va bien.

— Quel gentleman !

Mais j'ai à peine le temps de rire une nouvelle fois que je ferme les yeux et tombe dans un sommeil rempli de bleu ciel, de corps tendus et de mains chaudes.

À mon réveil, la lumière du soleil pénètre la pièce, les volets n'ayant pas été fermés. Je plisse les yeux et fronce les sourcils, j'ai un mal de crâne pas possible et la luminosité brûle mes rétines. Ma gorge est sèche et mon corps est tout ankylosé.

Je tente une nouvelle fois d'ouvrir les yeux. Au bout de quelques secondes d'ajustements, ils se posent sur Simon qui dort sur le fauteuil en face de moi, la tête posée sur sa main. Il a l'air si détendu.

Bordel ! Mais que fait-il ici ? Mes mains agrippent la couette et je me rends compte que je suis nue comme un vers là-dessous. Est-ce qu'on a… ? Impossible !

Je tente de fouiller ma mémoire et quelques flashs de souvenirs m'assaillent. Une chose est sûre, même si je ne me souviens pas du moindre détail, il m'a repoussé plusieurs fois. Mais qu'est-ce qui m'a pris de me jeter sur lui de la sorte ? Quelle honte !

Mortifiée, je cherche des yeux une échappatoire sans avoir à me balader nue devant lui pour aller prendre des affaires dans ma commode, derrière lui.

— Salut… murmure-t-il, à moitié endormi.

Ses yeux ensommeillés me détaillent. Je dois faire peur à voir, c'est sûr !

— Euh… salut. Dis, est-ce que tu peux quitter la chambre pour que je puisse m'habiller, s'il te plaît ?

— Pourquoi ? Ce n'est pas comme si j'avais rien vu cette nuit.

Mes yeux s'arrondissent de honte et je remonte la couette sur ma tête. Il explose de rire.

— Je rigole, Nina. J'ai *presque* rien vu.

J'attends d'entendre la porte se refermer derrière lui pour me lever, plier la serviette de bain qui traînait par terre, enfiler une culotte et un peignoir en satin.

En ressortant, je le trouve assis sur un tabouret de la cuisine, scrollant sur son téléphone.

— Tes conquêtes *Tinder* ne vont pas être déçues que tu aies passé la nuit avec moi plutôt qu'avec elles ?

Il se retourne et lève les yeux au ciel, avant de me détailler de la tête au pied. Il souffle légèrement. Ben quoi ?

Je baisse la tête pour regarder mon corps et trouver ce qui ne va pas, lorsque je vois mes tétons dressés à travers le tissu de soie. Bon, c'est vrai, je n'ai pas l'habitude d'avoir quelqu'un chez moi, je me suis juste habillée comme je l'aurais fait si j'avais été seule à la maison.

Je croise les bras sur ma poitrine pour éviter de me sentir honteuse une fois de plus.

— Je t'ai dit que j'ai supprimé l'application.

— Ah oui, c'est vrai ! Une autre femme alors.

Son regard pèse sur le mien, j'essaye de comprendre ce qu'il veut me dire, en vain.

— J'ai personne dans ma vie, Nina, si c'est ce que t'essayes de savoir.

Il rigole et se lève en direction de l'entrée pour enfiler son manteau. Il récupère son vieux sac posé contre le meuble de l'entrée.

— Simon ?

Il se retourne et étrangement, je n'ai pas envie qu'il parte. Ne pouvons-nous pas juste passer une journée enfermés, sous des plaids, avec un chocolat chaud et un film sur *Netflix* ? Pourquoi je désire être avec lui comme ça, alors que je n'ai fait que me ridiculiser toute la nuit ?

— Oui ?

— Merci.

Il me lance un regard entendu.

— C'est normal. Mais la prochaine fois, essaye de mettre une robe un peu moins… sexy.

— Pourquoi ? La vue t'a plu, le tombeur ?

Son sourire en coin apparaît pour toute réponse lorsqu'il referme la porte derrière lui.

Je secoue la tête en rigolant. Il a beau être têtu, énervant, incroyablement sexy, et pas pour moi, je ne peux m'empêcher de succomber à son charme. Merde ! Je dois être encore bourrée pour penser de la sorte, non ?

Un peu plus de deux heures plus tard, je suis habillée, prête à affronter la journée chargée qui m'attend aujourd'hui au chalet. J'enfile mon manteau par-dessus mon gros pull en laine rouge et cherche mes clés de voiture. Elles ne sont pas suspendues sur le crochet à l'entrée. Je vais alors les chercher dans la cuisine, puis dans la chambre, mais toujours rien.

Je fouille mon sac et des endroits improbables — sous le tapis de douche, entre des bouquins sur mon étagère ou encore dans le four — mais ne les trouve toujours pas.

Je jette un œil par la fenêtre du salon vers là où nous nous sommes garés — ou plutôt là où Simon a garé ma voiture, si mes souvenirs sont bons — mais elle n'y est pas.

Ne me dis pas que…

Putain, je vais le tuer !

« **M**att, s'il te plaît, je me rattraperai, juste… ne me retire pas la soirée.

— Je suis désolé, Simon, mais t'es parti à trois heures, on s'est retrouvés submergés après ton départ et il m'a manqué un serveur.

Je soupire violemment et me retiens d'exploser mon téléphone, il ne manquerait plus que ça. Je sais que j'ai l'air pathétique à supplier le patron de cette manière, mais j'ai vraiment besoin de cet argent qu'il veut me retirer.

— Je sais, je suis désolé, j'ai été retenu.

— Par quoi, une petite chatte ? Ouais, Mike et Ariane m'ont dit que t'étais parti avec une nana, mais je t'ai toujours dit : pas pendant le…

— Service, oui, je sais. Et ce n'est pas ce que tu crois, cette fille c'est celle de mes patrons, je ne pouvais pas la laisser se faire violer sur place !

— Alors t'as préféré le faire toi-même, plaisante-t-il.

Sauf que moi, ça ne me fait pas rire du tout. À l'autre bout du fil, je l'entends ricaner comme un con et j'ai subitement très envie de l'avoir en face de moi pour lui coller mon poing dans la g…

— Bon, toujours est-il que je peux pas te payer pour un travail que t'as pas fait, mec.

— Ouais, tu sais quoi ? Laisse tomber. Merci à ce soir.

Je raccroche sans lui laisser le temps d'en placer une, puis fourre mon téléphone dans mon sac, qui n'en a d'ailleurs plus vraiment l'allure. Le chalet n'est pas encore ouvert, mais, c'est étrange, c'est l'endroit où j'ai désiré me rendre ce matin. Après cette nuit troublante et le repos que je n'avais pas prévu de m'octroyer chez Nina, j'avais besoin d'être… là.

C'est étrange, j'en ai conscience, mais j'aime bien ce chalet et j'apprécie m'y réfugier. Surtout que j'ai eu la chance de faire un trajet plus que confortable grâce à la voiture que j'ai réquisitionnée. Oh, elle me doit bien ça si en plus je dois faire l'impasse sur les quatre-vingt-dix euros que m'aurait rapporté cette soirée !

Alors que l'horloge accrochée dans le fond du chalet indique dix heures, je sors du chalet pour ouvrir l'auvent en bois qui nous dissimule lorsqu'il est abaissé. Mes doigts sont froids et le métal du loquet me fait mal aux extrémités, mais ce n'est rien comparé à la tornade qui débarque soudain.

— Voleur ! Escroc ! Voyou ! Truand ! s'exclame une voix que je ne connais que trop bien.

Je pivote et fais face à une Nina plus en colère que jamais. Elle me pointe du doigt et me pousse contre le chalet, les sourcils froncés et la bouche tordue de colère.

— Tu te prends pour qui, hein ? Voler ma voiture, non, mais sérieusement ?!

— Je vois que tu as décuvé, c'est un plaisir de te retrouver dans ton état normal, souris-je sans trop prêter attention à son scandale.

— Tu m'as volé ma voiture ! Putain, mais t'es complètement fêlé !

Pourtant, je ferais mieux de me préoccuper des retombées de son éclat de voix. Tous les commerçants du marché ont les yeux rivés sur nous et les curieux matinaux également. Elle se donne en spectacle et m'attire dans sa représentation. Pour me dédouaner, je lève les mains en l'air.

— Je ne sais pas ce qui t'arrive, mais je n'ai rien fait ! m'écrié-je un peu fort.

En scrutant mes yeux, elle remarque que je m'adresse plus à notre public qu'à elle-même, elle rougit légèrement, mais ne décolère pas. Non, au lieu de ça, elle m'attrape par l'oreille — sérieusement ! J'ai trente ans, putain, elle est folle ! — et m'entraîne dans le chalet. L'auvent n'étant pas tout à fait relevé, nous bénéficions encore d'un minimum d'intimité. Mais le son filtre parfaitement dans ce genre de chalet et je sais que notre show en plein air vient de devenir une émission de radio.

— Tu arrêtes tout de suite ton petit jeu et tu me rends mes clés ! Non, mais sérieux, tu pensais à quoi ?!

— Je me suis dit que t'embêter un peu ne serait pas une mauvaise idée. Après tout, tu m'as fait perdre ma soirée, répliqué-je en me frottant l'oreille.

— M'embêter ? Simon, on n'embête pas les gens en leur volant leur bagnole !

— Je ne l'ai pas volée, elle est garée sur le parking et elle est en parfait état, les clés sont sur le comptoir !

Nina détourne le regard suffisamment longtemps pour s'assurer que je dis la vérité, puis elle reporte son attention vers moi, toute trace d'ébriété envolée. Dommage, elle était quand même plus marrante bourrée. Et également plus entreprenante.

— T'avais pas le droit de faire ça, t'es allé trop loin !

— Et toi t'avais pas le droit de te mettre en danger comme tu l'as fait ! À cause de toi, j'ai dû quitter mon poste et j'ai perdu quatre-vingt-dix balles ! hurlé-je, hors de moi.

Elle a réussi à me mettre en colère alors que je ne l'étais pas du tout. Cette femme est vraiment douée quand il s'agit de jouer sur mes émotions. Surtout celles qui n'ont aucun rapport direct avec elle. Qu'est-ce qu'elle est frustrante !

— Et alors ? Qu'est-ce qu'on en a à foutre, ma voiture en coûte bien plus !

J'inspire et expire, refoulant la rage qui gonfle en moi, elle me prend vraiment la tête pour rien ! C'était sans compter sur son haussement d'épaules condescendant et sa remarque qui me blesse :

— Tu me fais chier pour quatre-vingt-dix balles, tu me voles ma caisse pour quatre-vingt-dix putains d'euros ! Sérieux, t'as un réel problème !

— Ouais ! Ouais, j'ai un réel problème et ouais, je suis à ça près ! Je compte les centimes et cet argent m'aurait permis de bouffer à ma faim pour une fois et renflouer mon compte puisque j'ai dû payer ce foutu plombier ! Tout le monde n'est pas né avec une cuillère en argent dans la bouche et un papa dans l'armée pour nous pistonner !

Je sais que je vais trop loin, mais je suis incapable de me retenir. D'ailleurs, ma colère est telle que je quitte le chalet en transe, peu sûr de savoir où je compte aller.

Aveuglé par ma rage, je martèle le sol de mes pieds en grognant comme un putain d'ours mal léché. Je ne sais pas où je vais, mais je suis déterminé à y aller. À vrai dire, ma raison n'est plus aux commandes et seule mon émotion a pris le contrôle de mon corps.

C'est ainsi que je me retrouve sur un banc, face à l'immense sapin de Noël du marché. Mes mains tremblent, ma colère me tient chaud et surtout ma frustration m'empêche de tomber en glaçon sur la pierre. La température n'est pas des plus chaudes aujourd'hui, putain ! Je commence enfin à le sentir.

Le souci, c'est que quand la rage redescend, elle laisse place à une émotion que je déteste ressentir. La tristesse. J'ai toute la peine du monde à retenir ma douleur, celle qui me broie le cœur de son incertitude constante. Mon avenir n'est pas tracé, il est bancal et m'entraîne là où il le désire sans me laisser décider. J'ai beau tout donner, je ne suis jamais en mesure de faire dévier sa route.

En soufflant, je retire ma casquette, libérant mes cheveux longs dans mon dos. J'y passe ma main et baisse la tête sur mes pieds, où je remarque l'usure de mes chaussures.

— Je suis vraiment désolée, murmure une voix dans mon dos.

— Laisse-moi, j'ai pas envie de parler.

Je suis vache, j'en ai conscience, mais je ne suis pas encore disposé à lui parler ou bien la regarder. Je ne tourne d'ailleurs pas les yeux vers elle lorsqu'elle s'assied à côté de moi.

— Alors, contente-toi d'accepter mes excuses.

Je grogne, un véritable ours, comme je l'ai dit.

— Je n'aurais pas dû te juger comme je l'ai fait. Je ne te connais pas, tu ne me connais pas et nous n'avons pas à nous parler de la sorte. Je suis très reconnaissante pour ce que tu as fait pour moi cette nuit et je te demande pardon de t'avoir fait perdre ton salaire.

Je laisse échapper un petit rire, une sorte de gloussement — viril, cela va de soi —, tout en remontant mon regard vers elle. Merde, ses yeux sont rouges, je l'ai fait pleurer. Putain, je ne voulais pas faire une telle chose ! Mais alors que je m'apprête à lui présenter à mon tour des excuses, elle les ouvre en grand, hyper surprise. Ben quoi, qu'est-ce qu'elle a ? On dirait qu'elle a vu un fantôme !

— Tes cheveux ! Oh, mon dieu !

Pris de panique par sa réaction, je passe ma main dedans et les ramène sur mon épaule pour les observer. On ne sait jamais des fois que quelque chose s'y soit coincé.

— Ben, qu'est-ce qui a ?

— Ils sont longs ! Je… wow ! Je m'attendais pas à ça !

— Tu croyais que je planquais quoi sous ma casquette ? l'interrogé-je, un sourire au bord des lèvres.

— Tout à fait l'inverse, une méga calv'[10] quoi !

J'explose de rire, très vite rejoint par le sien. Elle me donne un

---

[10] Calvitie, mais tu l'avais sûrement.

léger coup de coude dans le bras, ce à quoi je réponds en retour par le même geste.

— On est vraiment cons à pas réussir à s'entendre comme ça, déclare-t-elle, sérieuse.

— Ça, tu l'as dit, de vrais gamins !

— Ouais, t'es sûr qu'on n'est pas frère et sœur ? Y'a que mes frangins que je supporte aussi peu !

Je déglutis et reste sans voix, la comparaison me dégoûte un peu pour être franc et j'ai tout sauf envie de l'imaginer en petite sœur insupportable. Les idées que j'ai dans la tête nous concernant ne se rapprochent absolument pas de ce genre de relation. Merde, de quoi je parle ? Amis, c'est tout et ça n'ira jamais plus loin. Même si la vue de son corps nu, cette nuit, a du mal à quitter mon esprit. La volupté de ses courbes, ses fesses bombées, ses muscles apparents… Merde ! Ça suffit !

— Mouais, mauvaise idée, admet-elle avant même que je puisse prendre la parole.

A-t-elle eu les mêmes idées que moi nous concernant ? Pense-t-elle à moi de la même manière que j'ose le faire parfois ? Qu'est-ce que je raconte ? Bien sûr que oui, son comportement nocturne en est une preuve plus qu'irréfutable et elle ne pourra jamais le contredire. L'alcool retire les inhibitions et délie les langues les plus tendues. Nina en est une fois de plus la preuve.

— Bref, je suis désolée pour tout, Simon. Je t'en veux pour la bagnole, mais ça reste qu'une voiture et je suis sûre que t'en as pris soin.

— Comme sa propriétaire, lâché-je sans réfléchir.

— Et pour ça aussi… merci.

— Tu l'as déjà dit, tu sais.

— Oui… murmure-t-elle.

Nos yeux sont comme aimantés, incapables de se détourner, de rompre ce contact visuel poignant. Putain, le paradoxe ! Il y a trois minutes, j'aurais tout fait pour m'éloigner d'elle et ne pas la revoir.

Et là, je suis hypnotisé comme un con, désirant la prendre dans mes bras pour ne jamais la lâcher.

Je ne me comprends pas, je ne comprends pas notre dynamique étrange et toute la frustration qu'elle fait naître en moi. Il y a un demi-million de panneaux me signalant qu'elle n'est pas pour moi, et pourtant je ne cesse de songer à un hypothétique *nous*. Chose qui ne se produira pas.

En dépit de mon attirance incontrôlable, je détourne le regard et me lève, remettant mes cheveux en place sous ma casquette.

— Allez, retournons bosser cordialement, lui proposé-je.

— Oh, OK.

Elle se lève, me passe devant en faisant voler dans l'air cette odeur si particulière de sucre et d'épices qu'elle transporte partout avec elle. Je lutte, ignore ce qu'elle provoque en moi de toutes mes forces, et la suis jusqu'au chalet, où je relève l'auvent.

La journée s'annonce longue, car ni elle ni moi ne lâchons un mot après ça et mon cœur ne s'en trouve que plus meurtri. J'en fais des caisses, oui, mais putain elle me retourne le crâne cette fille-là. Elle me fait ressentir tellement d'émotions différentes au cours d'une même journée que j'ai parfois l'impression d'être passager de montagnes russes.

Personne ne m'a jamais poussé autant dans mes retranchements, personne ne m'a jamais attiré autant.

Elle a un truc vraiment particulier, mais je me refuse de le découvrir. Nina n'est pas pour moi, il faut que je me le mette dans le crâne et que je me contente d'une pseudo amitié. Du moins jusqu'au vingt-six décembre, date à laquelle se termine mon contrat au chalet. Plus que deux semaines…

Ça résonne dans ma tête, comme si une fanfare ne s'arrêtait plus de jouer depuis des heures et de taper contre les parois de mon crâne. J'ai du mal à garder les yeux ouverts et de servir les clients comme je le fais d'habitude. Je suis épuisée !

Comment fait Simon, lui qui dort à peine en enchaînant deux boulots, mais qui assure quand même tous les jours ? Enfin, ceux où il ne tombe presque pas dans les pommes.

Je passe la journée au chalet dans une espèce de flou, fonctionnant par automatismes. Je n'essaye même pas de faire la conversation avec Simon, bien que j'en ai vraiment envie. Je ne l'engueule pas non plus lorsqu'il renverse un peu de vin sur le comptoir, en se cognant dans une caisse parce qu'il ne l'avait pas rangée comme je le lui avais dit.

Je n'ai qu'une envie, c'est que la journée se termine et que cette fois-ci, ce soit pour de bon. Pas de soirée, pas de cocktails et pas de Simon dans ma chambre. Cette dernière pensée me fait soupirer. Le pauvre a dû vraiment mal dormir sur mon fauteuil peu confortable.

Il aurait dû me rejoindre dans le lit pour être plus à l'aise. Non, mais, qu'est-ce que je dis ? Alors qu'il s'est amusé à voler ma voiture par la suite !

Mon estomac se retourne une fois de plus à cette idée et le fait qu'il aurait pu avoir un accident avec ou encore se faire contrôler par la police et le foutre encore plus dans la merde qu'il ne l'est déjà.

Alors que je déballe un sachet de serviettes neuves, « *Ethan Drancy* » apparaît sur l'écran de mon téléphone posé à côté de la caisse. Je jette un œil à Simon et comprends qu'il a aussi vu qui m'appelait. Il serre les mâchoires, mais ne dit rien.

Je décroche sans plus attendre, sous son regard pesant. C'est quoi son problème ?

— Salut, Ethan ! m'enjoué-je un peu plus que nécessaire, juste pour faire enrager Simon.

— Est-ce que ça va ?

— Oui, autant que possible après avoir passé la soirée avec vous, dis-je en riant et en tournant le dos à Simon.

— Je suis désolée, on a vraiment abusé sur l'alcool hier soir et je n'ai même pas remarqué que tu te sentais pas bien.

— Oh, je me sentais assez bien, mais mon collègue du chalet a voulu jouer les princes charmants et a jugé que c'était l'heure pour Cendrillon de rentrer.

Je me retourne vers Simon, pour m'assurer qu'il m'ait bien entendu. Il me lance un regard noir. Bien.

— Et il l'est ? Un prince charmant ?

— Oh non, il ne l'est pas du tout.

Cette fois-ci, je lance un sourire aussi faux qu'il m'est possible de le faire et Simon me gratifie d'un doigt d'honneur, un petit sourire en coin. Bon sang, cet homme !

— En tout cas, j'ai bien cru qu'il allait m'en coller une ! s'esclaffe Ethan de l'autre côté du combiné.

— Comment ça ?

— Bah tu t'en souviens pas ? Quand il t'a sorti de la boîte, on l'a croisé, il était prêt à en découdre avec nous pour te ramener chez toi et qu'on te laisse tranquille.

Je lève les yeux au ciel, les images apparaissant par flashs dans ma mémoire.

— Quel homme des cavernes, je te jure !

— Il avait vraiment l'air de se faire du souci pour toi, donc on l'a laissé. Mais bon, la prochaine fois que je le vois j'espère qu'on pourra recommencer les présentations un peu plus cordialement.

— Pourquoi tu le reverrais ?

— Vous avez l'air de tenir l'un à l'autre, non ? C'est ce que j'ai ressenti en vous voyant.

— C'est l'alcool, Drancy. Tu dis n'importe quoi.

— Si tu le dis. Enfin bref, ce sont tes histoires, mais souviens-toi que même si je pars, on pourra s'appeler et tu me tiendras au courant de tous les détails croustillants de monsieur prince charmant aux gros biceps, OK ?

Je ris et décide de ne pas relever ses allusions une fois de plus.

— Je t'appellerai, tu le sais. Fais attention à toi, d'accord ?

— Toujours, dit-il d'une voix triste. Bonne fin de journée, Nina.

— À toi aussi, n'hésite pas à m'appeler si tu as besoin.

— Merci, je risque de le faire souvent alors.

Nous rions, mais le cœur n'y est pas. Je sais à quel point il est dur pour lui de partir, lui qui aurait voulu faire n'importe quel autre métier plutôt que d'intégrer l'armée. Parfois, contenter ses parents en allant contre ses envies personnelles, ça bouffe la santé.

Je raccroche en évitant à tout prix le regard curieux de Simon. À son tour, son téléphone fait vibrer le comptoir. C'est la journée ou quoi ?

Il accepte l'appel, mais je suis forcée de me concentrer sur les clients qui arrivent pour les servir. Je ne les remercie pas, ma curiosité aurait aimé écouter et lui rendre la pareille. Après tout, il a tout entendu de ma conversation avec Ethan, non ?

Il quitte le chalet, le téléphone coincé entre son oreille et son épaule. Bon, ça va être plus compliqué maintenant d'entendre.

Les clients repartent le sourire aux lèvres tandis que je tends l'oreille. Je capte quelques mots étouffés et réalise que Simon est derrière le chalet. Je sais que je ne devrais pas essayer d'écouter sa conversation privée, mais c'est plus fort que moi !

J'essaye d'occuper mes mains et de me concentrer sur autre chose, mais ça ne m'empêche pas d'entendre la voix de Simon, claire, nette et précise lorsqu'il élève la voix.

— Comment ça, vous allez pas me rembourser ? Vous pouvez pas me faire ça ! C'est la loi…

Je fronce les sourcils et n'entends plus le reste de la conversation, il a dû s'éloigner ou peut-être raccrocher ? J'ai ma réponse lorsqu'il entre dans le chalet et fait claquer la porte derrière lui. Je me retourne en sursautant et l'expression sur son visage me serre le cœur. Un mélange de colère, de déception, mais surtout, de désespoir.

— Est-ce que ça va ?

— Laisse tomber, Nina.

Son ton est froid, il ne me regarde même pas. Il se passe une main sur le visage en soufflant fort.

— Qu'est-ce que je peux faire pour t'aider ? ne puis-je m'empêcher de lui demander.

Ça me brise le cœur de voir la détresse prendre possession de lui et de me sentir ainsi impuissante.

— Rien. C'est à moi de régler mes problèmes.

— C'est à cause de ta chaudière ?

— Laisse tomber, s'il te plaît.

Je ne réponds pas. Je ne peux pas aider quelqu'un qui refuse de l'être et encore plus qui se renferme sur lui-même quand j'essaye d'être sympa. Je croise les bras sur ma poitrine, vexée de me faire jeter une fois de plus par son comportement de chien.

La journée se finit dans le silence et le froid glacial qu'il a installé entre nous. Il veut rester tout seul dans son coin ? Grand bien lui fasse.

Je rentre chez moi, déçue par le déroulement de la journée, mais ravie de pouvoir enfin rejoindre mon lit et sombrer dans un sommeil réparateur. Au diable les sautes d'humeur de Simon, au diable ses cheveux parfaits dans lesquels j'ai envie de passer mes doigts et au diable ses putains de beaux yeux !

Le lendemain matin, je me sens déjà beaucoup mieux et surtout, reposée. Je prie du fond du cœur que Simon ait pu régler ses soucis et qu'il arrêtera de me faire la gueule alors que je n'ai rien fait. On dirait vraiment des gamins lui et moi, je ne sais pas pourquoi on déclenche des émotions aussi fortes que contradictoires l'un chez l'autre. Un coup j'ai envie de l'étriper, l'autre de lui sauter au cou et parfois même de l'éviter. C'est n'importe quoi !

En arrivant au chalet, tout est déjà ouvert et en place. J'accroche mon manteau au crochet derrière la porte lorsque Simon me fait sursauter.

— Salut, soldat, dit-il en me tendant une petite poche.

— Salut ?

Je prends ce qu'il me donne, curieuse de découvrir ce qui se cache à l'intérieur.

— C'est des *bredele*. Je sais pas si tu déjeunes avant de venir bosser, mais je me suis dit qu'on pouvait manger ensemble avant de se mettre au travail.

Quoi ? Je suis paumée. Il souffle le chaud et le froid comme personne, il est quoi ? Une clim ?

— Euh… merci ?

— Me remercie pas, je les ai pris dans la réserve du chalet. J'espère que tu m'en veux pas ?

— Non c'est pas grave, personne ne remarquera qu'il en

manque deux ou trois.

Il sourit et mes yeux ne peuvent se détacher de ses lèvres. Je suis suspendue à ses mots.

— Non, je voulais dire, j'espère que tu ne m'en veux pas pour hier ?

— Va falloir être plus précis.

Il lève les yeux au ciel et je me détends un peu. J'avais peur de passer une journée dans le silence et la mauvaise ambiance, et voilà qu'il m'accueille avec des sucreries et son fichu sourire !

— J'étais énervé après mon coup de fil, je n'aurais pas dû t'envoyer bouler. Je suis désolé.

— Je comprends, j'essayais juste d'être sympa, tu sais.

— Je sais. T'es vraiment quelqu'un de bien, Nina. Tu pourrais t'en foutre de mes problèmes, car on ne se connaît presque pas, et pourtant t'es la seule à m'avoir proposé ton aide. Je t'en suis reconnaissant.

— Je peux faire quelque chose alors ?

— Non, comme je l'ai dit, je réglerai ça, mais merci de proposer.

Je hoche la tête et lui souris sincèrement. Ses sautes d'humeur ont beau me taper sur le système, il sait tout aussi bien se rattraper !

Nous mangeons nos gâteaux et prenons un café en discutant de tout et de rien. Pas d'animosité, pas de reproches. Juste une bonne ambiance entre collègues, comme c'est censé se passer normalement.

Dans l'après-midi, je me mets sur la pointe des pieds pour attraper une boîte en carton posée sur le haut du frigo.

— Besoin d'aide ? me demande Simon.

— Non, non, ça va.

Je tends les bras et peine à atteindre mon but. Bien sûr que j'ai besoin d'aide, d'autant plus qu'avec son mètre quatre-vingt-dix il n'a qu'à tendre les doigts, mais j'ai trop de fierté pour l'admettre. J'attrape finalement le carton rempli de sachets de sucre lorsqu'une décharge électrique me foudroie de la nuque jusque dans le bras.

Je relâche le carton sous le coup de la douleur et il tombe par-
terre dans un grand fracas. Je me tiens l'épaule de l'autre main et
n'ose plus bouger.

— Ça va ? s'enquiert Simon en s'approchant de moi, son visage
tout près du mien.

— Non, je me suis fait super mal !

— Tu as mal où ?

Je lui désigne ma nuque et le haut de mon épaule qui semblent
ne plus vouloir bouger sans provoquer une douleur foudroyante.

— Tu me fais confiance ? me demande-t-il soudainement.

Ses yeux me scrutent, inquiets.

— Non ?

Je repense à ses sautes d'humeur, son vol de voiture et tout le
reste. Pourquoi me pose-t-il cette question soudain, et surtout, pourquoi ne suis-je pas sûre de ma réponse ?

— Oui ou non ?

— Pourquoi ?

— Je ne te demande pas de sauter d'un avion en plein vol, si
c'est ce qui t'inquiète, je peux t'aider si tu le veux. Pour ton épaule.

Il la pointe du doigt.

— Euh, oui alors ?

Il rit avant de me prendre par le coude du côté où je n'ai pas mal
et de me diriger vers le tabouret sur lequel je m'assois.

— Tu vas faire quoi ?

— Te faire du bien, murmure-t-il.

Bon sang, mais ressaisis-toi, Nina ! Mon désir qui monte en flèche
lorsqu'il prononce ces mots n'a rien à faire là.

Ses mains puissantes se posent sur mon épaule meurtrie et il
commence à me masser. Mon Dieu ! Ça me fait un bien fou, il fait ça
tellement bien !

— Tu sens, là ? dit-il en appuyant un peu plus fort sur un point
entre ma nuque et mon épaule.

— Oui ?

— T'as une grosse contracture, à mon avis elle ne date pas d'aujourd'hui.

— Depuis quand tu es un expert en la matière ?

— Il y a beaucoup de choses que tu ne sais pas sur moi, Nina.

— C'est vrai. Je t'en prie, continue.

Il pouffe et continue ses mouvements circulaires. Ça me ferait encore plus de bien sans mes vêtements, mais je me retiens de faire la remarque. Après m'être jetée sur lui quand j'étais bourrée, il va vraiment croire que j'en pince pour lui, sinon. Ce qui est faux, en toute franchise. Enfin… Je ne sais pas. Non, non, je n'en pince pas pour lui !

Il continue quelques minutes, puis s'arrête lorsqu'un groupe de personnes âgées s'avancent vers notre chalet. Ça m'a un peu relaxé, mais j'aurais aimé qu'il continue pendant des heures !

Il les sert en affichant son plus beau sourire, les petites mamies manquent d'en tomber dans les pommes, ce qui me fait rire. Il arrive à charmer tout le monde, même quand il ne le veut pas. J'observe leur échange, puis les regarde s'éloigner en direction du chalet voisin sur lequel sont étendus de nombreux bijoux en argent.

Je sursaute lorsque mon téléphone sonne et affiche « *Adélaïde Braun* ». Simon me lance un regard curieux et je décroche.

— Coucou maman !

— Bonjour, ma chérie. Je t'appelle juste pour te rappeler qu'on mange tous ensemble ce soir.

— Oui, je n'ai pas oublié.

— Tout va bien au chalet ?

— Oui super, je me suis fait mal à l'épaule, mais ça va aller.

— Tu es sûre ? Ne force pas trop dessus.

— Oui, ne t'inquiète pas. Et ton bras ?

— C'est plus embêtant que douloureux maintenant, de ne pas pouvoir l'utiliser. Mais bon, il faut écouter les médecins.

— T'es patiente, ça devrait le faire !

— Avec vous, mes enfants, j'ai tellement de patience que je

pourrais même en vendre ! plaisante-t-elle.

— Arthur et Léo seront là alors ?

— Oui, bien sûr, avec Stéphanie et Finn.

— Super ! À ce soir, maman.

— À tout à l'heure !

Son ton enjoué m'emporte, je suis excitée comme une puce. Vivement ce soir pour passer un moment calme en famille. Enfin, aussi calme qu'un repas avec mes frères puisse l'être.

— Tu as appelé ta mère par son prénom et nom de famille sur ton téléphone ? me coupe Simon dans mes pensées.

— Tu vas arrêter de regarder mon portable oui ! l'engueulé-je, sans pouvoir effacer le sourire de mes lèvres.

— Il est tout le temps sous mon nez, c'est pas de ma faute, se défend-il en levant les mains en l'air.

— C'est vrai. Et oui, j'appelle tous mes contacts par leur nom entier, pas toi ?

— Non, enfin du moins pas ceux de qui je suis proche.

— Oui, mais c'est tellement plus pratique de tout avoir par ordre alphabétique.

— C'est tellement plus psychorigide, surtout tu veux dire.

— Moque-toi, mais moi j'aime mon système.

— J'en doute pas, pouffe-t-il.

Je lui balance une serviette en papier qui atterrit à côté de lui. Il pouffe de rire et nous passons la fin de la journée dans la bonne humeur, pour une fois.

« Encore, encore ! crie Finn de sa petite voix aiguë alors que je le fais sauter sur mes genoux.

Je m'exécute, je ne peux rien refuser à mon neveu. Sa petite tête brune se balançant au rythme de ma jambe.

— Doucement, Finn, avertit son père, Arthur.

Mon frère aîné est vraiment un papa poule quand il s'y met. J'ai toujours du mal à réaliser qu'il a un enfant, lui qui a refusé pendant si longtemps de se poser avec une femme. Et le voilà qui file le parfait amour avec Stéphanie, celui que j'arrive à lire dans leur regard quand ils sont ensemble, celui que j'aimerais ressentir un jour en regardant l'homme qui partagera ma vie.

Je jette un œil vers Léo, plus jeune que moi de trois ans. Il est en grande discussion avec mon père à propos de moteur de moto ou je ne sais trop quoi. Les rires de Finn couvrent leur discussion. Mon frère cadet explose de rire et je ne peux m'empêcher de rire à mon tour, même si je ne connais pas la raison de son hilarité. J'aime le voir heureux et insouciant. Il l'est parfois un peu trop, mais nous essayons de ne rien lui dire. Il doit mener sa vie comme il l'entend.

Finn descend de mes genoux pour aller s'asseoir sur les jambes de sa mère lorsque la mienne apporte le dessert : un *bettelmann*[11]. Je salive d'avance !

Nous dévorons tous notre part lorsque ma mère s'adresse à moi.

— Alors, comment ça se passe avec Simon ?

Tous les regards se tournent vers moi. Oh non, pas ça ! Mes frères vont me chambrer si elle leur donne du grain à moudre.

— Il travaille bien. Tout se passe à merveille.

— Tant mieux. Vous vous entendez bien alors ?

— Oui, dis-je hésitante. Comme des collègues, quoi.

J'essaye de montrer que je me fiche de Simon, mais les sourires narquois qui apparaissent sur les lèvres de mes deux frères me font comprendre que j'échoue misérablement.

— Des collègues et plus si affinité ! lance Léo en rigolant.

Je lui donne un coup de pied sous la table, qui le fait grimacer.

— Léo enfin ! le corrige ma mère. Ce qu'ils font en dehors du

---

[11] Gâteau typiquement alsacien, composé d'une pâte juteuse et de cerises noires.

chalet ne nous regarde pas, enfin j'espère que c'est en dehors du chalet, hein ?

Je manque de recracher tout le contenu de mon verre d'eau sur
la table. Ils se sont passé le mot ou quoi ? Pourquoi pensent-ils qu'il
y a quelque chose entre Simon et moi ?

— Maman nous a dit que t'appréciais bien leur nouvel employé,
s'exclame Arthur, répondant à ma question muette.

— Maman !

— Oh, j'ai dit ça ? Peut-être, enfin en tout cas vous avez l'air de
bien vous entendre.

— Oui, comme des collègues ! insisté-je en levant la voix un peu
trop dans les aiguës.

— À quoi tata ? demande Finn, la bouche recouverte de jus de
cerise.

— Tata est amoureuse, répond gentiment Stéphanie à son fils.

Non, mais je rêve !

— Mais arrêtez ! Pas du tout !

— Laissez-là, elle nous en parlera quand elle le voudra, s'ex-
prime finalement mon père.

Je le remercie silencieusement, mais ne peux m'empêcher de
m'enfoncer encore plus.

— Mais il n'y a rien à dire, bon sang !

— Alors pourquoi t'es toute rouge ? demande Léo.

— Parce que… parce que vous m'énervez !

— Mais tu nous aimes tellement, surenchérit Arthur.

Je leur tire la langue et maudis ma mère intérieurement. Quelle
idée s'est-elle mise en tête ?

— Et ton épaule, ça va mieux ? reprend-elle.

— Qu'est-ce qu'elle a ton épaule ? s'inquiète Arthur.

— Je me suis fait une contracture en travaillant. Ça me gêne un
peu, mais ça va.

— Si tu veux te reposer, tu peux. Je dirai à Simon de s'occuper
du chalet tout seul.

— Non ! m'exclamé-je un peu trop fort et un peu trop rapidement. Enfin, je veux dire, c'est bon, je peux quand même aller travailler.

— Elle ne voudrait surtout pas manquer une journée aux côtés de son cher Simon, se moque Léo.

Je lui tire la langue et me retiens de lui dire qu'il a raison.

Je sais, je suis pathétique. Ridicule. Un pauvre type. Seulement ma détresse est telle que je n'ai trouvé aucune autre échappatoire. Ce n'est pas faute d'avoir remué ciel et terre pour ce faire. Ma seule solution se trouve dans une procédure judiciaire onéreuse que je n'ai pas les moyens de payer. Alors, puisque mon découvert était déjà bien creusé à cause de cette satanée chaudière, j'ai ajouté une bouteille de *Jack Daniel's*[12]. Ma gorge me brûle, ce repas liquide n'a rien de consistant et je sais d'avance que je le regretterai demain, mais pour le moment, j'ai balancé ma raison à la poubelle. Elle ne m'a pas apporté que de bonnes choses ces derniers temps.

Comptant sur le remboursement de mon propriétaire, j'ai avancé les deux cent quatre-vingt-quatorze euros pour le remplacement de pièces sur la chaudière, ainsi que les quatre-vingts euros de

---

[12] L'abus d'alcool est dangereux pour la santé, à consommer avec modération et non pas pour noyer ses problèmes dedans. De toute façon, ils savent nager.

déplacement — que le plombier avait omis de me signaler. Résultat ? Mon compte est en négatif de près de quatre cents euros et rien ne doit venir le combler avant le début du mois de janvier, date à laquelle je recevrai le salaire de la boîte et celui du chalet. Je dois avoir vingt balles en liquide, plus en pièces de dix centimes qu'autre chose. Est-ce important ? De l'argent, c'est de l'argent, non ?

Assis sur mon canapé, je n'ai même pas allumé la télé. À dire vrai, après avoir quitté le marché, je me suis contenté de m'arrêter à Auchan — initialement pour acheter de quoi manger — avant de rentrer chez moi la tête basse. Je suis dégoûté, putain !

Pourquoi faut-il que les merdes s'enchaînent continuellement ? Pourquoi la poisse ne me fout-elle pas la paix un peu ?

Ça fait six ans que je suis là, six ans que je trime comme un con pour gagner à peine de quoi me nourrir ! Pourquoi est-ce que je m'obstine à ce point ? Certes, revenir d'où je viens est totalement exclu et je ne songerais même pas à contacter mes parents, mais… il y a bien d'autres régions et d'autres villes en France.

Pff ! De qui je me fous, je n'ai même pas de quoi me payer des repas décents, envisager de déménager et quitter Strasbourg est tout bonnement impossible. Et puis, il y a Nina…

Non, il n'y a pas Nina, je ne vois pas pourquoi je la considère comme une donnée à prendre en compte.

Je porte la bouteille à mes lèvres et engloutis quelques gorgées à même le goulot. Pas le temps de se prendre la tête avec un verre, de toute façon je ne compte pas partager mon poison.

Qu'est-ce que je vais bien pouvoir faire, putain ? Comment je vais me tirer de cette merde monumentale dans laquelle je me suis fourré ?

Je devrais demander une avance à Matt, ce connard me doit bien ça après avoir retenu une soirée sur ma paye. Ouais, je vais lui demander ça, je dois rejoindre la boîte dans… deux heures, d'après ce qu'affiche mon téléphone. Quelle flemme ! J'aimerais bien rester ici à picoler, m'endormir sur ce canapé élimé et trop petit et me réveiller… avec mes problèmes, ouais. L'alcool te donne l'impression de noyer tes soucis, mais ces abrutis savent nager, ils remontent à la surface sans cesse et te ramènent à la réalité avec la délicatesse d'une lionne en colère.

Que fait Nina ? Oh, elle est avec ses parents, je crois ? Pourquoi l'image de la lionne en colère me renvoie à la militaire ? Je suis vraiment ravagé !

De nouveau, j'ingurgite une bonne rasade de whisky et en apprécie la brûlure. Elle pique ma gorge et mes lèvres, que je rêve de poser ailleurs que sur le goulot. Merde ! Encore l'image de Nina, mais elle m'a fait quoi, bon sang ! Elle a dû me jeter un sort, c'est sûr ! C'est une sorcière cette fille !

Déterminé à la foutre dans le même sac que mes problèmes et ainsi à ne plus penser à elle pour la soirée, je continue de boire et vide en deux temps, trois mouvements la bouteille de Jack. Génial, maintenant y'en a plus !

Mon téléphone vibre et sonne, je me penche en avant pour le récupérer sur la table basse, manque de m'exploser la tête sur son angle.

— Allô ?

Personne ne parle. Encore un putain de *prank* à la con !

— Allez vous faire foutre ! gueulé-je en raccrochant.

Ah, ce n'était pas un appel. C'était mon réveil, il est l'heure pour moi de partir à la boîte.

Je pouffe de rire, me lève et tangue comme un vieux pirate sur un bateau amoché. Ouais, j'ai abusé, mais je m'en balance ! J'enfile ma chemise noire, remarquant uniquement maintenant que j'étais torse nu depuis tout ce temps, puis mets mes chaussures et quitte l'appartement sans oublier mon sac. Mon précieux sac, il est dans un état lamentable, c'est vraiment catastrophique !

Je descends, manque de tomber à plusieurs reprises et de gerber quand l'odeur d'urine me prend au nez dans l'ascenseur.

— Ils sont cons ces putains de gosses ! enragé-je tout seul.

Forcément, seul mon écho me répond et ça m'agace encore plus. Satané immeuble de merde !

Je ne sais pas comment j'arrive en vie et entier à la boîte, mais je suis là, pimpant et puant le whisky à deux kilomètres à la ronde. Matt me regarde d'un air dépité, installé derrière son bureau et son ordinateur de marque. Ça doit bien valoir dans les deux mille balles un PC comme celui-là, non ?

Ferme-la, Simon, commence pas à envisager des trucs de merde…

— T'as bu avant de venir ? me demande Sherlock Holmes en personne.

— C'est interdit ?

— Euh, ouais, je veux bien que vous buviez un coup avec les clients parfois, mais y'a des limites. T'es complètement bourré, là !

— Mais non, rooo ! Je peux encore faire ça…

Je ne sais pas ce qui me prend, mais je me mets en équilibre sur une jambe, mon bras passé dans le pli de mon genou. Évidemment, je manque de me ramasser, me retenant *in extremis* à un meuble à proximité.

— Putain, Simon !

Matt se lève d'un bond, rattrape un truc que j'ai apparemment failli faire tomber et gueule comme un dératé. Oh, c'était une télévision.

— À quoi tu joues ? Putain, ça t'a pas suffi de me planter vendredi, il faut que tu débarques ivre mort ce soir !

— Je suis pas…

— Tu es défoncé ! Ne dis pas le contraire !

Je serre les dents, une brusque envie de le cogner me prend, mais je me retiens. C'est mon patron et j'ai besoin d'une avance, pas le meilleur moyen de l'obtenir.

— Dis, Matt, tu pourrais me filer une partie de ma paye en avance ? demandé-je avant d'oublier de le faire.

— Tu te payes ma tête, c'est ça ?

— Hein ? Non, je dois payer un… truc, avec ma chaudière.

Il souffle, secoue la tête et passe une main sur son visage. Il a quoi ?

— Écoute, je t'ai toujours arrangé, t'es un bon barman et ton look nous ramène pas mal de nanas, mais je ne peux pas non plus tout te laisser passer.

— Merci, c'est vraiment sympa !

— Ne me remercie pas, je ne peux pas te filer d'avance.

— Quoi ? m'insurgé-je presque, les yeux exorbités.

— Ouais, je peux pas t'accorder de privilège quand tu débarques dans un tel état. D'ailleurs, je pense que tu devrais rentrer chez toi.

— Tu déconnes ! Matt, putain ! Si je te demande du blé, c'est pas pour que tu me files ma soirée ! J'ai besoin de fric, mec !

— Je me doute, mais moi j'ai besoin de faire tourner ma boîte avec des personnes sérieuses.

Son air de petit con arrogant fait picoter mes phalanges, je vais me le faire ce trou du cul !

Pourtant, malgré mon état, je parviens à me maîtriser et quitte la pièce, enragé, faisant claquer la porte violemment dans mon dos. Marre de cette galère, marre de cette boîte de merde, marre de tous ces connards !

Je sors de la boîte comme un fou furieux, croisant sur le passage les premiers clients qui débarquent avec dans l'idée de passer une bonne soirée. Ils n'ont pas mes problèmes, ceux-là !

Une fois dehors, j'inspire profondément et commence à me diriger vers l'arrêt de bus, quand je me souviens subitement qu'il ne passe pas à cette heure-ci. Merde ! Je vais devoir me taper le trajet jusqu'au tram à pied !

Déterminé, encore sous l'emprise de l'alcool, je commence à marcher. L'air frais me fouette le visage, s'infiltre dans mon cou et me fait frissonner. J'ai froid. Pourtant, je ne devrais pas être immunisé grâce à l'alcool ? Encore une vieille légende erronée, super.

Le temps s'écoule, la nuit enveloppe les bâtiments et les rues, mes pas résonnants sur le bitume. Sans m'en rendre compte, je me retrouve au pied d'un immeuble rouge, qui ravive des souvenirs plutôt sympas dans mon esprit embrumé. Nina est chez elle si j'ai bien calculé les étages et les fenêtres. La lumière qui s'échappe me le prouve. Que fait-elle ? Est-ce que je vais rester là comme un misérable Joe Goldberg[13] ou est-ce que je vais trouver le moyen de sonner ?

Sonner à vingt-trois heures, ouais, très bonne idée. Ah ben non, il est vingt-trois heures trente même !

Sans m'en rendre compte, je suis déjà devant la porte d'entrée de l'immeuble, à chercher son nom parmi ceux des résidents. Comment ça fonctionne ce truc ? Ils ne pouvaient pas faire simple, une carte et une sonnette ? Non, il a fallu qu'ils décident de prouver qu'ils étaient plus riches que les autres en installant un système compliqué fait de chiffres et de lettres. N'importe quoi !

Je finis par sonner un peu partout, utilisant les flèches pour sélectionner différents appartements. Quelques voix s'élèvent, tous me parlent en même temps et je percute que dalle !

— Nina ? Nina, c'est moi ! Tu m'ouvres ? m'égosillé-je.

Les réponses ne sont pas claires, je ne suis même pas sûr d'entendre sa voix que j'aime tant. Enfin, sauf quand elle gueule, là c'est chiant.

La porte émet un bruit et je m'empresse de la pousser, remerciant à grand renfort de cris la militaire. Je déambule dans les couloirs, appelle l'ascenseur qui met un temps infini à arriver. Et quand ses portes s'ouvrent, c'est sur une Nina en pyjama, les cheveux lâchés

---

[13] Personnage fictif de la série You, sur Netflix.

sur les épaules. Elle est belle, oh là là ! Mais alors, c'est quoi ce pyjama de bébé ? Une… Barbie, sérieusement ?

— Simon ? Qu'est-ce qui a, ça va pas ? s'inquiète-t-elle.

— C'est quoi ce pyjama ? C'est à toi ce truc ?

Je m'avance vers elle, mais elle fait un pas en arrière en fronçant le nez et les sourcils, sa main balayant l'air devant elle.

— Putain, mais t'es bourré ou quoi ?

— Non, qu'est-ce que vous avez tous à me dire ça !

Qu'est-ce que je suis de mauvaise foi ! Comme si je ne me rendais pas compte que ma vision est trouble et que je n'arrive pas à marcher droit.

— Tu pues l'alcool, le tombeur. Qu'est-ce que t'as foutu ?

— J'ai voulu noyer mes problèmes, mais ils savent trop bien nager le crawl. Comme les Manaudou.

— Je vois ça…

— Excusez-moi ! Est-ce que je dois appeler la police ? s'époumone une vieille femme dans le couloir.

— Non, Madame Klaus, ça ira, merci ! répond Nina.

C'est marrant, j'ai même pas eu le temps d'en placer une.

— Allez, monte, je vais te faire un café.

Nina glisse sa main dans la mienne, je la caresse et en apprécie le mouvement… jusqu'à ce qu'elle la tape en me repoussant.

— Commence pas, me prévient-elle.

Je lève les mains comme un coupable et me tiens convenablement le temps que l'ascenseur monte. Merde, pourquoi je suis là déjà ?

Rapidement, nous quittons la cabine et rejoignons son appartement, toujours aussi bien rangé. Elle a une femme de ménage ? Pourquoi c'est aussi clean ici ? Quand a-t-elle le temps de tenir son appartement ?

— Bon, tu m'expliques ce que tu fais ici ? me demande la militaire en se plantant devant moi.

— Euh… ben en vrai, je sais pas.

— Tu ne devrais pas être au boulot ?

— Si, mais…

Je creuse dans ma tête, je n'arrive pas à me souvenir de ce qui s'est passé… ah si ! Ça me revient !

— Il a pas voulu que je bosse, ce connard ! Et il a pas voulu me filer mon avance !

J'arpente le salon comme si j'étais chez moi, mon sac échoué sur le canapé immaculé. Je râle et explique ce dont je me souviens à Nina, je tente de retenir quelques détails, mais ma bouche ne coopère pas.

— C'est à cause de mon proprio tout ça, il a pas de cœur. Ah, t'inquiète, il loue un appartement, il encaisse tous les mois, mais quand il s'agit de maintenir un minimum de confort, y'a plus personne ! Putain, je te jure ! C'est pas comme si j'étais un connard, je le paye toujours à la bonne date, quitte à me priver de manger ou d'autres trucs. Vraiment, je te jure, je sais pas ce qui m'empêche de lui péter la gueule !

— Bon, assieds-toi et bois ton café ! Tu me donnes le tournis, là !

Un café ? Quand l'a-t-elle préparé ? Je ne l'ai même pas vue faire ! Je m'exécute, m'installe à côté d'elle et la remercie. Le breuvage noir sent bon, il m'ouvre l'appétit, me donne envie de tremper des biscottes dedans. Mon ventre témoigne de ma faim en gargouillant bruyamment.

— Tu as mangé ce soir ?

— Ouais, t'inquiète !

J'avale quelques gorgées de café, me brûle langue et gorge au passage, puis repose la tasse sur la table basse.

— Simon ! Est-ce que tu as mangé ?

— Ouais, du Jack. Non, mais tu sais ce qui a de pire ? C'est que Matt, avant de devenir le saint patron de cette boîte de merde, c'était un pauvre type qui enchaînait les galères aussi ! Il pourrait se mettre à ma place, merde !

— On s'en fout de Matt, t'as rien dans le ventre à part de l'alcool, qu'est-ce qui t'a pris, putain !

Je hausse les épaules en faisant un bruit de bouche totalement puéril. Nina se lève, visiblement agacée, et se dirige vers la cuisine. En la regardant ainsi, je ne peux m'empêcher de songer à cette vie de couple que je chasse depuis des mois. Elle s'agite en jurant, m'engueule si je comprends bien, sans pour autant me jeter un regard. Je m'allonge, appréciant le confort de son canapé, sans pour autant détourner les yeux d'elle.

Elle est belle, même si son pyjama est immonde, elle me prépare à manger si j'en crois les effluves qui commencent à me parvenir. Le constat est clair : notre relation est basée sur la bouffe et je ne peux m'empêcher de sourire en le réalisant.

Juste avant de sombrer dans un sommeil profond.

20

Nina

Préparer un repas à minuit passé pour un mec ivre mort sur mon canapé, j'aurais tout vu ! Le problème c'est que je ne peux pas le laisser dans sa merde. Tout simplement parce que je ne veux pas qu'il lui arrive malheur, il ne mange quasiment rien et a bu en trop grande quantité, mais aussi parce qu'il y a deux jours, c'est lui qui a pris soin de moi. Je devrais peut-être fouiller son sac pour trouver les clés de sa voiture et la lui piquer comme il a fait avec la mienne. Juste retour des choses !

Je pouffe de rire en remuant les pâtes dans la casserole. Je me retourne pour lui demander comment il est venu, mais ses yeux sont fermés et il respire profondément. Merde, je vais devoir le réveiller pour qu'il mange. J'espère qu'il n'est pas grognon non plus au réveil.

Une fois les pâtes et le steak haché cuits — bon, ce n'est pas le meilleur repas du monde, mais vu son état il ne s'en rendra sûrement pas compte — je m'avance vers le canapé.

Il semble apaisé, je pense bien que c'est la première fois que je le vois si détendu. J'hésite une seconde à le sortir de son sommeil, mais il faut vraiment qu'il mange, je ne tiens pas à ce qu'il dégueule sa bile partout sur mon canapé.

Délicatement, je retire sa casquette et la pose sur la table basse. Sans pouvoir me retenir, je passe mes doigts dans ses cheveux bruns et fins, puis finis par poser ma main sur sa joue.

— Simon, réveille-toi ! chuchoté-je.

Pas de réaction. Je le rappelle une seconde fois en haussant le ton et cette fois ses yeux s'entrouvrent.

— Laisse-moi dormir, femme.

Il attrape ma main dans la sienne et la tient contre son visage comme un enfant prendrait dans ses bras son doudou. Bien que j'adore sentir le contact de sa peau chaude contre la mienne, j'ai une mission et je compte bien aller au bout.

— Simon, il faut que tu manges, s'il te plaît. Je t'ai fait des pâtes.

— Hum, oui, oui.

Il se redresse, les yeux fermés, et je pouffe de rire. Il est presque mignon. OK, il est carrément mignon, même s'il pue le whisky. Il entrelace nos doigts posés sur sa cuisse, puis finit par enfin ouvrir les yeux.

— Toi à genoux comme ça devant moi, ça me donnerait presque des idées, rit-il avec un sourire en coin.

— Simon ! dis-je en lui donnant une tape sur l'épaule et en relâchant sa main.

— Enfin, je dis presque parce qu'avec ce truc que tu portes ça va pas être possible.

Mes joues s'empourprent à nouveau. Personne d'autre que moi n'était censé voir mon pyjama. C'est l'un de ces vieux vêtements devenus hideux avec le temps, mais qui est si confortable.

— Allez, lève-toi, je t'ai fait à manger.

Il traîne des pieds, tangue un peu et s'appuie à mon épaule jusqu'à ce que je l'aide à s'asseoir sur un tabouret devant une assiette chaude pleine de nourriture.

— Wow, c'est Noël !

— C'est pas grand-chose…

— Merci, soldat Barbie.

Il rit à peine, puis se jette sur son assiette qu'il dévore en quelques minutes. Je m'approche de lui avec une serviette à la main et tends le bras pour la lui donner. Il pivote sur le tabouret pour se mettre face à moi, louche dessus et ne semble pas déterminé à la saisir. Je m'avance alors et lui essuie la bouche.

Ma respiration s'accélère et je me concentre de toutes mes forces sur ma tâche, et non pas sur le fait que je sois entre ses jambes, presque pressée contre lui et que l'une de ses mains joue avec l'ourlet de mon haut de pyjama, juste au-dessus de mes fesses.

Je passe un peu trop de temps à essuyer chaque centimètre de sa bouche, que je profite de regarder d'aussi près, en mémorisant chaque courbe. Je relève les yeux vers les siens, qui ne me lâchent pas une seule seconde. Nos respirations se mêlent et ma main reste suspendue entre nous deux.

Ses doigts rabattent une mèche de cheveux derrière mon oreille. Il n'aurait qu'à pousser ma tête un peu en avant et nos lèvres se rencontreraient. Seulement, je ne peux pas le laisser faire, il est aussi bourré que le clochard du coin.

Je me recule lentement, prends son assiette et la dépose dans l'évier. Il râle dans mon dos et je souris en me passant de l'eau froide sur les avant-bras. Il faut vraiment que je fasse taire ce brasier qu'il éveille en moi dès que nous sommes à proximité.

— Simon ? l'appelé-je en me retournant.

Il a les coudes sur la table, la tête entre les mains en train de me regarder.

— Oui ?

— Tu peux aller te doucher.

— C'est un ordre ?

— Oui, tu empestes le whisky.

— J'ai pas le choix alors, j'imagine.

— Non, sinon je t'y amène de force.

Son sourire aguicheur me fait me rendre compte de ce que ça pourrait impliquer. Non, hors de question !

Il se lève difficilement, je l'accompagne vers la salle de bain, et l'aide à s'asseoir sur le rebord de la baignoire. Bon sang, c'est un vrai déchet ! Il essaye de retirer sa chemise, mais se retrouve emmêlé dedans, les bras coincés en l'air et il explose de rire. La scène me fait rire, malgré son état pitoyable. Je me place devant lui et défais les boutons. Nos regards se rencontrent, mais je détourne vite les yeux. Je retire enfin la chemise en tirant en arrière, le libérant de sa prison de tissu.

J'aurais préféré découvrir ce qui se cachait là-dessous en d'autres circonstances, mais la vue ne me déplaît pas. Son corps est musclé de la plus sexy des façons, ni trop ni pas assez. Ses abdos sont tracés et se soulèvent en rythme avec sa respiration. J'essaye de ne pas trop le mater, mais comment résister ?

Je me mets à genoux devant lui et l'aide à défaire sa ceinture avant de faire glisser son pantalon sur ses jambes.

— Tu me donnes plein d'idées là, petit cœur.

Je ne relève pas la façon dont il vient de m'appeler et me concentre sur sa puanteur à la place.

— L'idée d'aller te doucher ? Oui, super idée ! Tu vas arriver à le faire tout seul j'espère ?

— Mais oui ! Je suis pas un bébé.

— J'aurais pensé le contraire.

Je l'aide à se relever et quitte la pièce lorsqu'il arrive à allumer l'eau. J'ai l'impression d'être dans un univers alternatif. Simon chez moi pour la deuxième fois ? Simon dans ma douche ? Mais bon sang, c'est quoi ce bordel ? Si encore c'était parce qu'on avait couché ensemble, je ne dirais pas, mais là on est bien loin d'être aussi proches!

Il passe un temps infini sous la douche. À tel point que je suis à deux doigts d'entrer et de vérifier que tout se passe bien. Je me retiens cependant, il ne manquerait plus que je le vois complètement à poil ! Les compteurs seraient à égalité, mais bon je ne tiens pas à violer son intimité.

— Tout va bien, là-dedans ? crié-je à travers la porte.

Celle-ci s'ouvre au même moment et Simon — torse nu avec une serviette nouée autour de la taille — sort du nuage de buée qui s'est formé dans la pièce, en mode pub pour gel douche. Ses cheveux longs sont mouillés et encadrent son visage, sa serviette descend bien bas et me laisse voir son V parfait. Je déglutis difficilement.

— La vue te plaît, soldat ?

— J'ai connu mieux.

Il fronce les sourcils, avant d'exploser d'un rire qui résonne dans le couloir.

— Menteuse.

— Je mens pas, dis-je en détournant le regard et en marchant vers la cuisine.

— Tu mens très mal. En tout cas, la douche m'a fait un bien fou, merci.

— De rien. Tu peux aller te coucher sur le canapé si tu veux, je l'ai déplié pendant que tu étais sous l'eau.

Je lui désigne l'endroit où il va passer la nuit d'un mouvement de tête avant de lui tendre un verre d'eau et un doliprane.

— Tiens. Et si tu as besoin, fais comme chez toi. Il y a de quoi manger dans les placards.

— Tu vis vraiment ici ?

— Euh oui, pourquoi ?

— Tout est tellement… parfait. Plié au carré, pas un cheveu qui traîne. Même les draps que t'as mis sur le canapé n'ont aucun pli.

— Et c'est mal ?

— Non, mais on dirait que personne ne vit là, c'est tout. Ça fait bizarre de rien voir traîner.

— Tu laisses traîner des choses, chez toi ?

— Bien sûr ! Je les range quand j'ai le temps, c'est tout.

— Une raison de plus qui explique qu'on ne s'entende pas, tu es bordélique !

— Mais non, j'ai pas dit ça. Laisser traîner un truc ou deux ça veut pas dire que c'est en bordel. Faut que tu te laisses aller un peu, Nina. Tu ne peux pas tout contrôler.

— Bonne nuit, Simon. Je t'ai mis une bassine près de la table, si jamais tu as envie de vomir.

— Dors bien, madame la coincée !

Il rit dans mon dos, mais je ne lui réponds même pas. Qu'il aille se faire foutre ! C'est pas parce que je tiens ma maison parfaitement que je suis une coincée, une maniaque du contrôle ou je sais pas quoi. Qui est-il pour venir chez moi complètement saoul et critiquer mon intérieur alors que j'accepte de l'aider ?

Bon, d'accord, c'était pas vraiment une critique méchante de dire que tout est en ordre. Ça pourrait même être un compliment. Alors, pourquoi je le prends aussi mal ? Peut-être parce que ça vient de Simon, que tout ce qui sort de sa bouche me fait me remettre en question et me fout en rogne.

Allongée dans mon lit, impossible de fermer l'œil. L'homme avec qui je travaille et qui fait partie de certains de mes fantasmes dort à moitié nu sur mon canapé. C'est comme si je ressentais sa présence près de moi, comme s'il m'appelait. Les circonstances auraient été différentes, je serais sûrement retournée dans le salon en prétextant chercher quelque chose, juste pour me rapprocher de lui. Mais elles ne le sont pas.

Simon est ivre mort, c'est mon collègue de travail et je dois me rentrer ça dans le crâne.

À la première heure, l'enclume bat dans ma tête. Le soleil entre dans l'appartement de Nina avec abondance et je suis forcé de plisser les yeux. Putain, j'ai gravement déconné, là. Les bribes de souvenirs qui m'envahissent me font me redresser d'un bond, la honte chauffant mon visage.

Non, je n'ai pas fait ça ! Oh putain !

En dix secondes, je suis debout, prisonnier d'une serviette de bain qui dissimule mon intimité. Où sont mes fringues ?! Dans la salle de bain !

Sur la pointe des pieds, je me faufile jusqu'à la pièce, en espérant ne pas réveiller Nina. En passant devant sa chambre, je remarque que la porte est ouverte. Une seconde, je m'arrête et la regarde, elle a l'air si sereine. Pas de sourcils froncés, pas de nez plissé, elle est juste… parfaite.

Mais ça ne va pas, moi ! Allez, on mettra ça sur le compte de la gueule de bois et des vapeurs d'alcool qui demeurent encore dans mon système. Je me reprends et récupère très rapidement mes vêtements dans la salle de bain, puis les enfile tout aussi vite. Je ne dois pas traîner.

OK, je ne pourrais pas éviter Nina indéfiniment, mais dans l'immédiat je n'ai pas envie d'affronter son regard ou un éventuel jugement. Je n'y suis pas prêt. Et puis, je dois impérativement trouver une solution pour ce foutu découvert bancaire.

Avant de passer la porte, je repère sur le petit meuble à l'entrée un bloc-notes ainsi qu'un stylo. Après tout ce qu'elle a fait pour moi cette nuit et le dérangement, je peux quand même lui laisser un mot. Je pose mon sac et griffonne une rapide excuse ainsi que des remerciements.

J'ai honte, mais elle compte.

Je sors de la banque enragé, un mal de crâne phénoménal me vrillant les tempes et un découvert toujours aussi élevé. Je suis venu rencontrer ma conseillère dans le but de contracter un mini-crédit, uniquement pour combler les trous. En dépit de mes contrats à la boîte et au chalet, elle n'a rien pu faire. J'en aurais chialé devant son putain de bureau en chêne si ma dignité m'avait quitté, mais j'ai encore ma fierté.

Et puis, il me reste encore une solution à explorer… Enfin, j'attends surtout le coup de fil qui me dira si j'ai raison d'y croire.

La gorge nouée, je remonte la rue en direction du tram, quand mon téléphone sonne. Mon cœur s'emballe, mes mains tremblent, j'inspire et expire rapidement pour me redonner contenance.

— Allô ?

— Simon, bonjour ! Comment vas-tu ?

— Bien et vous, Madame Braun ?

— Très bien ! J'ai reçu ton message vocal, je suis désolée de ne pas avoir pu te répondre avant.

La voix de ma patronne est enjouée, mélodieuse même. Si elle m'appelle ainsi pour me dire non, je crois que je vais me foutre en l'air !

— Il n'y a pas de mal, j'étais très occupé aussi.

— Oh, qui t'a occupé ainsi pendant ton jour de repos ? m'interroge-t-elle, toujours aussi rieuse.

J'aimerais pouvoir lui répondre quelque chose d'intéressant, d'exotique, mais lui raconter que je sors de la banque pour tenter de régler mes problèmes financiers… Non, c'est moyen.

— Vous savez, les courses, les papiers…

— Ouh ! Toutes ces corvées ! Bon courage !

— Merci beaucoup…

Je commence à être un brin agacé, elle est gentille, elle me fait la conversation comme si nous étions de grands amis, mais ce n'est clairement pas pour ça que je l'ai appelée.

— Bon et pour ce que tu m'as demandé, il n'y a aucun souci ! Je suis un peu occupée aujourd'hui, alors… euh, je vais voir avec Nina si elle peut te faire passer le chèque. Ça te va ?

— Bien sûr, merci beaucoup, Madame Braun. Ça m'aide énormément.

— Mais il n'y a aucun souci, c'est tout à fait normal. J'appelle Nina et je lui dis de te contacter !

Je la remercie une fois de plus, lui souhaite une bonne journée et monte dans le tram un peu plus léger. Ma patronne m'enlève un gros poids des épaules, je lui en suis extrêmement reconnaissant et je n'oublierai pas de le lui faire savoir.

Dans le tram, je scrute mon téléphone comme si ma vie en dépendait, attendant impatiemment que Nina me contacte. Le seul truc que j'espère, c'est qu'elle ne me pose pas de questions à propos de ce chèque. Je crois que j'en ai déjà trop dit hier et je n'ai pas très envie d'avoir à me justifier. Je ne suis pas prêt à lui dévoiler cette facette de ma vie.

Une fois arrivé à Auchan, je récupère un paquet de pâtes ainsi qu'un pot de sauce préparée. Putain, ce qu'il me tarde de pouvoir en cuisiner moi-même, avec des ingrédients frais. Je rentre chez moi, mon repas fourré dans mon sac à dos et fais un détour par le parking. Je démarre ma voiture, que je n'utilise plus depuis quelque temps, histoire de faire tourner un peu le moteur. Tout va bien, enfin aussi bien que puisse aller un aussi vieux véhicule, je peux l'éteindre et rentrer.

Je monte chez moi, fais cuire les spaghettis et réchauffe la sauce quand mon téléphone sonne enfin.

— Nina ?

— Wow, t'étais collé à ton tél' ou quoi ?

— J'étais impatient de t'entendre, soldat, répliqué-je en riant. Bien dormi ?

— Suffisamment, et toi ?

— Confortablement.

En coinçant mon portable entre mon épaule et mon oreille, je mélange pâtes et sauce, puis m'en sers une bonne assiette tout en écoutant Nina râler.

— Bon, tu peux m'expliquer pourquoi ma mère a déposé une enveloppe dans ma boîte aux lettres à ton intention ?

— Elle m'a dit qu'elle avait des choses à faire, qu'elle ferait passer mon… mes papiers par ton intermédiaire.

— Hum, OK. Du coup, ça te dérange si je t'apporte tes papiers demain, au chalet ?

Merde, c'était sûr que la question allait se poser. Malheureusement, ça ne pourra pas attendre. Les temps de délai de banque sont merdiques et j'ai urgemment besoin de ce fric. Je n'ai juste pas envie de m'expliquer.

— Tu n'es pas dispo aujourd'hui ?

— Ben… je voulais décorer mon appartement.

— Je peux… passer ? Je prends mon chèque et je repars.

Merde. Je l'ai dit, j'ai balancé l'info comme ça, sans réfléchir et sans même le vouloir. Je suis une calamité. Le silence s'étire et s'éternise, je me passe une main sur le visage en me maudissant intérieurement.

— OK, je te dis à tout à l'heure alors.

— Merci, Nina.

Ce remerciement me sort du cœur, il ne concerne pas uniquement le fait qu'elle me permette de venir récupérer mon argent aujourd'hui, mais également sa discrétion. Si je pensais un jour lui attribuer cette caractéristique, elle et sa satanée curiosité.

Après un échange rapide de banalités, nous raccrochons et je dévore mon assiette, affamé. En même temps, il y a de quoi, je n'ai rien avalé depuis cette nuit et il est quand même quinze heures passées. Sur mon téléphone, je consulte la ligne de bus qui peut me conduire chez Nina, ainsi que les horaires. Pff, ça ne m'arrange pas ces conneries, la ligne n'est pas directe, je dois changer deux fois de bus pour arriver chez elle, j'en aurais pour une heure et demie !

Dans un coin de mon salon, mes baskets de course me font de l'œil, elles m'appellent désespérément, je le sens. Je vais y aller en courant, ça me fera le plus grand bien.

Mes pas martèlent le sol, mon sac à dos tire la gueule, mais j'ai réussi à le caler suffisamment bien pour qu'il ne bouge pas au moindre de mes mouvements. J'ai peut-être l'air d'un clochard, mais je m'en tape. Courir me fait du bien, l'air qui entre dans mes poumons m'enivre et me transporte. J'adore le sport, j'adore ça et je regrette de ne pas avoir plus de temps et d'énergie pour en faire plus souvent.

Quand j'arrive en bas de chez Nina, je sonne avec bien plus de facilité que cette nuit. Je me revois appuyer partout, ne rien comprendre à ce système pourtant très facile.

— C'est moi, indiqué-je quand Nina déroche.

— Oui, je sais, je te vois.

Je suis pris d'un léger vertige, j'ouvre la porte qui s'est déverrouillée et entre, honteux. J'imagine à peine le spectacle ridicule que j'ai dû offrir aux habitants de l'immeuble…

C'est déjà la troisième fois que je viens ici, je commence à prendre l'habitude, même si j'ai conscience que je ne devrais pas. Pourquoi le ferais-je, en fait ?

— Mais qu'est-ce que tu fous comme ça ? m'accueille Nina à ma descente de l'ascenseur, un pull de Noël ridicule sur le dos.

— Et toi, alors ?

Elle pouffe de rire, secoue la tête et me laisse entrer dans son appartement. Wow, y'a eu du changement par ici. Au milieu du salon trône un immense sapin, encore vierge de toute décoration. Ces dernières sont soigneusement rangées dans des boîtes en plastique à proximité et je souris en découvrant qu'elles sont alignées, triées par couleur et par catégorie. Guirlandes, boules, suspensions, tout y est.

— Ben putain, t'as sorti le grand jeu.

— Quoi, ça ? C'est trois fois rien !

Je rigole et pivote vers Nina, qui me tend mon enveloppe. Je m'en saisis, un soulagement immense s'emparant de tout mon être. Vraiment, je dois devenir sentimental parce que, là encore, j'en pleurerais.

— Dis, je veux pas faire ma curieuse, mais…

— Mais je sens que tu vas le faire quand même.

— Pourquoi tu as besoin de ton salaire maintenant ?

Je me passe une main sur le visage, je dégouline de sueur, c'est immonde, puis soupire. À quoi bon lui cacher ? Elle finira bien par comprendre par elle-même ou à défaut apprendre mes soucis de la bouche de sa mère. Il m'a bien fallu justifier ma demande pour qu'elle l'accepte et même si je n'en ai pas trop dit, j'en ai dit suffisamment.

— J'ai eu un problème avec mon chauffe-eau, comme tu le sais. Les réparations m'ont mis à sec, je comptais sur le remboursement de mon propriétaire, mais ce… connard me l'a mis à l'envers.

— Merde. Et t'avais pas des… économies ? se risque-t-elle.

— Nope'.

— OK, ben… je suis désolée. Tu veux décorer l'appartement avec moi ? Ça te changera les idées.

J'arque un sourcil, peu décidé à foutre le nez dans les paillettes et les flocons. Ce n'est pas ma came cette période et je n'ai pas touché à une guirlande depuis… au moins huit ans, bien avant mon départ. Non, je mens, j'en ai accroché dans le chalet.

— Pourquoi pas, si je peux aider à rajouter un peu de vie dans cet appartement trop rangé, la taquiné-je.

Elle me tire la langue, en gamine immature qu'elle est, puis se tourne vers les caisses.

— Bon, là y'a les guirlandes pour le sapin, là celles pour les meubles et les murs, là les boules, les…

— Attends, t'es sérieuse ? demandé-je en attrapant une boîte d'ornements.

— Quoi ? C'est quoi le problème encore ?

— Ben… les guirlandes sont toutes les mêmes, tu ne fais jamais les choses… au feeling ?

Elle me dévisage, se mordille la lèvre et fait naître en moi un désir que je m'efforce de réprimer. Il se passe un truc entre nous, nos regards qui s'arriment, nos corps un peu trop proches et cette paume qui s'est posée naturellement sur mon avant-bras. Putain, j'ai envie de l'embrasser, de dégager toutes ces caisses en plastique et de la prendre, là, sur le canapé.

Quand nos visages se rapprochent, mon cœur s'emballe. J'ai l'impression de défaillir. Je devrais arrêter là, mais je n'y parviens pas. Jusqu'à ce que ce soit elle qui interrompe tout.

— Simon ! Putain, tu pues !

— Wow, tu sais comment faire plaisir aux hommes, hein !

— Non, enfin je suis désolée, mais avant de… décorer, va prendre une douche.

Sa façon de prononcer la phrase me fait sourire, j'ai bien l'impression qu'elle parle d'autre chose que de décoration là. Est-ce que je dois vraiment aller au bout des choses ? Aller me doucher, me préparer à… à quoi ? Coucher avec elle ? Sérieux ?

— Tu sais où est la salle de bain, file ! m'ordonne-t-elle, exigeante.

Et comme un chien bien dressé ou un gosse obéissant, je m'exécute. Je secoue la tête, récupère mon sac à dos et rejoins sa salle de bain, où je commence malgré moi à prendre mes marques. J'avais prévu un pull et un jogging, pour remplacer ma tenue de course qui est imbibée de sueur, on dirait que le destin fait bien les choses, parfois.

De retour de la salle de bain, les cheveux encore humides et lâchés dans mon dos, je découvre Nina en équilibre sur un tabouret, face à son sapin. Oh, mais je réalise, il est immense ! Elle avait absolument besoin d'un aussi grand arbre de Noël ? Alors qu'elle vit seule ici ?

Sa jambe est tendue au possible, je devine à travers son legging les muscles que j'ai aperçus l'autre soir et serre les dents pour ne pas succomber à mes désirs. L'eau de la douche m'a bien remis les idées en place : je dois la laisser et partir encaisser mon chèque au plus vite. Seulement, la voir ainsi commence à tout chambouler.

Quand je commence à vouloir l'aider, elle sursaute et manque de tomber. Je la rattrape entre mes bras et la maintiens contre moi, luttant contre l'envie de tout envoyer balader une nouvelle fois. Putain, elle est si… elle est si… tout en fait. Belle, excitante, irritante, chiante, douce, terrifiante…

Elle remue en moi tellement d'émotions que je ne sais même plus comment la qualifier.

— Tu fais gaffe, un peu ? murmuré-je, la respiration difficile.

— Tu m'as fait peur.

Plaquée contre moi, elle m'observe sans oser remuer, je suis tout aussi immobile. Mes bras sont enroulés autour d'elle, comme je l'ai déjà imaginé à de nombreuses reprises. Mais elle met fin à ce contact brutalement et récupère la guirlande lumineuse qu'elle était en train d'installer.

— Je vais t'aider.

Je me saisis de l'objet et l'enroule sous les conseils de Nina, qui est encore une fois très exigeante. Ça va, c'est un sapin !

— Non, pas comme ça ! On va pas voir les lumières sinon. Attends, la prise est là, tu peux pas le faire finir ici !

Putain, elle est vraiment psychorigide, ce n'est pas possible ! Et en même temps, sa façon de me parler continue de m'exciter, pour une raison que j'ignore. Peut-être que mon temps d'abstinence joue contre moi.

— Arrête, t'es chiante, là ! répliqué-je à sa énième remontrance.

— Mais non, je veux juste que ce soit parfait.

— Rien n'est parfait, Nina ! crié-je un peu plus fort que je ne l'avais espéré. La vie est faite d'imperfections et il faut que tu t'y fasses !

Je me redresse d'un bond et me plante face à elle. Nos poitrines se soulèvent en rythme, nos regards se fondent et se mêlent comme jamais. Sa bouche s'entrouvre, elle veut parler, mais aucun son ne sort de sa gorge. Ses lèvres, si désirables et charnues…

Oh et puis merde !

Je plaque mes mains dans son dos et la colle contre moi, prenant possession de sa bouche avec toute l'envie qui m'anime. Son corps se moule au mien parfaitement, comme si nous étions destinés l'un à l'autre. Qu'est-ce qui me prend de penser à de telles choses ?

Sans tarder, possédé par la passion, je la soulève et sens ses jambes s'enrouler autour de mes hanches. Sa langue s'enroule à la mienne, diffusant une telle chaleur en moi qu'elle m'en donnerait presque le tournis. Ses mains s'agrippent à mes cheveux, je grogne quand elle tire légèrement dessus et me décale devant le canapé, où je la pose. Nos lèvres se quittent une demi-seconde, le temps que je retire mon pull et qu'elle en fasse de même.

Ah, je préfère largement cette tenue-là ! Quelle poitrine, wow ! Belle, ronde, ferme. Tout ce que j'aime. Son ventre est plat, dessiné et légèrement halé. Quand a-t-elle bronzé ?

D'un geste, elle me ramène à elle et m'embrasse de nouveau avec fougue, ses mains passant et repassant sur mon torse. Putain, elle me fait un effet de malade ! La bosse dans mon jogging en témoigne et si j'en crois son regard qui s'y attarde, ça l'intéresse.

D'ailleurs, elle ne met pas longtemps à glisser ses doigts au niveau de ma ceinture élastique et l'écarte pour se saisir de mon membre. La sensation est intense, merveilleuse, elle me fait grogner de plaisir en entamant des va-et-vient. Elle n'a pas froid aux yeux, elle sait ce qu'elle veut et, tant mieux pour elle, je le sais moi aussi.

Je retire mon pantalon ainsi que mon boxer, avant de m'attaquer à son legging. Oh, mon Dieu ! Le string ! Il est rouge, orné de quelques flocons et il me donne subitement envie de fêter Noël. Mais je ne m'y attarde pas longtemps, je le lui retire et l'envoie gésir sur le sol avant de glisser mes doigts sur son intimité tout en reprenant possession de sa bouche. Elle est mouillée, prête pour moi.

Je vais mourir de désir si je ne plonge pas en elle rapidement, et il semblerait qu'elle ressente la même chose vu le bras qu'elle tend vers son pantalon. Elle en ressort un préservatif et je me retiens de rire ou de lui demander où elle est allée le chercher. Il n'y a pas de poches dans son legging, si ? Avait-elle anticipé ce qui est en train de se produire ? Certainement, et c'est aussi la raison pour laquelle elle a dû m'envoyer me doucher. Coquine, j'adore.

Ses mains s'enroulent de nouveau autour de mon sexe et cette fois-ci, elle y glisse le préservatif, m'arrachant un gémissement de plaisir. C'est la première fois que je kiffe sentir un bout de latex glisser sur mon membre.

— Viens ! Vite ! m'ordonne-t-elle, la voix vrillée par le désir.

Je me mordille la lèvre avant de saisir la sienne entre mes dents, me plaçant entre ses cuisses écartées. Elle se charge de me présenter à son entrée, je m'occupe de pousser pour la pénétrer. Elle gémit, relève la tête en arrière et entrouvre les lèvres.

Je tremble de tout mon long, le désir d'être en elle et si puissant et inattendu que je ne souhaite qu'une chose : me perdre en elle indéfiniment. Une fois profondément enfoncé dans son intimité, je commence à me mouvoir, lui arrachant cris et gémissements emmêlés.

Je ne m'attendais pas à ressentir autant de choses avec elle, certainement pas de ce genre, mais finalement ce n'est pas étonnant vu notre relation. Les montagnes russes, voilà ce qui définit parfaitement notre dynamique.

Plongeant et replongeant en elle à de nombreuses reprises, je finis par sombrer sous ses cris, son sexe se resserrant autour du mien me faisant hurler son nom dans le creux de son cou. Ses cheveux sentent la cannelle, sa peau est un merveilleux mélange de fruits et de sucre. Putain, cette nana est un délice !

Les décorations de Noël, ça attendra ! Je ne sais pas ce qu'il y a dans l'air cette après-midi, peut-être le fait que nous nous retrouvons seuls dans l'intimité de mon appartement et cette fois, sans alcool dans le sang. Sans ces limites que nous nous étions fixées sans même nous l'avouer. Mais quelque chose a pris possession de nous et le voilà à se relever du canapé, complètement nu après m'avoir prise comme je le lui ai demandé.

Je mords ma lèvre inférieure face à la vue qu'il m'offre sur ses fesses musclées et son dos large. S'il ne venait pas tout juste de me faire jouir, j'en redemanderais encore. D'ailleurs, qu'est-ce qui m'empêche de lui demander de me faire prendre mon pied toute la nuit durant ?

Cette idée me plaît, seulement je ressens une certaine gêne s'emparer de moi. Et maintenant, quoi ? Nous avons succombé à notre désir, qu'est-ce que ça veut dire pour notre relation ? Va-t-il avoir envie de me revoir dans un autre contexte que le travail ? Ou va-t-il partir dès que l'occasion se présentera ?

Ma réponse n'attend pas lorsque je le vois enfiler rapidement son jogging et finir de se rhabiller. OK, pas de câlin ou de moment de tendresse après nos ébats. En un sens, vu notre relation, ça ne m'étonne pas. Il n'allait pas me câliner toute la nuit, me promettre monts et merveilles et proclamer son amour éternel au clair de lune. Pourtant, une petite partie de moi aurait aimé avoir un peu plus, un peu plus de lui, un peu plus de *nous*.

Je reste silencieuse en le regardant attraper son sac, son enveloppe et mettre ses chaussures de course. Je ne sais pas quoi dire et une boule se forme dans ma gorge. Je ne sais pas à quoi je m'attendais, mais certainement pas à autant de froideur. Il ne m'a pas dit un mot et il s'en va comme un voleur.

Je me redresse finalement et enfile rapidement mon string et mon pull de Noël qui m'arrive sous les fesses. Debout au milieu du salon, face au canapé sur lequel l'improbable s'est produit, je le regarde se retourner vers moi. Ses yeux ne me trouvent pas, il regarde le vide, puis finit par enfin ouvrir la bouche.

— Je suis désolé, mais vu l'heure je dois vraiment y aller. On se voit demain au chalet ?

— D'accord.

Je ne trouve rien d'autre à dire. Pourtant j'en aurais des choses à lui crier dessus. *Alors comme ça tu viens, tu tires ton coup et tu repars aussi vite que l'éclair ? Tu as profité de moi et tu espères que tout redevienne comme avant, comme s'il ne s'était rien passé ? Comme si tu ne m'avais pas mise complètement à nue et assouvi mes désirs les plus secrets ?*

La porte claque derrière lui et me fait sursauter. Je reste encore un peu sous le choc, plantée au milieu des décorations à moitié sorties de leurs boîtes. Mes yeux se posent sur le sapin à peine décoré et mon legging qui trône à son pied.

Tout est arrivé si vite que j'ai l'impression que rien ne s'est passé. Pourtant, mon corps se souvient de chacune de ses caresses qui ont enflammé ma peau, de chacune de ses poussées qui m'ont fait gémir et de chaque détail de son corps que j'avais tout contre ma peau. Pourquoi est-il parti si vite ? Étais-je simplement une autre de ses conquêtes sans lendemain ? Tout porte à le croire. J'ai juste à chasser la déception et la pointe au cœur qui me font monter les larmes aux yeux.

Je me dirige vers la salle de bain pour prendre une petite douche rapide, pose mes yeux sur sa serviette étendue juste à côté de la mienne et me mords la lèvre en repensant à son torse nu pressé contre le mien. La douche amplifie les souvenirs qui ne cessent de m'assaillir, mais en sortant, j'essaye de les chasser et de les ranger dans un coin de ma tête. C'est un problème qui attendra. Je me dirige vers le salon, attrape un petit ange à accrocher au sapin et me remotive pour finir de décorer mon appartement, comme c'était prévu.

Sans lui et ses yeux qui m'hypnotisent.

J'ai toujours vécu seule ici depuis que j'ai acheté l'appartement de toute façon, pourquoi ai-je osé penser qu'il commençait à y avoir sa place ? Pourquoi est-ce que je l'imaginais se réveiller le matin dans mon lit et prendre le petit-déjeuner avec lui dans ma cuisine ? Pourquoi j'ai ces images dans ma tête, moi qui rentre le soir et le retrouve pour qu'on se raconte nos journées ? Quand est-ce que j'ai commencé à désirer tout ce qu'il vient de nous retirer ?

Je lance ma playlist de musiques de Noël et enroule plusieurs guirlandes autour des branches du sapin. Entre deux boules brillantes, je me déhanche au rythme des sons de cloches, des notes de guitare et des voix angéliques. Je me surprends à sourire et profiter de ce moment, emportée par la magie de Noël et de tout ce que cela annonce. La joie, les moments en famille, l'euphorie, les repas copieux, les cadeaux et les rires.

Une heure plus tard, je m'éloigne du salon et observe la pièce. Le sapin est décoré de guirlandes blanches et rouges, illuminé de plusieurs lumières clignotantes, des boules sont suspendues au bout des branches et une large étoile dorée trône au sommet. Un petit village de Noël constitué de petits lapins blancs, d'un traîneau et d'un petit igloo prend place sur le meuble à côté de la télévision et plusieurs guirlandes lumineuses sont accrochées sur tous les meubles de la pièce. Des petits pingouins sont suspendus à leur poignée et des stickers de flocons de neige sont collés sur les vitres.

Les lumières brillent et illuminent la pièce de plusieurs couleurs qui clignotent. Un sourire satisfait se dessine sur mes lèvres et je décide d'occulter Simon entièrement de mes pensées. S'il a voulu être un con avec moi, tant pis pour lui.

Je passe la soirée à me goinfrer de gâteaux, un chocolat chaud à la main et un téléfilm de Noël sur *Netflix* mettant en scène un prince et une journaliste qui tombent éperdument amoureux malgré leurs différences. Le sommeil m'emporte petit à petit, mes yeux se ferment et je m'endors sur le canapé, contente d'avoir pu passer une agréable soirée, malgré le fantôme de Simon et son odeur qui flottent un peu partout autour de moi.

Le lendemain, la magie s'est légèrement évaporée et mon ventre se serre d'appréhension sur le trajet en allant au marché. Je ne sais pas si Simon va continuer d'être un connard ou s'il va accepter de parler de ce qu'il s'est passé.

Je passe la porte du chalet et l'y retrouve déjà, en train de préparer le vin épicé. Il se retourne vers moi une fraction de seconde avant de se reconcentrer sur sa mixture.

— Bonjour, dis-je d'une petite voix.

— Salut.

Il n'élabore pas, ne rajoute rien de plus. J'en fais de même. La déception est encore plus forte cette fois-ci. Il aurait pu réellement avoir un truc urgent hier qui l'a fait partir et aujourd'hui être différent. Mais ce n'est pas le cas. Alors, c'est quoi son problème ? J'ai l'impression de me poser cette question depuis que je l'ai rencontré, et je dois dire que j'en ai ma claque !

Les limites ont été franchies, pas la peine de faire semblant que ça n'a pas été le cas ou de prétendre que c'est uniquement de la faute de l'un ou de l'autre. Nous étions tous les deux conscients de ce que nous faisions.

La colère surpasse ma déception. Je tourne et retourne la langue dans ma bouche pour éviter de dire quelque chose qui dépasserait ma pensée. Je le fixe, dos à moi. Vu de l'extérieur, rien ne pourrait laisser paraître qu'il me pénétrait la veille. Pourtant, il agit comme si nous étions de simples inconnus.

— T'es vraiment un gros con, tu le sais ça !? lâché-je soudainement, me surprenant moi-même.

Il se retourne, les sourcils haussés.

— Pardon ?

Je serre les mâchoires et mon menton tremble légèrement. Je ne lui laisserai pas l'opportunité de me voir pleurer. Pas pour lui.

— Tu m'as très bien entendue, dis-je en lui tournant le dos à mon tour et en rangeant les cartons de livraison au fond du chalet.

Sa main s'empare de mon coude et il me retourne pour que je sois face à lui.

— Ne me touche pas ! lancé-je un peu plus fort que je ne l'aurais voulu.

Il fronce les sourcils, mais concède et lâche mon bras.

— Pourquoi t'es dans tous tes états, Nina ?

— T'es sérieux de me demander ça ? T'étais pas là hier, peut-être ? T'as un frère jumeau caché qui m'a baisé sur le canapé ?

Le muscle de sa mâchoire se contracte et ses yeux se posent rapidement sur mes lèvres. Le commerçant du chalet d'en face redresse la tête et nous regarde, mais je m'en fiche.

— C'est juste que… Je devais partir hier, j'espérais qu'on puisse en parler aujourd'hui, mais tu débarques, me dit à peine bonjour, et tout ça pour au final m'insulter.

— Oui, tu voulais m'en parler, j'y crois vachement !

Je lève les yeux au ciel et le dépasse pour aller passer un coup d'éponge sur le comptoir. Sa voix résonne au milieu du chalet, derrière moi.

— Écoute, hier après-midi, c'était…

— Une erreur, le coupé-je, les larmes me piquant les yeux.

J'essuie rageusement celle qui coule le long de ma joue. Je ne prends pas la peine de me retourner pour voir sa réaction.

— J'ai bien compris que toi et moi, c'était une erreur. On est des adultes, on a succombé à notre pulsion, ça arrive. Tu t'es barré comme si j'avais la peste et puis ça s'arrête là. Il ne nous reste qu'une semaine et demie de boulot. Est-ce qu'on peut rester des inconnus l'un pour l'autre, comme tu m'as très bien fait comprendre que c'était ce que nous étions, et travailler sans s'adresser l'un à l'autre sauf si c'est nécessaire ?

Je reprends ma respiration et jette rageusement l'éponge dans la boîte où se trouvent les produits ménagers. Simon ne dit rien. Pas un mot. Malgré tout ce que je lui ai dit, je ne peux empêcher la déception de s'emparer un peu plus de moi, de s'enrouler autour de mon cœur et de le serrer si fort que j'en ai mal.

Il ne dément rien, ne proteste pas, n'essaye pas de me dire que tout ça n'était pas une erreur et qu'il tient vraiment à moi. Il respecte simplement ce que je lui ai demandé.

Plus que quelques jours et je n'aurais plus à le voir au quotidien. Je n'aurais plus à entendre la voix de l'homme qui m'a brisé le cœur alors que je ne m'étais même pas rendu compte que je le lui avais donné.

23
Simon

Et la palme d'or du gros con revient à : Simon Tómasson ! Je crois que dans le genre on ne fait pas pire. Je n'ai jamais traité une femme de la sorte et la première qui me fait battre le cœur un peu plus vite et me donne le tournis, je la laisse comme une vieille chaussette. À dire vrai, j'ai complètement paniqué.

En me relevant, nu comme un ver, j'ai croisé le regard de mes patrons sur l'une des photos disposées sur le buffet. L'angoisse s'est emparée de mon être et m'a donné la gerbe. Cette histoire d'argent s'est mêlée à l'équation et m'a fait tourner les talons si vite que je n'ai même pas eu le temps d'y penser. Tout ça pour arriver devant une banque fermée et ne même pas pouvoir encaisser ce foutu chèque !

Un demi-million de fois, j'ai sorti mon téléphone hier soir pour lui écrire un message, mais je me suis ravisé et j'ai fini par éteindre mon Smartphone. Que pouvais-je lui dire qui allait atténuer sa déception ? De toute évidence, je ne suis qu'un connard de plus dans la liste interminable des femmes blessées. Et je me hais pour cela.

Mais en toute franchise, je ne peux pas sortir avec la fille de mes patrons, aussi attirante et sexy soit-elle. Je tiens à conserver une bonne relation avec eux, avec un peu de chance, cela me permettrait d'avoir une place l'année prochaine et ainsi de m'assurer un mois de boulot. J'ai toujours entretenu des relations cordiales avec les personnes pour qui j'ai bossé, il est totalement exclu de tout gâcher pour… une femme.

Ça me coûte, je dois l'admettre. Cependant, je ne suis pas certain que Nina soit prête à se lancer dans une relation sérieuse, elle est en pleine remise en question et je ne tiens pas à faire les frais de ses changements. Déjà que communiquer est difficile en tant que collègues, j'imagine à peine ce que ça donnerait en tant que couple.

Elle se vexe pour un rien ! Certes, hier j'ai merdé, mais ce matin c'est à son tour de le faire ! C'était quoi cette façon de me saluer ? Je suis quoi moi, un client ? Et après, elle a le culot d'exploser ? Non, c'est trop ! Je suis gentil et patient, mais elle met mes nerfs à rude épreuve et je ne suis pas doté d'une sainteté inébranlable, je laisse ça aux chrétiens !

Alors, pour éviter d'affronter une nouvelle tornade, je me cache derrière mon silence. Je ne la reprends pas quand elle prétend que nous deux c'était une erreur. C'en était une, certes, mais une des plus délicieuses. Je tiens à elle d'une certaine manière, mais je ne l'admettrai pas. À quoi bon le faire puisque nous deux ça ne se fera pas ?

Le chalet est rudement calme, le silence m'oppresse et me fait serrer les mâchoires, mais je ne le brise pas pour autant. Pour dire quoi ? Que je suis désolé ? Que je tiens plus au blé qu'à elle ? Que je ne suis pas capable de me passer de ce job ? Que je suis si pathétique que je n'ai même pas su lui expliquer tout ce qu'elle provoque en moi ? Putain, je suis ridicule !

Puisque les clients fuient notre chalet comme j'ai fui Nina, je prends une pause sans la consulter. J'ai besoin d'air pour remettre mes idées en ordre et composer un masque d'indifférence plus solide. J'attrape ma bouteille d'eau et en bois une longue gorgée avant de prendre la porte, dans l'indifférence la plus totale.

L'air est frais, il caresse ma nuque et s'engouffre dans mon pull, mais ma satanée fierté m'empêche de revenir en arrière pour récupérer mon manteau. Débile, j'en conviens.

Adossé au chalet, je lève la tête vers le ciel et reprends doucement ma respiration. Cette nana est la première à me faire un tel effet, elle me perturbe tellement que j'en viens même à douter de mes propres décisions. Et si je retournais à l'intérieur, l'embrassais à en perdre la raison et lui dévoilais mes sentiments ?

— Bonjour, Simon ! me salue une voix que je reconnais même les yeux fermés.

Je me redresse et salue les parents de Nina, la raison pour laquelle je ne dois absolument pas faire ce qui m'effleure l'esprit sans interruption.

— Comment allez-vous, Monsieur et Madame Braun ?

— Bien et vous, mon garçon ?

Le père Braun est un homme au visage dur, mais à l'âme profondément bonne. Il parle avec gentillesse et un sourire se glisse toujours sur ses lèvres.

— Très bien, je profitais du calme pour faire une petite pause. J'espère que ça ne vous pose pas de problème ?

— Bah ! Profite donc de l'air mon petit ! rit Adélaïde.

Le couple me contourne — non sans que le père dépose une main sympathique sur mon épaule —, puis se dirige vers l'entrée du chalet où je les entends s'extasier auprès de leur fille.

— Mais qu'est-ce que vous faites là ? s'étonne Nina, son ton toujours aussi froid.

— Une petite balade, on a du temps à tuer ! s'exclame sa mère.

— Tu n'es pas à la boutique, papa ?

— Non, j'ai laissé Michel aux commandes.

Je ne devrais pas les espionner, c'est déplacé au possible et je ne suis pas un homme mal élevé, contrairement à ce qu'on peut penser. Je m'éloigne donc un peu, continuant d'inspirer et expirer pour me remettre les idées en place. C'était sans compter sur Madame Braun, qui m'interpelle à peine ai-je mis le pied sur le côté du chalet.

— Simon ! Nous étions justement en train de proposer à Nina un petit quelque chose à manger. Désires-tu une douceur ?

— Non, je vous remercie, c'est très gentil. Je vais reprendre le travail dans une seconde.

— Oh, allez, on ne dira rien au patron ! plaisante-t-elle en s'accrochant au bras de son époux.

Je serre les dents et accepte, un peu à contrecœur. Les parents de Nina sont très gentils, mais je n'ai pas envie de passer du temps avec elle pour le moment. Je suis… vexé. Comme un gamin immature, mais qui ça intéresse ?

Et puis, vu la tronche qu'elle tire, pas sûr qu'elle désire plus que moi que nous partagions un moment tous ensemble. Elle fuit mon regard, tente d'attirer l'attention de sa mère — qui clairement n'en a rien à secouer. Juste pour ça, je me surprends à vouloir rester le plus longtemps possible à côté d'elle.

Je me place en face de Nina, du côté client pour la première fois tandis que sa mère nous interroge sur ce que nous souhaitons manger.

— Un truc salé, je suis pas d'humeur sucrée, répond Nina, me jetant un regard noir.

— Oh, une flammenkuche ? Des frites ? Un américain peut-être ?

— Oh oui, un américain ce sera parfait ; étranger et moins… lourd.

Putain, j'ai envie de lui répondre, de la remettre à sa place avec son air suffisant qui me fout en rogne. Pourtant, je me contente de la regarder avec le même air qu'elle arbore, serrant les dents tout en restant le plus discret possible. Ses parents sont à mille lieues de comprendre le véritable sens de ses mots assassins et Adélaïde explose donc de rire, me surprenant au passage.

— Moins lourd ? Bon courage, avec tout ce pain, cette viande et ces frites !

— Tu as raison, maman, il y a beaucoup d'éléments indigestes.

— Alors tu veux autre chose ?

Prise au piège par son propre jeu puéril, elle bloque et finit par refuser, restant sur l'idée d'un américain. Quand vient mon tour de choisir, je cherche les meilleures répliques pour la mettre mal à l'aise, entrant dans son délire comme un gosse de six ans.

— Simon ? Qu'est-ce qui vous ferait plaisir ? me demande son père d'un ton amical.

— J'opterais bien pour un panini au fromage tout simple, c'est fin et léger. Ça me changera de ce que j'ai l'habitude de… consommer.

Je me retiens de rire en voyant Nina fulminer de colère, ses lèvres se pinçant dans une moue étrange.

— Enfoiré, laisse-t-elle échapper suffisamment fort pour que je l'entende.

— Nina ? Tu disais ?

— Peut-être qu'un petit *mannele*[14] ne ferait pas de mal en dessert, c'est bien *charpenté*.

— Très bien, un américain et un mannele pour toi et un panini pour Simon ! On revient dans quelques minutes, on vous laisse un peu tranquille !

Sur ces mots, les parents s'éloignent et Nina et moi nous retrouvons seuls.

— C'est quoi ton problème ? m'attaque-t-elle dès qu'ils sont suffisamment éloignés de nous.

— Mon problème ? Je n'ai pas l'impression d'en avoir un, réponds-je, innocemment.

— Tu me provoques devant mes parents ! Tu joues à quoi ?

— Au même jeu que toi, soldat. Tu me cherches, tu me trouves.

Nina fulmine, détache son tablier et le jette violemment sur le

---

[14] Brioche en forme de bonhomme.

comptoir avant de partir dans le fond du chalet. J'aimerais en rester là, mais ma fierté et ce quelque chose que je ne contrôle pas en sa présence me poussent à la rejoindre. Je contourne le chalet et ouvre la porte avant de m'engouffrer à l'intérieur.

— Ce n'était pas très malin de la jouer comme ça devant tes parents, t'en as conscience ?

— C'est vrai que c'était bien plus malin de… de…

— De quoi ? Tu as perdu l'usage de la parole ? la taquiné-je en appuyant mon épaule contre le mur.

— Ferme-la ! Tu m'énerves !

— C'est ça ta répartie ?

Agacée, elle me repousse en arrière et je manque de m'étaler sur le sol, je me retiens de justesse.

— On en vient donc aux attaques physiques, Nina ?

Je me mordille la lèvre, parce qu'en dépit de tout ce qui me retient loin d'elle, ce genre de taquineries me pousse vers elle.

— T'avais besoin de dire que je suis grosse et lourde ? me demande-t-elle, visiblement blessée.

— Je n'ai jamais dit ça.

Finies les taquineries quand je décèle dans son regard une profonde douleur. J'aime l'embêter et j'y trouve un certain plaisir, mais la blesser profondément, il en est hors de question. J'ai fait suffisamment de dégâts hier avec ma maladresse.

— « *Oh, je prendrais un panini parce que c'est fin et léger, pas comme Nina !* », me singe-t-elle exagérément.

— À quelle heure t'as entendu ça ? Les oreilles, ça se lave, tu sais.

— T'as pas dit fin et léger ? Hein ?

— Si, mais je ne faisais pas mention de ton corps, cesse de te sentir persécutée. Si on va par-là, je pourrais me sentir attaqué physiquement pour le « *charpenté* » !

— Ah ouais, et c'était quoi alors ? me demande-t-elle en ignorant royalement la fin de ma phrase.

— Je faisais référence à tes réparties, à tes attaques qui ne sont pas fines et à tes remarques qui ne sont jamais légères ! Jamais je ne me permettrai de t'attaquer sur ton physique, je n'aurais de toute façon rien de négatif à dire sur lui.

Stupéfaite, elle me regarde sans rien dire et je retiens mon sourire lorsque je remarque le rouge sur ses joues. À peu de choses près la même teinte que lorsque je la pénétrais hier, sur son canapé. Putain, faut que je chasse ces pensées de ma tête ! Hors de question de continuer sur cette voie-là. Amis, collègues, c'est OK, se balancer des trucs débiles, OK, mais pas de romance !

— Alors, t'as plus rien à dire ? Ça fait quoi de voir qu'on a eu tort ?

— Ferme-la, le tombeur.

Je soupire et souris, me retiens de l'attraper pour la serrer contre moi, mais en ressens profondément l'envie. Le surnom déclenche ça, évidemment, mais surtout le petit rictus qu'elle tente de dissimuler maladroitement. Elle peut le nier tant qu'elle veut, elle ne désire pas que nous restions des inconnus. Elle ne considère pas ce que nous avons vécu hier comme « *un truc juste comme ça* ». Ça a compté pour elle, autant que pour moi.

— Écoute, Nina… je voulais te dire…

— À table ! s'exclament en chœur les parents de Nina en entrant dans le chalet, m'interrompant sans préambule.

J'enfile le masque de complaisance, le même que ma chère et chiante collègue, puis nous revenons vers l'avant du chalet où nous partageons tous les quatre un repas rapide.

Entre deux bouchées, Nina et moi servons les clients qui se font un plaisir de discuter avec Adélaïde, nos corps se frôlant parfois. Tous ces contacts manqués, prohibés, juste devant Monsieur et Madame Braun me donnent le goût du risque. Malgré mon envie profonde de ne pas gâcher ma relation avec eux en en entretenant une avec leur fille, son odeur de cannelle qui chatouille mes narines réveille un désir profond en moi.

Alors, que faire face aux palpitations qu'elle provoque dans mon cœur ? Qui écouter entre raison et passion ?

ourquoi toutes ces joutes verbales avec Simon ne m'énervent plus vraiment comme avant, mais plutôt m'excitent ? Est-ce parce que je sais ce que ça donne au lit avec lui, ou tout simplement parce que maintenant que j'ai regoûté aux plaisirs du sexe, j'en veux encore plus ?

Toujours est-il que je n'arrête pas de mater sa bouche pendant qu'il discute avec mes parents. Hier, elle était sur moi, sur mon corps. Bon sang ! Ce n'est pas absolument pas le lieu ni le moment d'avoir de telles pensées. Je ne contrôle plus rien quand il s'agit de lui et ça me fout en rogne.

J'essaye de me reconcentrer sur la conversation qui est en cours, quelque chose à propos de parcours de golf. Simon croise mon regard quelques secondes, un sourire se forme sur ses lèvres.

— D'ailleurs, j'imagine que Nina doit jouer à la perfection ! lance-t-il, ce qui déclenche le rire de mes parents en chœur.

— Oh non ! lui répond ma mère, Nina est très maladroite avec ce genre de sport.

— Elle ne sait pas manier le manche d'un club de golf ? J'aurais juré le contraire.

Je lui fais les yeux ronds, mais me radoucis pour que mes parents ne voient pas ma réaction au moment où ils se retournent vers moi, toujours hilares. À quoi joue-t-il ? Des images d'hier défilent devant mes yeux et me ramènent vers des choses, des sentiments que j'essaye tant bien que mal de réprimer. Il le fait exprès ? Veut-il me mettre dans tous mes états pour mieux me jeter par la suite ?

— J'ai bien essayé de lui apprendre, mais rien à faire, une vraie tête de mule ! continue mon père. Et toi, Simon, tu aimes en jouer ?

— Je n'ai pas souvent l'occasion de pratiquer, mais quand c'est le cas, mes partenaires ont souvent vanté mes mérites.

Je ne manque pas l'éclair de provocation qui passe dans ses yeux lorsqu'il les pose brièvement sur moi. Et comme une conne, je ne peux empêcher la pointe de jalousie de s'infiltrer en moi. Je déteste l'imaginer avec d'autres femmes, surtout s'il préfère être avec une autre plutôt qu'avec moi. Ce qui doit inévitablement être le cas, puisqu'il ne semble pas me désirer pour plus d'un soir.

La discussion se poursuit, mais je décroche totalement. Désorientée par le fil de mes pensées, le brouillard prend place et mes yeux se perdent dans le vide. Ma mère me surprend en s'adressant à moi pendant que les deux hommes continuent leur conversation.

— Ma chérie, tu veux qu'on aille voir la parade de Noël tout à l'heure ?

— Oui avec plaisir !

— Très bien, je repasserai par ici te chercher ce soir.

Mes parents partent quelques minutes plus tard et nous laissent travailler avec Simon. À plusieurs reprises, il me frôle ou me touche la main quand je lui tends un gobelet. J'en viens à me demander s'il ne fait pas exprès d'être si près de moi alors que ce n'est pas nécessaire. Pourquoi ferait-il ça ?

Mes hormones sont en feu à chacun de ses contacts, mais je ne rentre pas dans son petit jeu. Il m'a très bien fait comprendre, même s'il n'a presque rien dit, que lui et moi, ça ne se reproduirait pas. Qu'il ne peut rien y avoir et encore moins quelque chose de sérieux. Je ne sais pas si ça l'amuse de jouer de la sorte — coucher avec moi pour repartir sans un mot, puis le lendemain essayer de me faire du rentre-dedans — mais je ne le laisserai pas faire, je ne le laisserai pas aux commandes.

Il ne veut rien de plus avec moi, alors il n'aura rien en retour. C'est tout aussi simple que ça. Seulement, c'est dur de rester sûre de mes convictions quand son corps est si près du mien et qu'il réveille des terminaisons nerveuses qui étaient endormies avant qu'il ne les réveille de ses baisers et caresses la veille.

Une grande blonde en legging trop moulant, un manteau brillant et du rouge à lèvre pétard sur la bouche s'approche de notre chalet, un immense sourire sur les lèvres.

— Simon ? s'extasie-t-elle en appuyant ses mains sur le devant du comptoir.

— Fanny ?

— Simon ! crie-t-elle presque d'une voix beaucoup trop aiguë.

Personne ne peut être aussi content de voir quelqu'un, si ? Je lève les yeux au ciel et assiste en silence à cet échange insupportable. Simon sourit à la blonde, mais ne semble pourtant pas aussi ravie que cette dernière.

— Que fais-tu ici ? demande-t-elle.

— Je travaille, et toi ?

— Je traîne dans le coin avec des copines. Oh ça fait si longtemps qu'on s'est pas vu ! Toujours aussi beau que sur tes photos *Tinder*.

Je comprends alors le lien entre les deux et j'essaye de retenir la bile qui me remonte dans la gorge. Si c'est ça son style de fille, j'en suis bien loin avec ma petite taille, mes cheveux châtains et mon manque de maquillage quasi permanent. Ma jalousie continue de grimper en flèche alors que je les regarde discuter comme deux vieilles conquêtes qui se retrouvent après des années. Ils ne se rendent même pas compte que je suis là. Je mords l'intérieur de ma joue pour ne pas péter un câble et dire des choses que je regretterai inévitablement. Je ne vais tout de même pas donner du grain à moudre à cette pimbêche. Et puis, je n'ai rien à dire, si ? Nous ne sommes rien l'un pour l'autre.

J'en ai marre de ressentir des émotions si éloignées les unes des autres, juste pour un homme. Pas n'importe quel homme, certes, mais je ne dois pas le laisser se foutre de moi. Alors, quand elle part enfin — sans avoir commandé quoi que ce soit en plus ! —, je lâche un rire amer malgré toute la force que j'ai puisée en moi pour ne pas me faire remarquer.

Simon se retourne vers moi, peut-être se rendant enfin compte que oui, je suis toujours là.

— Quoi ? me demande-t-il, son attention finalement sur moi.

— Rien, beaucoup de choses s'expliquent, c'est tout.

— Que veux-tu dire ?

— Vous sembliez proche, la bimbo et toi. Je n'ai plus à me demander pourquoi tu as fui si vite hier, sûrement pour aller dans les bras d'une autre que t'as rencontrée sur *Tinder*.

— Tu dis n'importe quoi !

Il lève les bras en l'air, exaspéré.

— Je n'ai rejoint personne hier, si ça peut te rassurer.

— Comment pourrais-je te croire ? Tu sembles assez populaire, vu comme elle était contente de te voir.

Il s'approche dangereusement de moi, les mâchoires serrées.

— Écoute, je sais pas pour quel connard tu me prends, mais je n'en suis pas un. Je suis peut-être parti vite hier, mais ce n'était pas pour les beaux yeux d'une autre. Je suis pas le putain de coureur de jupons que tu imagines juste parce que j'ai déjà utilisé cette appli, d'accord ?

— Si tu le dis, réponds-je en levant les yeux au ciel une fois de plus.

— Et ça ne risque pas d'arriver. Ce qui s'est passé entre nous, ça a compté pour moi.

Il s'éloigne finalement de moi, puis finit par se retourner, son rictus sur les lèvres de retour.

— Tu es jalouse, soldat ?

— Ça risque pas, dis-je les dents serrées.

— Si tu le dis, fait-il en m'imitant.

Je l'ignore pour la demi-heure qu'il nous reste à bosser et suis soulagée lorsque ma mère réapparaît et que nous partons toutes les deux marcher vers le début de la parade. Les quelques pas que je fais en m'éloignant du chalet — en m'éloignant de Simon — m'apaisent légèrement et je me laisse aller aux festivités.

Des échassiers vêtus de costumes blancs, comme s'ils étaient recouverts de neige, des ailes sur le dos et des bâtons lumineux commencent à défiler. Des chars représentant des villages enneigés de Noël, des personnages féeriques et des musiciens suivent la parade et jettent des confettis tout autour d'eux. Les décors et les costumes sont magnifiques, ma mère et moi profitons du spectacle, des musiques de Noël sortant des haut-parleurs au-dessus de nos têtes.

Lorsque tous les artistes sont passés devant nous, nous marchons tranquillement l'une à côté de l'autre, nous arrêtant de temps à autre devant les devantures de chalet. Finalement, nous nous asseyons sur un banc, une crêpe au chocolat entre les mains.

— Ma chérie, je peux te poser une question ?

— Oui ? réponds-je hésitante, craignant la suite.

— Tu sais que tu peux me parler de tout et que je ne te jugerai jamais, n'est-ce pas ?

— Oui, je sais, maman. Que veux-tu me demander ?

— Eh bien, j'ai bien vu que toi et Simon étiez un peu différents aujourd'hui, il s'est passé quelque chose ?

— Comment ça, nous étions différents ?

Le rouge me monte aux joues. J'ai l'impression que la phrase « *Simon m'a baisée sur mon canapé* » est tatouée sur mon front. Inconsciemment, je me passe une main dessus, comme pour essuyer ces mots invisibles.

— Je ne sais pas, appelle ça l'intuition d'une mère.

Elle me donne un léger coup d'épaule en me souriant sincèrement. Bon sang, j'aimerais tout lui raconter, me confier à elle. Mais Simon est son employé, je sais qu'il tient à ce travail et je ne veux pas foutre la merde. Et puis, je ne suis pas du genre à partager mes histoires de cul avec ma mère, et comme il n'y a que ça entre Simon et moi…

— Il ne s'est rien passé, lâché-je finalement en fixant un point dans le ciel étoilé.

— Tu es sûre ?

Un court laps de temps s'écoule avant que je ne lui réponde.

— Oui. On travaille et ça se passe plutôt bien.

— Tu sais, s'il devait se passer un truc entre lui et toi…

— Maman !

— Je veux juste dire que vous ne devez pas vous empêcher à cause de nous. Tant que tu es heureuse.

— Il n'y aura rien entre Simon et moi, jamais ! dis-je un peu plus fort que je ne l'aurais souhaité.

— C'est un très gentil et beau garçon.

— Peut-être, mais il n'est pas fait pour moi.

— Pourquoi ?

Ses yeux noisette me scrutent avec curiosité. Elle essaye de nous caser ensemble ou quoi ? Pourquoi insiste-t-elle autant ?

— C'est comme ça, c'est tout. On s'entend comme chien et chat, ça serait hyper compliqué s'il y avait quoi que ce soit, et puis je ne veux pas ce genre de problème dans ma vie, mens-je en détournant les yeux une nouvelle fois.

— Parfois, se chamailler peut cacher des sentiments plus profonds, qui sont enfouis et ne font surface que lorsqu'on lâche prise et se jette à l'eau.

Mon menton tremble et je retiens les larmes qui me viennent aux yeux. Même si j'avais envie de lâcher prise, ça ne change rien au fait que Simon s'est barré comme un voleur et ne m'a toujours pas donné d'explications valables, si tant est que ces dernières existent.

— Merci pour tes conseils avisés, maman, dis-je en rigolant pour détendre l'atmosphère.

Seulement, mon rire n'est que factice et ses mots tournent en boucle dans ma tête pendant le trajet qui me ramène chez moi. Mes émotions sont chamboulées, mes sentiments pour Simon encore plus flous qu'avant et c'est pour ces raisons que ma résolution de me tenir loin de lui se renforce à mesure que j'approche de mon appartement. Je n'ai pas besoin d'avoir des montagnes russes dans la tête à chaque fois que je pense à lui.

Au moment où je me gare et pose le pied sur le goudron à l'extérieur, quelque chose de froid se dépose sur ma joue gauche. Je relève la tête vers le ciel, puis la rue autour de moi. La neige tombe et s'abat à gros flocons sur la ville. J'espère qu'elle va tenir au sol et nous offrir un Noël magique sous la neige.

Les jours passent et se ressemblent au chalet, ponctués de silences pesant entre Nina et moi. Nous nous parlons à peine, ne mentionnons que la pluie et le beau temps, ou plutôt le froid bel et bien installé ainsi que la neige. Rien de personnel, rien qui ne nous rapprocherait un peu plus. C'est ainsi, je crois que nous nous sommes tous les deux fait une raison sans pour autant les détailler à haute voix.

Et c'est bien comme ça.

Si j'ai continué d'alimenter la flamme peu après notre… écart, j'ai toutefois réalisé avant qu'il ne soit trop tard pour nous deux qu'une vie de couple tel que je l'espère n'est pas possible entre Nina et moi. La première raison étant ses parents, je pourrais m'épancher à en citer une vingtaine d'autres sans sourciller. Notre dynamique est drôle, nos piques divertissantes, mais uniquement pour quiconque désire une aventure sans lendemain. Ce n'est pas mon cas et j'en viens presque à regretter ce qui est arrivé entre nous.

Elle est précieuse, belle et sûre d'elle, mais je n'aurais pas dû succomber à sa chair. Aussi bon que ce fût, ce n'était pas la chose à faire ni pour elle ni pour moi. Nos sentiments s'en sont trouvés heurtés, bien que nos corps rassasiés. Tout est ma faute et ma culpabilité me pousse à prendre ma responsabilité. Celle-ci étant de ne jamais recommencer.

À quelques jours de Noël, la mélancolie s'empare de moi d'une façon inédite, d'une manière telle qu'elle commencerait presque à me donner envie de joindre ma famille. Accoudé au comptoir du chalet, je me redresse en secouant la tête avant d'attraper ma canette de coca. Le manque de sucre, la fatigue, c'est ça qui doit me faire songer à tant de conneries. Oh et la présence autour de Nina d'une famille aimante et unie.

Depuis une semaine environ, les siens lui rendent visite tous les jours et s'extasient devant les décorations autant que l'ambiance. Tout ce qui m'a toujours poussé dans mes retranchements me semble tout à coup très tentant. Malheureusement pour moi — ou heureusement si on considère la méchanceté qui anime les miens —, je ne connais pas ça. Cette joie qui entoure Noël, ce lien puissant qui réunit des personnes du même sang et cet amour inconditionnel qu'elles partagent.

Pour moi, Noël n'est qu'une fête commerciale de plus à ajouter au calendrier pour enrichir les plus riches et appauvrir un peu plus les pauvres. Alors pourquoi l'envie de déguster une tranche de dinde et boire du lait de poule ne cesse de parasiter mon esprit ?

Seul pour l'après-midi — Nina étant de repos aujourd'hui —, je m'active à nettoyer et ranger pour m'occuper l'esprit quand quelqu'un frappe à la porte du chalet. Tiens, ça par contre ce n'est pas commun.

Méfiant, je lève le loquet et j'ouvre, soufflant de soulagement quand je découvre Madame Braun.

— Bonjour, comment allez-vous Madame Braun ? la salué-je en dégageant le passage.

Elle entre en déposant une main affectueuse sur mon épaule.

— Bien et toi, Simon ? Pas trop de monde ?

Jetant un rapide coup d'œil au chalet, je remarque son sourire à le découvrir aussi bien décoré et ordonné.

— Non, c'est calme à cette heure-ci, mais je pense que d'ici une heure il y aura du monde.

— Tu as vite pris le pli, tu connais même les horaires d'affluence ! rit-elle comme à son habitude.

Cette femme semble toujours de bonne humeur, ou à défaut arbore toujours un sourire radieux et un rire mélodieux.

— Ce n'était pas difficile, je suis assez observateur.

— Je le suis aussi, mon petit…

Elle laisse sa phrase en suspens pour tourner le regard vers mon pitoyable sac, dissimulé tant bien que mal entre deux caisses de bois. Je me sens soudainement très mal à l'aise, un brin jugé et je n'apprécie pas du tout le sentiment. Pourquoi me dire cela ? Qu'a-t-elle à l'esprit pour vouloir mentionner ma situation comme ça ?

Je me racle la gorge, ouvre la bouche pour tenter de retrouver la face, mais elle me coupe en levant la main.

— Loin de moi l'idée de te mettre mal à l'aise, Simon. Seulement, je crois comprendre avec les quelques discussions que nous avons eues que tu passeras Noël seul. Je me trompe ?

— Non, c'est bien cela. Mais ça ne me dérange pas du tout, rassurez-vous.

— Eh bien, moi si, figure-toi.

Je crains de comprendre un peu trop bien où elle veut en venir et la gêne commence à prendre beaucoup trop de place tout à coup. Mes mains sont moites, que vais-je pouvoir répondre à ce que je suppose qu'elle va me proposer ?

— J'aimerais que tu te joignes à nous le soir du vingt-quatre et que tu restes jusqu'au lendemain.

Et voilà, c'était sûr. Merde ! Qu'est-ce que je dis, moi ? Elle est si gentille et souriante, comment détruire la bulle de bonheur que représente ma venue à cette fête de famille sans la blesser ?

— Écoutez…

— Non, je n'ai pas été très claire. Je n'attends pas de réponse, Simon. Je veux que tu viennes, je ne te laisserai pas te morfondre seul dans ton coin. Noël est une fête merveilleuse si on prend le temps de la savourer.

— Je… Je vous suis profondément reconnaissant pour tout ce que vous faites pour moi. Seulement, c'est une fête de famille, je n'ai pas à m'incruster dans la vôtre.

— Quelle idée ! répond-elle de sa voix enjouée. Tu ne t'incrustes nulle part puisque nous t'invitons.

Elle m'a pris au piège, elle m'a eu et dans de telles conditions, il m'est difficile de pouvoir dire non. Et puis, ses yeux me supplient d'accepter, pour une raison que j'ignore. Aime-t-elle à ce point faire la charité ? Non, ce n'est pas ça, elle est profondément gentille, je le sens, ce n'est pas joué et feint comme bon nombre de personnes que j'ai pu croiser dans ma vie.

— À quelle heure dois-je venir ? souris-je.

Sa réaction est sans appel, elle abat sa main sur son cœur en levant la tête vers le ciel, sautillant presque sur place. Si ça, ce n'est pas du bonheur, je ne m'y connais pas.

— Viens à dix-neuf heures trente, ce sera parfait !

— Vous voulez que j'amène un dessert ? Une bouteille de…

Je pivote la tête et me rends compte de la stupidité de ma proposition. Ils sont vignerons, ils doivent posséder bien plus de vin que je ne peux espérer en boire dans ma vie.

— Ne t'encombre de rien, nous avons déjà tout prévu de l'apéritif au dessert !

— Vous êtes sûre ?

— Absolument ! Viens avec ton beau sourire et nous en serons tous comblés !

Sur ces mots, elle me contourne et retourne vers la porte, ce qui me confirme qu'elle n'était réellement venue que pour ça. Très forte, la mère…

— Je suis heureuse de pouvoir te compter parmi nous, Simon, ce sera un merveilleux moment.

— Je n'en doute pas, merci beaucoup pour votre générosité.

Elle me sourit, presse mon avant-bras affectueusement, puis part, me laissant pantois. J'ai eu bon nombre de patrons durant toutes ces années, des plus terribles aux plus sympas, aucun n'a jamais eu ce genre de comportement avec moi. Même Matt, dont l'amitié n'est plus à prouver — il ne m'a pas viré après mes conneries de mec bourré et en a même plaisanté avec moi à mon retour à la boîte, ce qui prouve qu'il tient à moi —, je n'ai jamais reçu un tel shot d'affection et de compassion.

J'en suis un brin euphorique et dois me reprendre vite quand un client me demande quelques renseignements sur le vin. Je sors le laïus habituel, celui que j'ai appris à maîtriser durant ces trois semaines et demie, puis lui encaisse la somme des coffrets qu'il désire acheter en me sentant un brin plus léger. Pour la première fois depuis des années, je vais fêter Noël, partager un repas chaud et préparé avec amour au sein d'une famille unie. Je suis très ému, je ne pensais pas que ça pouvait me faire un tel effet.

Oh, putain… et Nina ! Que va-t-elle penser de ma présence à sa table ? Comment va-t-elle réagir en me voyant me pointer son soir préféré de l'année ? La connaissant, elle risque de ne pas apprécier. Nous avons beau nous comporter de manière cordiale et polie ces derniers temps, je n'en demeure pas moins la dernière personne avec qui elle souhaite célébrer Noël. Ça, j'en suis convaincu.

Le client étant parti, je profite du retour du calme pour me saisir de mon téléphone et la prévenir. Après tout, ce serait la moindre des choses. Face au clavier virtuel, je bloque. Est-ce à moi de lui dire ? Et comment le faire ?

Je soupire et verrouille mon smartphone, sa mère lui a de toute évidence parlé et a même dû certainement demander l'approbation de toute sa famille vu leur mode de fonctionnement. Ce qui signifie certainement qu'en plus de savoir, Nina a accepté ma présence. Dois-je y voir un espoir pour nous ?

Non ! Certainement pas ! Ce n'est pas parce que la magie de Noël commence à m'embrouiller l'esprit que je dois en oublier ma décision de ne pas approfondir avec elle ; toutes les raisons pèsent pour le contre et seule une me rapproche du pour. Ce n'est pas suffisant, même si c'est mon cœur qui me la dicte.

Et puis, après avoir rencontré à quelques reprises ses frères, je peux affirmer que je m'entends plutôt bien avec eux, je n'aurais qu'à me concentrer sur eux pour occulter tous les sentiments contradictoires qui ne cessent de polluer mes idées.

Tout en terminant ma journée, je réfléchis à quelques cadeaux que je pourrais offrir à la famille Braun, tout en respectant mon maigre budget. Après avoir fermé le chalet pour la journée, je rentre chez moi et m'arrête fugacement à Auchan où j'achète avec un budget très strict de cinquante euros des boîtes de chocolat pour tout le monde, sauf Finn. Le garçon d'Arthur mérite un poil plus enchanteur que quelques douceurs chocolatées. J'opte pour un panier de basket adapté à son âge qui offre plusieurs possibilités de jeux, appréciant l'idée de l'initier à ce sport que j'appréciais pratiquer avant. Quinze euros… je ne sais pas si ça tiendra dans le temps, mais je suis certain que ça suffira à l'enchanter. Je ne sais pas pourquoi, mais mes lèvres s'étirent naturellement quand je songe à la magie dans les yeux de ce petit garçon.

Je l'ai vu quelques fois, je n'ai échangé que de brefs mots avec lui, mais cela m'a suffi. C'est un gosse adorable qui mérite bien qu'on arrête sa carrière militaire et je comprends tout à fait Nina. Cet enfant est précieux.

Il ravive mon besoin de trouver l'amour, la véritable âme sœur, celle qui m'offrira cet immense bonheur.

Et sur le chemin qui me ramène chez moi, je ne peux empêcher le visage de Nina de s'imposer à mon esprit. Nina et vie de famille entremêlées… Oh ça n'annonce rien de bon et il me faudra lutter contre toutes ces idées farfelues avant le fameux dîner. Sinon, je suis foutu.

on réveil sonne et vibre contre le bois de ma table de chevet, ce qui me fait sursauter dans mon lit. Je l'éteins rapidement et songe à sombrer à nouveau dans ce sommeil réparateur. Depuis mon rendez-vous chez le kiné, il y a deux jours, je dors beaucoup mieux et suis enfin un peu plus détendue. Peut-être que la fin imminente de la saison au marché de Noël — et par extension, l'idée de ne plus voir Simon — me permet de me détendre un peu plus également.

Si nous ne nous disputons plus ou ne nous envoyons plus de piques, c'est tout de même assez compliqué pour moi d'être si proche de lui sans ne pouvoir être *avec* lui. Toute cette situation m'agace fortement et me ressasser sans cesse la seule et unique fois où nous avons couché ensemble me met en rogne. Voir sa tête tous les jours et me rappeler que je ne suis apparemment pas assez bien pour lui, ne serait-ce que pour me donner des explications dignes de ce nom — fait monter mon irritation en flèche.

Je soupire et chasse son visage de mes pensées. Puis soudain, comme si une lumière venait de s'allumer au-dessus de ma tête, un énorme sourire s'imprime sur mes lèvres et je me redresse vivement. Aujourd'hui, c'est Noël ! Rien d'autre n'importe en dehors de profiter de la magie de cette fête si spéciale à mes yeux et de ma famille.

Je file sous la douche tout en fredonnant quelques notes d'une chanson de Sia à propos d'un bonhomme de neige[15], puis m'habille rapidement d'un jean et d'un gros pull en laine. J'attrape la boîte en carton emballée sur le plan de travail de la cuisine, prends mes clés et referme la porte derrière moi.

Je dépose à la poste le colis rempli de douceurs et autres petites attentions que j'ai préparé à l'intention d'Ethan. Mon sourire ne me quitte pas et j'espère qu'il sera heureux de ma petite attention pour lui. Cette année, j'ai la chance de pouvoir fêter Noël à la maison et pas lui. Peut-être qu'un petit bout de chez nous le réconfortera.

En rentrant chez moi, je m'active à la préparation de *hildabredle*[16] que je dispose sur un joli plateau brillant pour le transporter chez mes parents ce soir. Tous les ans, chaque membre de la famille prépare une partie du repas. Cette fois, j'étais responsable des petites sucreries, ma mère de l'entrée, mon frère Arthur et sa famille du repas et Léo des apéritifs. Nous tirons au sort les rôles à attribuer et je dois avouer que certaines années, selon sur qui ça tombe, le résultat n'est pas beau à voir.

En jetant un coup d'œil à ma montre, je remarque qu'il est temps d'aller me préparer. Si nous ne sommes d'habitude pas tirés aux quatre épingles lors des repas de famille traditionnels — certains arrivent même parfois en pyjama —, nous mettons un point d'honneur à nous faire beaux pour les fêtes. Enfin, c'est surtout mon père qui insiste, car ce sont les seules photos de famille que nous prenons de l'année.

J'applique du fard à paupières gris à paillettes, un fin trait de liner et du mascara sur mes yeux, puis mets du rouge à lèvres de

---

[15] *Snowman* de Sia, va l'écouter, elle est cool.

[16] Petits gâteaux de Noël alsaciens fourrés à la framboise.

couleur rouge foncé, assorti à ma robe. Celle-ci glisse sur mes courbes lorsque je la fais passer au-dessus de ma tête. Son tissu en soie caresse ma peau, s'arrête aux chevilles tandis qu'une ouverture dévoile l'une de mes jambes. Le décolleté n'est pas très profond, mais juste assez pour y apporter une touche de glamour et les manches longues sont transparentes, parsemées de petites étoiles argentées. Je finis de m'habiller en enfilant mes escarpins noirs que j'attache autour de mes chevilles.

Je me tiens droite devant le miroir de pied et m'observe quelques secondes. Si je ne me prépare pas souvent de la sorte, je dois admettre que je me trouve vraiment jolie ainsi. Pour changer de mon habituel chignon guindé, j'ai décidé de boucler mes cheveux qui retombent dans mon dos et de nouer le dessus en une tresse lâche, dans laquelle j'ai attaché des petits diamants. Je n'ai vraiment pas fait les choses à moitié cette année, peut-être que je me rattrape de l'an dernier où j'ai passé les fêtes enfermée entre les toiles d'une tente au milieu du désert, le bruit des échanges de tirs comme seul feu d'artifice.

Mes deux sacs remplis de cadeaux et de mes affaires dans une main, mon plateau de dessert dans l'autre, j'essaye tant bien que mal de marcher jusqu'à ma voiture sans me casser une cheville dans ces échasses. C'est finalement vingt minutes plus tard que je me gare dans l'allée de la maison familiale de mes parents.

Pour une raison que j'ignore, une boule de stress se loge dans mon ventre et ne me quitte toujours pas lorsque je frappe à la porte en attendant que quelqu'un vienne m'ouvrir. Sûrement l'excitation d'être enfin arrivée à ce jour.

Le battant s'ouvre en grinçant et ma mère se dévoile devant moi, arborant le même sourire que le mien.

— Nina ! Nous n'attendions plus que toi, viens entre.

Elle me serre rapidement dans ses bras avant de me débarrasser de ce qui m'encombre. J'accroche mon manteau sur le meuble de l'entrée, puis marche vers la gauche pour accéder au salon. Là, j'y trouve mon père qui s'avance déjà vers moi pour me prendre dans ses bras et mes frères qui me tournent le dos, en grande conversation devant la cheminée.

— Coucou, papa, tu vas bien ?

— Oui, super, ma puce. Tu es magnifique !

— Merci beaucoup, j'ai pas trop abusé ?

— Non du tout, ça ne serait pas toi sinon, s'esclaffe-t-il.

J'en fais vraiment tant que ça quand il s'agit des fêtes ? Mes frères se retournent finalement vers moi, dévoilant une troisième personne devant eux. Je manque de trébucher quand les yeux de Simon se posent sur moi. Tout l'air de mes poumons semble évacué mon corps et je ne prête même pas attention à ce que me disent Arthur et Léo lorsqu'ils me saluent, me prenant dans leurs bras tour à tour. Mon regard est arrimé à celui qui me fait face.

Que fait-il ici ? Si pour une fraction de seconde je me dis qu'il est juste de passage, le verre rempli qu'il tient dans sa main, sa chemise noire repassée et ses cheveux lâchés me font comprendre qu'il est là pour la soirée. C'est une blague ?

Je déglutis, m'avance vers lui et lui tends la main. Il me regarde curieusement, mais la serre quand même, le courant électrique qui me traverse à chacun de nos contacts est de retour. Je retire vivement ma main, fronce les sourcils et le fusille du regard, je ne pourrais pas être plus froide que ça. Car si c'est le choc qui s'est emparé de moi jusqu'à présent, la colère commence à s'infiltrer par tous mes pores. De quel droit pense-t-il s'incruster comme ça à notre fête de famille ?

Mes frères pouffent discrètement derrière moi, mais je les entends quand même. Je me retourne rapidement et m'éloigne de Simon lorsque j'entends la voix de ma personne favorite.

— Tata ! Tata !

Finn court en zigzaguant vers moi, me saute dessus et je retrouve finalement un peu de la bonne humeur qui avait caractérisé ma journée jusqu'à présent. Je le serre fort contre moi, respire son odeur avant de le reposer au sol et de saluer Stéphanie qui sort de la cuisine.

— Nous voilà tous au complet ! s'extasie ma mère.

Je lui jette un regard noir qu'elle évite brillamment en nous invitant à nous asseoir dans le salon pour déguster les apéritifs. Par un malheureux hasard, je me retrouve coincée sur le canapé entre Simon et Léo. Mon père est sur son fauteuil tandis que ma mère, Stéphanie et Finn sont sur le canapé d'en face.

— Que fais-tu ici ? demandé-je à Simon, les dents serrées pendant que les autres parlent et couvrent le bruit de notre conversation.

— Ta mère m'a invité, je ne pouvais pas dire non, répond-il en parlant tout aussi bas que moi. Je croyais que tu étais au courant.

— Bien sûr, dis-je en levant les yeux au ciel.

Je ne lui dis rien de plus, pour ne pas attirer l'attention sur nous. Seulement, c'était sans compter sur mes frères. Ils n'étaient déjà pas discrets quand ils ont rencontré Simon au chalet l'autre jour. Ils ont toujours en tête qu'il m'intéresse et n'ont pas arrêté de faire des sous-entendus pour me mettre mal à l'aise. Léo me donne un coup de coude.

— C'est super que ton collègue soit là, pas vrai ?

Tous les regards sont braqués sur moi, le silence s'installe.

— Euh oui, bien sûr, lâché-je avec un faux sourire sur les lèvres. D'ailleurs, ta famille n'était pas disponible pour faire Noël avec toi ? demandé-je en me tournant vers Simon.

Ses yeux me lancent des éclairs. S'ils avaient été les rayons répulseurs d'Iron Man, je serais réduite en cendres sur le canapé. Pourquoi réagit-il ainsi ? Y a-t-il un souci avec sa famille ?

— Mes parents habitent loin d'ici, je ne pouvais pas me déplacer là-bas.

— Ils ne pouvaient pas venir eux ? Je croyais que tu vivais ici depuis des années ? l'interrogé-je, suspicieuse.

Je tiens à avoir le fin mot sur la raison de sa présence. Personne ne m'a tenu au courant, je ne comprends vraiment pas ce qu'il fout dans la maison de mes parents, ses employeurs.

— C'est le cas, mais je suis originaire d'Aix-en-Provence.

Il ne répond pas à ma première question, ce qui me frustre encore plus. J'essaye de ne rien montrer.

— Pourquoi t'es venu ici alors ? À Strasbourg, je veux dire, me rattrapé-je en sentant les regards pesants de toute ma famille sur nous.

Je ne veux pas paraître sèche et froide envers Simon devant eux, ils ne vont jamais me lâcher la grappe sinon.

— Pour le travail, puis j'ai décidé de rester.

— Super décision ! lancé-je ironiquement. La région est très belle.

— Nous sommes tous nés ici, déclare ma mère, de vrais Alsaciens !

Je respire enfin un peu plus, maintenant que l'attention est déviée vers quelqu'un d'autre et bois mon verre de vin blanc d'une traite. Pourtant, je ne peux m'empêcher de me tendre au contact de la cuisse de Simon contre la mienne qui dépasse de l'ouverture de ma robe.

Je ne suis plus trop la conversation, me concentrant sur mes respirations et la présence beaucoup trop proche de Simon contre moi, son odeur musquée qui emplit mes narines fait remonter quelques souvenirs que je tente en vain de repousser.

Léo s'est démené cette année avec les apéritifs en nous offrant des toasts de saumon, de foie gras et des roulés aux saucisses soi-disant faits maison.

— Tu es sûr que c'est toi qui as fait ça ? lui demandé-je en me resservant une deuxième fois.

— Mais oui, c'est moi ! Pourquoi c'est si difficile à croire ?

— Parce que tu ne cuisines jamais ! renchérit mon père en rigolant.

— C'est pas vrai, je cuisine un peu maintenant.

— Tu vomis à chaque fois alors ? le taquiné-je en riant.

— Même pas, je suis pas comme toi.

Mes yeux s'arrondissent et je le fixe.

— De quoi tu parles ?

— Apparemment, ton corps supporte mal l'alcool !

Arthur et Léo explosent de rire tandis que mes parents et Stéphanie essayent de comprendre. Finn, lui, dévore les petits fours. Pour renchérir sur les paroles de notre frère, Arthur imite le bruit caractéristique d'une personne qui vomit. Comment peuvent-ils savoir ça ?

Je me tourne vers Simon et ouvre la bouche pour l'insulter.

— Oh ne lui en veux pas sœurette, me coupe Arthur avant que je prononce les mots qui me brûlent la langue, tu sais comment on est, il a pas pu garder ce secret bien longtemps.

— Mais de quoi parlez-vous ? demande ma mère, complètement paumée.

— De Simon qui a dû aider Nina parce qu'elle s'est vomie dessus après une soirée avec ses copains militaires.

— Nina ! s'exclame ma mère.

— Je me suis pas vomi dessus ! signifié-je au même moment.

— Tu as pris soin d'elle ? mon père s'adresse à Simon.

— Oui, ses *copains* ne l'ont pas vraiment aidé, ils n'ont même pas remarqué son état, répond-il les mâchoires serrées.

— Merci, Simon.

— Eh oh ! Je suis là ! crié-je presque pour couvrir les rires. Je vous rappelle que je suis une grande fille et que je m'en serais très bien sortie si monsieur le gentleman ici présent n'avait pas insisté pour me raccompagner chez moi !

Je réalise mon erreur au moment même où les têtes tournent toutes vers moi. Le rouge me monte aux joues et mes frères explosent de rire de plus belle.

— Putain, Nina ! rit Léo en se tenant les côtes. C'est trop facile de vous tirer les vers du nez.

— Mais il n'y a pas de vers ni de nez, tenté-je de me rattraper.

— Alors vous vous voyez en dehors du travail ? intervient Stéphanie.

Elle me fout encore plus dans la merde, à quoi joue-t-elle ? Elle est censée me soutenir, non ? Mais bon, comment le pourrait-elle alors qu'elle ne se doute en rien de la relation entre Simon et moi ? Ce dernier reste étrangement silencieux, lui qui a toujours quelque chose à rétorquer.

— Je pense que oui, en tout cas j'avais laissé quelque chose à Simon chez Nina la semaine dernière.

Je fixe ma mère des yeux et fronce les sourcils. Je suis le dindon de la farce d'une caméra cachée ou quoi ? Et puis d'ailleurs, pourquoi n'avait-elle pas donné l'enveloppe directement à Simon ? Pourquoi devait-il absolument passer par chez moi ? Ils sont tous de mèche ou quoi ? Mais pourquoi ? Pour que Simon et moi nous rapprochions ? Est-ce qu'il est dans le coup lui aussi ? Je suis complètement paumée et je reste muette face aux questions.

— En tout cas, les coupe Simon de sa voix grave, je trouve que les petits-fours sont réussis, Léo.

— Merci, mec !

Je me lève un peu trop vite, manque de renverser le verre de Simon en passant entre lui et la table basse, puis me dirige vers la cuisine.

— Maman, tu peux venir m'aider, s'il te plaît ?

Elle me rejoint quelques secondes après dans la pièce au papier peint beige. Je l'attrape par le coude pour l'éloigner un peu plus du salon afin de ne pas être entendue.

— Qu'y a-t-il, Nina ?

— Pourquoi Simon est-il ici ? lâché-je sans préambule et d'un ton bien moins chaleureux que celui que j'utilisais devant les autres.

— Soit gentille avec lui, s'il te plaît.

— Tu ne réponds pas à ma question.

— J'ai appris qu'il allait passer les fêtes de Noël seul, tu sais comment je suis, je ne pouvais pas…

— Mais… c'est ton employé ! m'emporté-je en levant les bras en l'air. Pourquoi son sort t'importe-t-il autant ? Je ne vois pas Michel à la table avec nous.

— Tu es irrationnelle ! Tu sais très bien que Michel a une famille.

— Oui et bien… Simon ne fait pas partie de la nôtre.

— Ne sois pas méchante, Nina, me réprimande-t-elle. Je suis sûre que si ça avait n'importe qui d'autre, tu n'aurais pas réagi de la sorte.

Je croise les bras sur ma poitrine, comme quand j'étais enfant et que ma mère m'engueulait à raison. Je lui ai pourtant dit lors de la parade et de nombreuses fois avant ça que Simon ne m'intéressait pas, que rien ne pouvait se passer entre lui et moi. Pourquoi alors semble-t-elle si obstinée à l'incruster dans ma vie ? Est-ce que… ? Non, elle ne ferait pas ça, si ?

— Tu as fait exprès ! la pointé-je du doigt, parlant doucement pour que le reste de notre famille ne m'entende pas.

— De quoi ?

— Depuis le début, tu t'es mis en tête de nous caser ensemble, n'est-ce pas ? l'accusé-je en observant la moindre de ses réactions.

Elle regarde sur sa gauche en se mordant l'intérieur de la joue.

— Tu l'embauches, puis tu ne cesses de me parler de lui, tu déposes son chèque chez moi sans raison pour qu'on passe l'après-midi ensemble, tu l'invites à nos repas au chalet et maintenant ce soir pour Noël ? Sans compter que les garçons pensent qu'il y a quelque chose entre nous et je suis sûre qu'ils n'ont pas sorti ça de leur chapeau magique.

Le silence s'installe en attendant sa réponse. Mais elle n'a pas à prononcer le moindre mot pour savoir que j'ai raison. Depuis le début, elle essaye de me convaincre que c'est un bon garçon et me pousse à passer du temps avec lui. Ou plutôt, elle me force à passer du temps avec.

— Ton bras, c'était du pipeau aussi pour que je vienne travailler avec lui au chalet ?

— Non bien sûr que non. Ne m'en veut pas ma chérie, s'il te plaît. Je pensais vraiment qu'il y pouvait y avoir quelque chose de spécial entre vous.

— C'est à nous d'en décider, on est des adultes, maman, me radoucis-je légèrement. Tu ne peux rien forcer, je t'ai dit, on ne s'entend pas lui et moi.

— Je suis désolée, je ne pensais pas à mal.

Je soupire et la prends dans mes bras.

— Désolée de m'être emportée de la sorte.

— Ma chérie, ta réaction veut tout dire, n'est-ce pas ?

Elle relâche notre étreinte, attrape une bouteille de vin sur la table de la cuisine et retourne dans le salon.

Je sursaute lorsque j'entends des pas derrière moi. Je me retourne sur Simon qui revient des toilettes. Depuis combien de temps est-il ici ? Écoutait-il notre conversation ? La colère que je ressens envers lui reprend du poil de la bête, sans fondement évident, je le sais. Mais il est là, vraiment beau devant moi et pour des raisons idiotes, je le blâme de sa présence.

— Ton père avait raison, lâche-t-il soudainement, ses yeux profonds ne quittant pas les miens.

Nous nous fixons pendant quelques secondes, sans un mot, juste un échange silencieux et ce courant qui passe une fois de plus entre nous. Je suis sûre que si je tendais les doigts, je pourrais sentir cette attirance qui me fait revenir vers lui à chaque fois, malgré ma méfiance.

— À propos de quoi ? arrivé-je finalement à dire, dans un murmure.

Il se rapproche un peu plus de moi, son corps à quelques centimètres du mien, j'arrive à sentir la chaleur qui s'en émane et son odeur qui m'étourdit un peu plus.

— Tu es magnifique.

Et il passe à côté de moi en frôlant la main de ses doigts, quittant la pièce en me laissant pantelante, seule avec mon désir et ma colère. À quelle émotion dois-je céder la place ?

À mon arrivée, j'ai ressenti une légère gêne. Me trouver ainsi entouré par des personnes que je connais à peine, me sentir de trop dans cette famille aussi unie, ce n'est pas quelque chose auquel je suis habitué. Mais c'était sans compter sur Arthur et Leo qui m'ont accueilli comme si j'étais l'un des leurs. Adélaïde et Franz ont été tout aussi charmants et tous m'ont très vite mis à l'aise.

Jusqu'à l'arrivée de Nina, où je me suis senti en trop. Je ne peux pas l'en blâmer, c'est notre dynamique, si je peux le dire ainsi, mais j'admets que son petit jeu et son questionnaire m'ont mis terriblement mal à l'aise. Heureusement que, comme les chats, je rebondis sur mes pattes et reprends ma position en un clignement de paupières. Passée ma gêne, c'est à son tour de l'être.

Et je vois à la couleur que prennent ses joues que mon compliment fait l'effet escompté chez elle. La gêne lui va aussi bien au teint que le désir. Elle est vraiment canon ce soir, non pas que ça détonne avec le reste du temps, mais cette tenue ainsi que cette coiffure…

wow !

De retour sur le canapé pour terminer l'apéritif, je me détends un peu et m'intègre à la conversation de façon naturelle. En même temps, parler de sport est facile, j'adore le pratiquer. Nina revient en agitant une serviette devant elle, certainement pour faire taire le brasier que je fais naître en elle — enfin j'aime à le croire.

— Tu as chaud, ma chérie ? lui demande sa mère.

Je m'adosse au canapé, un petit four dans la bouche et mon verre de bière dans la main, prêt à assister à sa réponse. Je mise dix euros qu'elle va s'embourber toute seule, elle est si forte à ça.

— Ben oui, tu as monté le chauffage à quoi ? Vingt-huit ? Ouh la ! exagère-t-elle en prenant place à côté de moi.

— Non, je n'ai rien touché c'est à dix-neuf dans toute la maison. Tu n'aurais pas un peu trop forcé sur le vin ? questionne sa mère.

— Ou sur le sudiste, rajoute son frère à voix basse.

Je pouffe de rire, échangeant un regard amusé avec Léo, tandis que Nina se pétrifie sur place et manque de s'étouffer avec sa boisson.

— T'es fêlé, qu'est-ce qui va pas chez toi ?! lance-t-elle à son frère.

— Pardon, chère sœur ? Je ne comprends pas de quoi tu parles.

— Ouais, c'est ça.

— Ah ! Les enfants ! s'exclame Adélaïde en se levant. Si ça vous dit, nous allons passer à table pour l'entrée.

En riant, nous nous levons tous et Arthur me gratifie d'une tape sur l'épaule sous le regard noir de Nina. Et moi je me marre comme un gosse à la voir ainsi réagir. Ce soir, j'oublie les sentiments, les raisons qui font que je ne dois pas m'approcher d'elle, tout ce qui m'éloigne d'une relation. Ce soir, je me contente d'être tel que je sais être avec elle : taquin et malicieux. Ça ne mènera nulle part, mais c'est mon cadeau de Noël en avance dirons-nous. Après tout, avec l'année que je viens de passer, je peux bien me faire ce petit plaisir.

— J'ai inscrit vos prénoms sur ces petites décorations, trouvez le vôtre et vous aurez votre place ! s'enthousiasme Adélaïde lorsque nous arrivons dans la salle à manger.

La table est magnifique, pour quelqu'un qui adore cette fête. Pour moi, c'est un peu trop chargé, mais je reconnais que ça en n'en demeure pas moins magique. La nappe blanche aux énormes flocons rouges est recouverte d'étoiles argentées, d'assiettes aux liserés dorés, de verres à pied démesurés et de divers petits ornements disposés de bout en bout. Toute la famille se plie en quatre pour cette fête, ce que je trouve charmant et touchant. J'aurais adoré connaître ça, moi aussi. Peut-être aurais-je apprécié cette décoration à sa juste valeur si c'était le cas.

Du regard, je cherche ma place et la trouve très vite, en même temps que les autres. Nina soupire bruyamment, s'approche de sa chaise et, profitant de l'inattention de sa mère — occupée à cajoler son petit-fils —, elle attrape le bonhomme de neige arborant son prénom et l'échange avec le renne de Léo.

— Je t'ai vue, tu sais, lui susurré-je à l'oreille en m'approchant de son dos.

Elle a un léger sursaut, croyait-elle vraiment être discrète ? Sérieux ? N'a-t-elle pas appris à se camoufler dans l'armée ?

— Et alors, qu'est-ce que ça change ? Tu seras très bien à côté de mon frère, me lance-t-elle.

— Bien sûr, il saura au moins reconnaître mes qualités, lui.

Mais avant que nous n'esquissions le moindre geste, Léo s'installe à sa place initiale et remet en place les porte-prénoms en lançant un clin d'œil appuyé à sa sœur.

— Pas de chance pour toi, sœurette, j'ai aidé maman à faire la déco, je sais où est ma place.

Soupirant aussi fort qu'un ventilateur, Nina secoue la tête, s'assied et je l'imite en tentant de dissimuler mon sourire. Cette famille me plaît, leur entente est formidable et les joutes verbales incroyables !

— Servez-vous à boire, j'arrive avec les entrées ! nous informe

Adélaïde avant de quitter précipitamment la pièce.

Sur une desserte non loin du chef de famille se trouvent plusieurs bouteilles de vin ainsi que des jus de fruits et des eaux — plate et gazeuse, il y en a pour tous les goûts. Ouais, ils font vraiment les choses en grand, c'est impressionnant. Dans un coin de ma tête, je ne peux m'empêcher de me demander combien tout cela a pu coûter, un réflexe de pauvre, dirons-nous.

— Simon, qu'est-ce que je te sers ? me demande mon patron.

— Je suivrai vos conseils en vin sur ce coup, Monsieur Braun.

— Ah ! En voilà un qui sait ce qui est bon pour lui ! s'exclame-t-il avec joie. Oh, et par pitié, appelle-moi Franz, nous sommes en famille, là !

J'offre un sourire de circonstance, retenu en comparaison de l'éclat de rire qui me vient quand je vois Nina se tendre à ma droite. Elle secoue la tête et tripote nerveusement son petit bonhomme de neige, les doigts crispés. Et moi, je prends un pied phénoménal à la voir ainsi tendue ! Enfin, je la trouve un peu excessive, évidemment, mais que serait Nina sans son exagération habituelle ?

— Tiens, goûte celui-ci, avec ce que ma femme va apporter, tu vas te régaler !

Je tends mon verre à pied et le remercie lorsqu'il verse une belle quantité de vin blanc avec un immense sourire. Il est si fier de son vignoble, des vins qu'ils produisent avec son épouse et de ce commerce florissant qu'ils possèdent que ça me touche de découvrir d'une façon différente ce qui fait leur fierté.

Quand je me replace et que le reste de la famille se fait servir à boire, Adélaïde arrive avec une seconde desserte. On est où, là ? Dans un restaurant ou quoi ?

— Les entrées ! s'exclame-t-elle, ultra joyeuse.

Je repère un plateau de fruits de mer, une salade, des escargots et un autre plat dont je ne distingue pas le contenu. Surexcitée, elle fait rouler le meuble jusqu'à son mari — qui termine de servir les boissons — et s'arrête en détaillant le menu.

— Vous avez des huîtres, des moules, des crevettes, des bulots, des pinces de crabe et du homard sur le plateau, ensuite j'ai préparé une petite salade avec du saumon, il y a des escargots et des feuilletés de Saint-Jacques !

— Tu en as encore fait pour un régiment, maman, la taquine Arthur.

— Ouais, on aurait pu inviter celui de Nina ! s'exclame Léo avant de prendre une tape derrière la tête par la concernée.

— Mais non, mais non, il y a juste ce qu'il faut ! contredit la mère en prenant place à table. Levez-vous et servez-vous, mes petits !

Arthur et Léo ne se font pas prier plus longtemps et se lèvent de concert en faisant racler les pieds de leurs chaises sur le carrelage. Stéphanie soupire et attrape l'assiette de son fils en attrapant sa petite main dans la sienne, ne laissant autour de la tablée que les parents, Nina et moi. Cette dernière, profitant du fait que mes patrons soient à l'autre bout de la table, se penche vers moi et murmure :

— T'arrête d'en faire des caisses, un peu !

— Je te demande pardon ?

— Oui, t'as bien entendu. Je vois clair dans ton petit jeu, ça ne prendra pas.

— Je serais ravi de te donner raison, si ça pouvait te consoler, mais je ne vois vraiment pas de quel petit jeu tu parles, lui souris-je en plongeant mes lèvres dans mon vin.

Excellent ce blanc ! Wow, vraiment doux, mais pas trop sucré, le juste équilibre !

— Arrête, ma mère m'a tout dit ! balance-t-elle entre ses dents serrées.

Déjà servis, les frères et la belle-sœur de Nina reprennent place et Adélaïde nous enjoint à aller nous servir. Nous sourions — faussement, soyons honnêtes —, mais nous levons avec nos assiettes et rejoignons la desserte. OK, vue d'ici elle est encore plus grande et remplie, elle a vraiment vu les choses en grand la mère Braun.

Je me sers, mais la dernière phrase de Nina trotte dans ma tête.

Qu'a bien pu lui dire sa mère ? Pourquoi aurait-ce un quelconque rapport avec un jeu ? Le seul que je joue avec Nina n'a rien à voir avec Adélaïde et elle n'est certainement pas au courant.

— Tu m'éclaires sur le jeu, soldat ? lui demandé-je en attrapant un feuilleté.

— Ne fais pas l'innocent, vous vous êtes mis en tête de me piéger. Je ne suis pas stupide, le tombeur.

— Si c'était le cas, je me serais fait un plaisir de l'admettre, tu le sais, réponds-je en me servant des fruits de mer.

— Évidemment, tu aimes me torturer.

Ayant fini de remplir nos assiettes, nous nous retournons et rejoignons nos places d'un même mouvement. Derrière elle, je glisse à son oreille :

— Je préfère encore te faire du bien, Nina.

Quand elle reprend sa place sur la chaise et que j'en fais de même, je remarque le rouge à ses joues et manque d'exploser de rire. Évidemment, jouer avec le feu brûle et je ne tiens pas à moi-même à en subir les conséquences, même si je dois admettre que son désir apparent éveille largement le mien.

Avant de commencer, nous patientons que les parents soient servis, puis levons tous notre verre pour la seconde fois, portant un toast à cette merveilleuse soirée. Sous la table, je sens remuer la jambe de Nina et profite que l'attention de tous soit accaparée par l'entrée pour poser ma main dessus.

Ma paume rencontre directement sa peau, ce qui me prend de court. Elle ne porte pas de collant ? Je serre les dents et fais bonne figure en enfournant dans ma bouche un morceau de Saint-Jacques — délicieux soit dit en passant —, puis caresse sa peau avant de lui chuchoter :

— Détends-toi, soldat, c'est une belle soirée, tu n'as pas à être aussi… stressée.

Elle souffle bruyamment, sa main se joint à la mienne et pour un court instant je frissonne d'imaginer entrer en elle de nouveau. Mais ça ne dure pas, car la douche n'est pas froide, elle est congelée ! Elle attrape mon index et le plie de façon à me faire mal, je ne retiens pas mon petit cri de surprise et suis gêné à mon tour de voir tous les regards se porter sur moi.

— Simon ? Un problème ? me demande le père.

— Non, non, je… je me suis mordu la langue ! mens-je en récupérant ma main sous la table.

— Un peu trop pressé de déguster ! rigole Adélaïde.

— Effectivement, c'est tellement délicieux ! la complimenté-je en dépit de la douleur dans mon doigt.

Quand tout le monde reprend le cours des discussions ainsi que le fil normal du repas, Nina laisse échapper un petit rire discret et me prévient :

— Ne me touche pas, sinon je te brise les autres doigts.

Je déglutis péniblement, ce ne sont pas mes ailes que je brûle à voler aussi proche du soleil, mais bel et bien ma dignité qui est en train de partir en fumée.

Peu importe, si elle est joueuse comme ça, je vais passer la seconde et je lui promets mentalement un dîner d'anthologie. Que je m'y brûle ou pas, rien n'égalera le brasier qu'elle fait de toute façon naître en moi.

— Je ne ferai pas ça à ta place… la préviens-je en attrapant la mayonnaise.

— Ah bon, et pourquoi ?

— Car tu pourrais apprécier que je sois toujours en mesure de m'en servir correctement, lui susurré-je tout en lui faisant un clin d'œil.

Ma mère qui met en place des stratagèmes pour me caser avec Simon, OK je le sais et elle s'est excusée. Mais maintenant, c'est lui qui commence à faire des siennes ! Que lui prend-il à me toucher la cuisse ? Je me maudis intérieurement de ne pas avoir pensé à mettre de collants. Si j'en avais mis, au moins la sensation de sa peau contre la mienne ne m'aurait pas autant perturbée et je n'aurais pas éprouvé le besoin qu'il continue ses caresses. Je le déteste de me faire passer d'une émotion à l'autre aussi aisément, mais surtout, de me faire le désirer aussi férocement alors que je me l'interdis.

— Alors, Simon, que vas-tu faire maintenant que le marché est sur le point de fermer ses portes ? demande ma mère tout en s'essuyant la bouche avec sa serviette.

— Je travaille toujours dans une boîte de nuit du centre et je vais essayer de me trouver un nouvel emploi.

— Tu cumules deux emplois toute l'année ? interroge mon père.

— Quand c'est possible, mais dans l'idéal, je n'aurais qu'un travail qui me plaît à temps plein. Ce n'est pas facile d'en trouver qui ne requiert pas plusieurs diplômes.

Simon se crispe à côté de moi, je sens que ce sujet le met mal à l'aise. Parfait, je vais pouvoir me venger. Et de tout le monde en même temps en prime.

— Pourquoi ne travailles-tu pas avec mes parents ? Je suis sûre qu'ils aimeraient te filer un coup de main, après tout, tu fais partie de la famille ce soir, lancé-je avec un sourire mielleux sur les lèvres.

Je sais que Simon déteste la charité et qu'il veut absolument tout résoudre par lui-même. J'ai la réaction escomptée lorsqu'il tourne la tête légèrement vers moi pour me lancer un regard noir et un coup de pied sous la table.

— Mais quelle merveilleuse idée, Nina ! s'enjoue un peu trop ma mère.

— C'est vrai qu'avec notre employé qui a déménagé, on aurait bien besoin d'une aide dans le magasin, songe mon père à voix haute, plus pour ma mère que pour le reste de la table.

— Et puis comme ça, vous le connaissez déjà, vous savez qu'il travaille bien, renchérit Léo.

— Puis il risque pas de déménager soudainement si son cœur est ici, surenchérit Arthur en me faisant un clin d'œil.

Je serre les dents, je me fais prendre à mon propre jeu toute seule. Mes parents sont-ils vraiment sérieux d'y réfléchir ? S'ils l'embauchent, je ne vais jamais arrêter d'entendre parler de lui et de surtout le recroiser. Ce n'était pas prévu, ce n'était pas dans mes plans. Je devais arrêter de bosser avec lui, ne plus jamais le revoir et essayer de me le sortir de la tête une bonne fois pour toutes pour tourner la page et faire ma vie de mon côté. Une partie de moi s'éveille. Pourquoi ai-je de l'espoir de le revoir soudainement ? Ce n'est pas censé se passer comme ça.

— Je ne me permettrai pas d'abuser de votre gentillesse, interrompt Simon.

— Mais non, ça pourrait être vraiment bien, nous pourrions te montrer la boutique et t'apprendre plein de choses, lui souris sincèrement ma mère, on a toujours besoin d'un coup de main dans un vignoble !

Je lance un coup d'œil furtif vers Simon, il s'empourpre, cherche ses mots pendant quelques secondes et je lâche un petit rire sans pouvoir me retenir. J'attrape sa main sur la table en le fixant des yeux.

— Accepte Simon, ce n'est pas tous les jours qu'on veut t'aider.

Il serre mes doigts pour me faire taire et je relâche vivement sa main en attrapant mon verre de vin. Le liquide s'écoule dans ma gorge et alimente mon désir de l'emmerder. J'ai peut-être perdu le contrôle de la situation, mais j'ai réussi à le mettre mal à l'aise et ça, c'est une réussite en soi.

Mes parents continuent de discuter entre eux quelques secondes avant de se redresser.

— Qu'en dis-tu, Simon ? Tu viens lundi prochain à la boutique pour qu'on discute des détails et du contrat ? s'enquiert mon père, très sérieux.

Une partie de moi se réjouit pour Simon. J'ai bien compris qu'il ne roulait pas sur l'or et j'ai bien vu durant le mois qui vient de s'écouler à quel point il était épuisé de cumuler deux boulots. Même si ce n'était pas le but, je suis ravie d'avoir pu l'aider d'une quelconque façon.

— Euh… et bien, oui. C'est vraiment incroyable ce que vous faites pour moi, je ne sais pas comment vous remercier.

— Ce n'est rien, remercie plutôt Nina, c'est elle qui a eu l'idée après tout, lui répond ma mère.

Il déglutit difficilement et je sais que les mots qu'il s'apprête à prononcer lui arrachent la bouche. Cet homme et son ego !

— Merci, Nina, lâche-t-il finalement dans un souffle.

— Mais c'est normal, on s'entraide dans une famille, tu es comme mon frère maintenant ! dis-je en enroulant un bras autour de ses épaules comme je le ferais avec mes frères.

Il fronce les sourcils et me repousse subtilement, tandis que Léo et Arthur explosent d'un rire peu glorieux.

— Les garçons, calmez-vous, on dirait des sauvages ! s'exclame ma mère.

Stéphanie lève les yeux au ciel, mais je vois bien à son sourire en coin que la situation l'amuse. Elle aime mon grand frère de tout son cœur, et quand mes parents ne sont pas dans le coin, elle est aussi dingue qu'eux.

Je ris à mon tour et laisse la conversation prendre un autre tournant quand je sens Simon se pencher vers moi, sa bouche contre mon oreille.

— Si j'étais vraiment ton frère, je ne connaîtrais pas les sons qui sortent de ta bouche lorsque je suis en toi.

Il se recule et nos regards s'accrochent quelques secondes. J'y lis tout son agacement, mais surtout son désir. Mes cuisses se serrent l'une contre l'autre et pour toute réponse, je lui offre un sourire crispé, espérant que personne autour de la table ne voit la réaction de mon corps lorsqu'il évoque des souvenirs ancrés en moi à tout jamais. Le voir ici, dans cette chemise et ce jean serré, ses mains puissantes toutes proches des miennes, son regard de braise et ses petits commentaires, de nouvelles images tout droit sorties de mon imagination se mêlent à mes pensées.

— Nina et Simon, vous avez fini ?

Je sursaute en entendant la voix de Léo à ma droite.

— De quoi ?

— Votre assiette, dit-il en désignant nos plats vides.

— Oh ! Euh oui, tiens.

Je lui tends mon assiette vide. Mon frère me regarde bizarrement et c'est lorsque je continue de lui tendre des déchets que je me rends compte qu'il n'était pas du tout en train de débarrasser. Et voilà que je continue de faire n'importe quoi à cause de ce que Simon me dit.

Léo se lève malgré tout pour porter les assiettes dans la cuisine, non sans me tendre un doigt d'honneur lorsque mon père ne regarde pas dans sa direction.

— Oh, merci de m'aider, Léo, tu es un ange !

Je ris dans mon coin et Simon se lève à son tour.

— Qu'est-ce que tu fais ?

— J'aide à débarrasser. Ne t'inquiète pas, je vais pas bien loin, soldat.

— Je m'en fiche que tu sois loin ou pas, marmonné-je en croisant les bras sur ma poitrine.

— Comment ?

— J'ai dit : c'est bien n'oublie pas ton plat, lui réponds-je plus fort.

Je me lève aussi pour prêter main forte à mes frères et Simon tandis que mes parents et Stéphanie écoutent une histoire que tente de leur raconter Finn. Je rejoins les garçons dans la cuisine, tous trois hilares d'une blague connue uniquement d'eux, et j'enrage à l'idée qu'ils puissent se marrer à mes dépens.

— De quoi rigolez-vous ?

Ils se crispent tous et Simon repart avec un sourire vainqueur sur les lèvres en direction de la table, me laissant seule avec les deux énergumènes qui me servent de frangins.

— Non, non rien, commence Arthur en donnant un coup de coude pas du tout discret à Léo.

— On disait juste à quel point tu étais en forme ce soir, continue Léo.

— Et c'est drôle, parce que ?

— Parce que Simon te fout en rogne.

— Je vois pas de quoi tu parles.

— Mais si, même un aveugle verrait que vous arrêtez pas de vous chercher tous les deux. Je dois admettre que le coup de lui offrir un job nous a quand même surpris.

Je grogne et les pointe du doigt.

— Il ne se passe rien, d'accord ? Alors, arrêtez d'attiser la flamme ! les menacé-je.

— Oh ! C'est pas nous qui attisons la flamme, explose de rire Arthur.

— Je pense que tu te débrouilles très bien toute seule, sœurette, continue Léo en me passant à côté.

Je me retrouve seule avec mon frère aîné, qui reprend son sérieux.

— Il te plaît ? me demande-t-il.

Sa question me prend de court, je regarde autour de nous pour m'assurer que personne ne nous épie.

— On travaille ensemble, lui réponds-je pour la énième fois depuis un mois.

— Pratiquement plus. Et après ?

— Et après ? Apparemment, il travaillera avec les parents, qu'est-ce que tu veux que je te dise ?

— Que tu l'aimes bien.

— Il est sympa quand il veut.

— Tu sais très bien où je veux en venir, Nina.

— Tu vas me faire une leçon de morale ? Il n'y a rien à dire, je l'ai déjà expliqué à maman.

— Il est si nul que ça au lit ? son sourire malicieux réapparaît.

— Non, ce n'est pas ça, c'est juste que…

— Ah ah ! Je le savais ! crie-t-il, victorieux.

Encore une fois, je me suis fait avoir. Faudrait sûrement que je me calme sur le vin. Entre ça et la proximité de Simon, je suis bien intoxiquée. Quelques têtes curieuses se tournent vers nous depuis la salle à manger, je lui attrape le coude et l'entraîne à l'abri des regards.

— Je ne t'ai rien dit, d'accord ?

— Tu en as bien dit assez, je le dirai pas à Léo, si c'est ce qui t'inquiète. De toute façon à la vitesse à laquelle tu débites des conneries, tu te vendras toute seule avant la fin du repas.

Je lui donne une tape sur l'épaule, mais ne peux m'empêcher de sourire. Même si mes deux frères me tapent sur les nerfs la plupart du temps, je les aime beaucoup trop pour leur en tenir rigueur, je sais qu'ils ont mes meilleurs intérêts à cœur.

— Si ce n'est pas un mauvais coup, qu'est-ce qui coince ?

— Rien, mens-je.

— Oh allez, dis - moi, je pourrai te conseiller.

— Toi ? Me conseiller ? Pas sûre que ce soit quelque chose qui m'intéresse.

— Et oh ! Pour ma défense, je te rappelle que je suis casé avec la femme de ma vie et un gosse, alors je pense être très bien placé pour te donner des conseils sentimentaux.

— Pfff, t'es nul.

— Tu m'aimes.

— Oui, mais seulement parce que tu m'as offert le plus mignon des neveux.

— Aussi mignon que son père, n'est-ce pas ?

— Mouais. Bon, t'as préparé quoi comme repas ?

— Tu changes de sujet, je vois qu'on avance. Je vais pas te lâcher de la soirée, tu le sais. À moins que tu préfères que ce soit Simon qui ne te lâche pas de la soirée ? Maman t'a dit qu'il dormait ici aussi cette nuit ? Dans *ta* chambre…

Il lâche la bombe comme si de rien n'était, mais je ne peux empêcher mes yeux de s'arrondir de surprise. Il dort ici ? Dans ma chambre, *avec* moi ? Je pensais qu'il était là uniquement ce soir pour le repas de Noël, mais il va rester aussi pour la nuit et possiblement la journée de demain ? Bon sang, je ne vais jamais m'en débarrasser ! Mais surtout, comment vais-je faire pour me tenir tranquille alors que nous dormons sous le même toit ?

Je me dirige, toujours sous le choc, vers ma mère qui se tient près du sapin, à l'écart de tout le monde.

— Maman, c'est vrai que Simon dort ici ? Dans *ma* chambre ?

J'ai l'impression de retomber en enfance et de cafter auprès de ma mère, mais j'ai besoin de savoir si mon frère me joue encore un tour. Elle détourne le regard, gênée.

— Oui, enfin ça s'est fait comme ça, avant que tu apprennes que j'essayais de… tu sais. Mais vous avez deux lits séparés, je lui ai préparé un lit douillet par terre.

— Maman… soufflé-je. Il ne pouvait pas dormir avec Léo ?

— Tu sais que ton frère bouge énormément, je ne pouvais pas imposer ça à Simon…

— Je vois… Super !

Je m'installe à table, la mine déconfite. Cette situation ne m'arrangeait déjà pas, moi et mes hormones, mais savoir qu'il va dormir tout près de moi me rend nerveuse.

— Pourquoi tu fais cette tête ? me demande Simon tandis que le reste de la famille reprend sa place.

— Je viens d'apprendre que tu allais dormir avec mon père ce soir.

Il recrache un peu de son vin sur son menton et s'essuie rapidement en me fixant des yeux.

— Comment ça ?

— Eh bien, toi, mon père, dans le même lit pour la nuit. Je suis désolée pour toi, il ronfle énormément.

— Mais… il ne dort pas avec ta mère ?

Il bégaye et j'adore voir la réaction sur son visage, entre choc, gêne et déception.

— Non, tous les ans nous dormons toutes les deux elle et moi, comme une soirée pyjama avec son unique fille, quoi ! mens-je en me mordant l'intérieur de la joue.

— Oh, je vois…

Je ris intérieurement, il est rentré si facilement dans mon jeu. Je vais pouvoir passer la soirée à le voir ruminer et être gêné au moment d'aller se coucher, ça n'a pas de prix ! Et s'il pouvait faire une gaffe et en parler avec mon père, ça serait la cerise sur le gâteau !

Des frissons me parcourent des pieds à la tête lorsque sa main se pose une nouvelle fois sur la peau nue de ma cuisse. Il se penche légèrement vers moi, son sourire en coin ayant repris sa place habituelle.

— C'est pour ça que tu semblais déçue en t'asseyant ? Tu avais envie qu'on dorme ensemble ? J'aurais pu te montrer les deux-trois trucs que j'ai pas eu le temps de faire avec mes doigts la dernière fois, chuchote-t-il en descendant ses yeux sur ma bouche, puis sur mon décolleté.

Il retire sa main lorsqu'il finit sa phrase, sûrement par peur que je lui torde les doigts une nouvelle fois. Je déglutis et soupire. Dans quoi je m'embarque ? D'ici quelques heures, nous serons seuls enfermés dans ma chambre d'enfance, dans le noir, à quelques centimètres l'un de l'autre. Va-t-il être déçu ou alors va-t-il vouloir me faire toutes ces choses qui sortent de sa merveilleuse bouche ? Le repas va être long.

La dinde est succulente, les légumes parfaitement cuits et la sauce à tomber. Ce sont d'ailleurs les seules raisons qui me poussent à me taire et à savourer, laissant un peu de répit à la fournaise à ma droite. Après tout, elle l'a bien mérité pour m'avoir fait décrocher un travail auprès de ses parents. Bon, ça complique encore plus les choses pour *nous*, mais je ne m'attarderai pas dessus ce soir. J'aurai tout le temps de ruminer ma déception plus tard, quand la tentation ne se trouvera pas juste sous mes yeux.

Les conversations sont légères, amusantes et je dois admettre que je n'avais pas passé de moment aussi agréable depuis bien longtemps. Je savoure pleinement cette soirée, touchant du doigt ce que signifie être une vraie famille, unie et aimante. Je ne savais pas que de telles relations étaient possibles, mais quand je vois les sourires, que j'entends les rires et observe la complicité de tous les membres, je comprends qu'il existe encore des familles unies. Et ça me donne de l'espoir.

Pas pour renouer avec mes parents, évidemment ça c'est

totalement exclu, mais pour former un jour le même clan soudé. Inviter mes enfants, les faire rêver le temps d'une soirée, leur apporter tout ce que je n'ai jamais connu. Étrangement, lorsque je songe à cette hypothétique famille, c'est le visage de Nina qui s'impose à mon esprit. C'est ridicule, je le sais, mais… et si nous pouvions trouver un espoir quelque part à notre relation ? Et si nous réussissions à nous entendre ?

Il y a quelque chose entre nous, c'est indéniable. Alors devons-nous continuer à jouer au chat et à la souris encore longtemps ou serait-il temps de prendre notre courage en main et nous lancer dans cette relation ? Nous désirons la même chose, j'en suis intimement convaincu. Pourquoi ne pas tenter malgré tout ?

— T'es bien silencieux, la dinde t'a coupé la parole ou quoi ?

— J'aurais plutôt dit le cygne et ses jambes graciles, rétorqué-je avec assurance.

Elle écarquille les yeux, puis les lève au ciel comme elle sait si bien le faire et reprend une gorgée de vin. Longue, soit dit en passant. Elle en est à quoi, six verres ? Elle tient mieux l'alcool que lors de sa soirée de débauche de l'autre jour, c'est déjà ça. Enfin, elle est assise depuis un moment maintenant, ça risque d'être un poil différent quand elle se lèvera.

Tandis que Franz parle de son vignoble — et malgré tout l'intérêt que je porte à ce qu'il explique —, j'observe Nina du coin de l'œil. Est-ce que je me vois réellement avec elle ? Dans un lit, oui sans aucun doute. Mais au-delà des draps ? La réponse n'est pas très claire, ce qui me pousse à croire que je devrais arrêter les frais. Car si ce n'est pas limpide, c'est qu'il demeure des doutes.

Et quand elle se met à rire soudainement, dévoilant ses dents alignées et blanches, les doutes s'envolent comme par magie et laissent place à une certitude : j'éprouve de véritables sentiments pour elle.

— C'est alors que la cliente se penche en avant et BAM ! elle tombe dans le bac de raisins la tête la première ! s'esclaffe son père en tapant dans ses mains.

— Ce que tu oublies de dire, chéri, c'est que sa jupe a entièrement glissé et que nous avons eu une vision improbable sur son fessier ! la mère est aussi morte de rire que son mari, ce qui me tire un sourire.

C'est ce genre de repas que je peux envisager partager avec les membres de cette famille si Nina et moi formons un nous ? C'est marrant, sa famille était l'un des arguments qui me repoussaient et là, à table avec eux, ça en devient un qui me rapproche de cette relation.

— Recouvert de bandages ! termine Adélaïde en peinant à reprendre son souffle.

Toute la tablée est morte de rire, je le suis aussi devant cette histoire rocambolesque et, sans m'en rendre compte, je passe un bras sur le dossier de la chaise de Nina.

— Des bandages ? Elle était brûlée ou quelque chose comme ça ? demandé-je en riant encore.

— Non ! Madame Roth venait de se faire refaire les fesses ! répond Franz, ses mots entrecoupés par son hilarité.

Les rires reprennent de plus belle et l'image claire d'une dame âgée de soixante-cinq ans avec un fessier tout neuf à l'air me fait exploser de rire. Je commence même à avoir chaud. À moins que ce soit la main de Nina qui vient de se poser sur ma cuisse ? Wow, à quoi elle joue ? Encore une provocation de sa part ou… Non, ce n'est pas ça. Elle est détendue au possible, naturelle, ce geste l'est autant qu'elle.

Et il me fait du bien. Pas physiquement — bien que la chaleur de sa paume passe facilement à travers mon pantalon —, mais émotionnellement. Peut-être qu'elle envisage également ce à quoi je songe ? Peut-être que pour elle aussi, me voir ici dans sa famille lui fait croire qu'une vie ensemble est possible ?

— Vous avez terminé avec le plat ? demande Stéphanie en se levant.

Nous répondons tous en chœur et, comme pour les entrées,

donnons un coup de main pour débarrasser. Nina et moi nous retrouvons seuls, les derniers à récupérer la vaisselle sur la table. Je remarque que Nina tangue un peu, elle a retiré ses chaussures, mais c'est comme si elle était encore debout sur ses échasses.

— Un coup de main, soldat ? lui proposé-je alors qu'elle retire le plat presque vide.

— Non, ça va aller, le tombeur.

Au moment où elle le soulève, elle manque de tomber sur la table. Oui, le plat est peut-être vide, mais il est en fonte et doit peser un âne mort. Ou vivant, hein.

Je la rattrape en enroulant mes bras autour des siens, mes mains attrapant le plat et mon corps moulé à son dos. Cette position pourrait me faire oublier que nous sommes en compagnie de toute sa famille et je ne serai pas étonné de lui sauter dessus pour lui arracher sa culotte. Son odeur de cannelle me chatouille les narines, elle m'enivre et fait battre mon cœur plus vite.

— Ça va aller, t'es sûre ? Parce qu'on ne dirait pas.

— Il est super lourd, j'aimerais bien t'y voir !

Je souris et me penche vers son oreille, sa poitrine se soulève en rythme avec sa respiration rapide et je dois me contrôler pour ne pas abattre mes lèvres sur son épiderme là, tout de suite.

— Alors, profite de la vue, soldat.

À regret, je la contourne et récupère le plat, qui est effectivement assez lourd. Seulement, je n'ai pas suffisamment bu pour manquer de tomber ou juste galérer à le porter, et ça fait naître un sacré sourire sur les lèvres de ma militaire. Ma militaire ? Ouais, sérieux.

— Wow, je suis impressionnée, commente Nina en pressant mes biceps.

Avant même de pouvoir lui répondre, une voix rieuse nous interrompt, la faisant sursauter.

— Ça va ? On vous dérange pas trop ? On avait dit qu'on débarrassait, pas qu'on remettait le couvert !

Arthur est mort de rire et Nina morte de honte. Elle rougit

autant que les suspensions sur la table et ce n'est que lorsque je pivote que je comprends pourquoi. Toute la famille est là, tout le monde a entendu ce que le frère vient de balancer et, tout le monde a bien compris ce que ça signifie.

Putain de merde. Là, c'est moi qui dois rougir ! Je me racle la gorge et profite de ma position pour passer entre tout le monde, ranger le plat dans la cuisine. Dans mon dos, j'entends les rires et les exclamations, la défense peu certaine de Nina et quelques pas qui se rapprochent de moi.

— Je peux te parler, mon garçon ?

Et merde, il ne manquait plus que ça. Je pivote vers Franz en tentant de conserver mon calme et mon sérieux, mais il n'y a qu'une chose qui tonne en moi : un besoin de prendre la fuite ou à défaut de me cacher dans un trou de souris.

— Bien sûr, qu'est-ce que je peux faire pour vous ? demandé-je en tentant de rester naturel.

— J'ai remarqué que ma fille et toi étiez plutôt proches…

Les conversations qui commencent de cette façon, ça n'annonce jamais rien de bon. Je commence à transpirer excessivement, putain.

— Nous nous entendons assez bien, oui.

— Écoute, je ne suis pas le genre de père à traumatiser les petits amis de sa fille. La mienne est sérieuse, elle a la tête sur les épaules et je ne me fais pas de souci pour elle. Seulement, je veux que tu saches que je t'apprécie beaucoup, nous avons clairement dépassé le stade employeur-employé et…

Que cherche-t-il à me dire, là ? Je ne suis pas certain de saisir. Je pensais qu'il allait me mettre en garde, me balancer un truc du genre : « *fais du mal à Nina et je te casse les phalanges !* », mais ce n'est pas le cas. Serait-il en train de me donner sa bénédiction ?

— Je serai très heureux de te compter parmi les membres de ma famille. Vous faites plaisir à voir tous les deux et je crois que je n'ai jamais vu Nina regarder un homme avec un tel regard.

Je me liquéfie de l'intérieur. Je ne m'attendais clairement pas à ça et je dois dire que je suis vraiment surpris. Encore un point de plus qui me rapproche de Nina. Y'en aura-t-il d'autres au cours de ce week-end de Noël ?

— Je vous remercie, Franz. Pour votre accueil, votre gentillesse et… tout ça. Pour être tout à fait franc, je ne sais pas encore ce qu'il y a entre votre fille et moi, mais je vous promets de toujours la respecter. Quoi qu'il arrive.

— Je n'en attendais pas moins, tu es un homme bien, Simon.

Il me tend sa main, je sens grimper une émotion particulière en moi et quand je lui presse la paume, je suis empli de reconnaissance. Personne n'a jamais su voir de telles choses en moi, mon père n'a jamais prononcé ces mots à mon égard et ma mère n'a fait que me rabaisser toute ma vie. Voilà pourquoi je suis aussi touché, voilà pourquoi je lutte pour ne pas le remercier outre mesure.

— Et vous savez, ça ne me dérange pas si vous ronflez, souris-je alors que nous revenons vers la salle à manger.

— Ronfler ? Pourquoi tu me dis ça ?

— Nina m'a expliqué que j'allais dormir avec vous et vos ronflements… ce n'est pas grave. Je ronfle aussi quand je suis fatigué.

Il explose de rire, tapotant mon épaule sans pour autant éclairer ma lanterne. Pourquoi se comporte-t-il comme ça ? J'ai dit un truc drôle ?

— Autant que je t'apprécie, je préfère encore dormir avec ma femme ce soir. Nina s'est méprise, c'est avec elle que tu vas dormir.

Sur ces mots, il s'éloigne et reprend sa place à table alors que Nina, bouche déformée par l'hilarité, se plante en face de moi.

— Un partout, balle au centre, murmure-t-elle en me contournant.

Bouche bée, je secoue la tête et reprends ma place, si elle veut continuer à jouer, on va jouer. Mais je jure que la honte ne m'a jamais tué jusque-là et ça ne va pas commencer aujourd'hui.

« **C**omme je me doutais qu'on allait encore trop manger, je nous ai fait des petits *hildabredle*, j'espère que ça vous va ? je demande en déposant le plateau rempli de sucreries sur la table.

Tous ont l'eau à la bouche, malgré les ceintures qui se sont défaites à cause des ventres gonflés. Je lance un regard en direction de Simon pour voir s'il apprécie ce que j'ai préparé. Il soupire doucement et se lèche les lèvres. Je ne peux quitter sa bouche des yeux, je suis comme hypnotisée. Il lève les siens et nos regards se croisent. Honteuse de m'être fait prendre à le regarder de la sorte, je m'assieds rapidement à ma place et prends un gâteau dans ma bouche. Je souris intérieurement, ils sont réussis et la framboise adoucit le goût sucré de la pâte, mélange parfait.

— C'est délicieux, Nina, entonne ma mère en se resservant une deuxième fois.

— J'suis d'accord, dis Léo la bouche pleine.

— Tonton, tonton !

Je me tourne vers la gauche où Finn tape sur l'épaule de Simon. Vient-il vraiment de l'appeler tonton ? Simon ne semble pas comprendre ce qu'il a dit et s'adresse à mon neveu avec un naturel charmant.

— Tu as aimé le gâteau de tatie Nina ? lui demande-t-il en plaçant une nouvelle fois son bras droit sur le dossier de ma chaise.

Cette aisance naturelle qui nous vient au fur et à mesure du repas — et des verres de vin — ne me déplaît pas autant qu'elle le devrait. J'en viens même à faire des gestes inhabituels pour moi, l'alcool aidant à me donner le courage nécessaire.

— Oui, tonton.

Cette fois, pas de doute, le petit vient vraiment de l'appeler ainsi. Simon se redresse, attrape son verre pour en boire une gorgée, gêné quand il réalise finalement ce qui se passe et que tous autour de la table ont entendu la même chose.

— Je… euh je suis pas…

— Tu veux monter sur les genoux de tonton ? lancé-je d'une voix mielleuse au possible et en tapotant la cuisse de Simon, puis en lui prenant sa main sur la table.

J'entrelace nos doigts et il retient sa respiration. Si je voulais le mettre mal à l'aise en disant ça, je n'avais pas prévu de le tenir ainsi, mais surtout d'apprécier énormément ce contact. Je n'ai plus envie de le lâcher, et à en juger par la façon dont ses doigts me maintiennent fermement en place, lui non plus.

Finn monte sur les genoux de Simon et le serre fort contre lui. Il est un peu surpris, mais au bout d'une seconde, il lui rend son étreinte, sans jamais me lâcher. Les voir ainsi fait surgir en moi des émotions que je tentais de repousser. Voir Simon avec un enfant, sa main dans la mienne, je dois avouer que mes hormones en prennent un coup et me poussent à rapprocher ma chaise de la sienne. Ça ferait quoi, si tout était plus simple et que nous décidions d'arrêter de nous faire la guerre ?

Mon esprit embrumé n'arrive même plus à mettre le doigt sur la raison pour laquelle je ne voulais pas de Simon dans ma vie, ni pourquoi je l'ai repoussé toute la soirée en essayant de le mettre mal à l'aise. Si je n'arrive pas à m'en souvenir maintenant, peut-être cela veut dire que ce n'était pas si important que ça, qu'il mérite une seconde chance. Mais, la désire-t-il seulement ? Si j'en juge par son pouce qui caresse le dessus de ma main, je dirais oui. Seulement, comment en être sûre ? Je ne peux pas faire comme la dernière fois et me jeter sur lui comme une pucelle effarouchée.

Mes frères pouffent de rire dans leur coin. Un seul coup d'œil dans leur direction me permet de confirmer que le petit n'a pas trouvé l'idée tout seul d'appeler Simon ainsi. Ils ne s'arrêteront donc jamais, ces deux-là.

L'envie de leur clouer le bec en les choquant s'empare de moi, je pourrais embrasser Simon là, tout de suite devant eux et peut-être me laisseraient-ils enfin tranquille ? Seulement, si l'alcool me donne un peu de courage pour attraper sa main, il ne m'en donne pas assez pour faire quelque chose de la sorte. Et puis, si ça devait arriver, je préférerais être dans l'intimité avec Simon, sans des paires d'yeux curieux qui nous épient. Pas seulement pour relever un défi stupide entre frères et sœurs. Bon sang, pourquoi je ne cesse de penser au goût de ses lèvres sur les miennes ?

La main de Simon quitte la mienne lorsqu'il aide Finn à descendre de ses genoux pour le poser au sol. La déception s'enroule autour de mon être et le contact de sa peau contre moi me manque déjà.

À mon grand étonnement, ses doigts retrouvent les miens posés sur ma cuisse, et nous nous tenons ainsi pendant toute la fin de repas. Son pouce continue de tracer des lignes invisibles qui irradient ma peau de désir. C'est un contact tout simple, mais j'en veux tellement plus. Quand je pense qu'il était collé tout contre moi tout à l'heure quand j'ai failli faire tomber le plat…

— Allô la terre, on appelle Nina !

— Euh, pardon, tu disais ? demandé-je à ma mère.

— Je te demandais si tu avais continué tes recherches pour la suite ?

— La suite ?

— Oui, après l'armée et le marché.

Il me faut quelques secondes pour effacer les images de Simon et moi qui ont émergé dans mon esprit pour me concentrer sur la question. Malheureusement pour moi, ce n'est pas le sujet que j'ai vraiment envie d'aborder ce soir, il m'angoisse bien trop.

Comme pour me donner de la force, je serre la main de Simon encore plus fort dans la mienne.

— Je n'ai pas vraiment d'idées, pour le moment. C'est vraiment le flou total.

— Même pas un métier en particulier qui te plairait plus qu'un autre ? m'interroge mon père.

Je remue sur mon siège, mal à l'aise. Je n'ai pas de réponse à leur fournir. Leur dire que j'ai passé la plupart de mon temps à rêvasser et me prendre la tête avec le mec à ma gauche, au lieu de faire des recherches, je ne suis pas sûre qu'ils seraient ravis.

— Non… c'est compliqué de trouver autre chose qui me plairait autant que l'armée…

— Pourquoi l'avoir quitté, alors ? lance Léo.

Il ne comprend pas les raisons de mon départ. Il est encore jeune. Pour lui, trouver la personne parfaite et faire des enfants n'est abso-lument pas une priorité. On a débattu de nombreuses fois, il n'arrê-tait pas de me dire que partir quelques mois, ce n'était pas la mer à boire avec la technologie que nous avons maintenant pour commu-niquer. Il ne comprend tout bonnement pas le déchirement que sont les adieux, les conditions sur le terrain et toutes les choses que l'on voit, puis doit digérer. Peut-être qu'un petit passage par l'armée lui remettrait les pieds sur terre.

Malgré son incompréhension, je sais qu'il est quand même là pour moi, quoi qu'il en soit. C'est un peu la règle de notre famille. Si je n'apprécie pas forcément ce style de vie sans attache qu'il défend tant, ce n'est pas pour autant que je ne serai pas là pour lui à la seconde où il demanderait mon aide.

— Tu sais très bien pourquoi, soufflé-je.

Je pose mon autre main sur celles jointes sur ma cuisse, comme pour appuyer mes propos. Peut-être que Simon comprendra le message et me montrera qu'il veut de moi, finalement.

— En tout cas, je trouve que c'est honorable d'avoir eu le cran de tout quitter du jour au lendemain, intervient finalement ce dernier, nouant nos doigts un peu plus fermement.

Il me fait un clin d'œil furtif et je le remercie intérieurement de me sortir de ce sujet délicat en me soutenant.

— C'est vrai ! Et puis t'as tout le temps pour trouver autre chose, tant que tu es heureuse au final, poursuit Stéphanie.

Je lui souris chaleureusement et les larmes me montent aux yeux. Toute ma famille est là, même Simon, et je les aime énormément. Fichu alcool !

— Oh, merde ! Elle va pleurer ! lance Arthur.

Finn se précipite vers moi et monte sur mes genoux, toujours présent pour me remonter le moral. Il me serre de ses petits bras et les larmes roulent sur mes joues sans que je puisse les retenir.

Simon tend son autre main vers mon visage et essuie les larmes qui coulent dessus. Je le regarde à travers l'humidité de mes yeux et le remercie silencieusement. Finn s'écarte, nous regarde Simon et moi tour à tour, puis nos mains jointent. Je peux deviner les petits rouages dans son cerveau se mettent en marche pour essayer de comprendre ce qu'il voit.

Alors que la conversation à table continue sans nous, Finn se penche vers moi.

— C'est ton amoureux ? chuchote-t-il à mon oreille.

Je rigole légèrement, le rouge me montant aux joues au moment où je me rends compte que Simon a entendu et qu'il semble curieux quant à la réponse que je vais fournir. Je fais comme si je n'avais pas vu qu'il nous épie. Le voilà, le moment que j'attendais pour pouvoir tendre une perche.

— Ça ne dépend pas de moi.

— Ça veut dire quoi ?

— Ça veut dire que *tonton* Simon va devoir me montrer s'il veut être mon amoureux ou pas.

Simon remue légèrement sur sa chaise, mais ne lâche à aucun moment ma main. Je continue de faire comme s'il ne nous entendait pas, sachant toutefois qu'il n'en manque pas une miette.

— Comment faut faire ? demande Finn.

— Eh bien, comme on est des adultes, on pourrait se le dire, ou aussi se le montrer. En se faisant des bisous ou des câlins.

— Oh beurk ! lâche Finn en descendant brusquement de mes jambes.

J'explose de rire et entends Simon pouffer discrètement à côté de moi, toussant pour faire bonne mesure et ne pas montrer qu'il a épié notre conversation.

Je pense que je ne pouvais pas être plus claire que ça, la balle est dans son camp désormais. L'espoir grandit en moi, car malgré ce que j'ai dit, nos peaux sont toujours l'une contre l'autre et son corps est encore plus près du mien. Je me doute bien que nous ne sommes pas discrets pour les autres autour de la table, mais je dois avouer que je m'en fiche royalement. Tout ce qui compte, ce sont ses yeux bleus qui soutiennent mon regard assez longtemps pour continuer d'alimenter ce brasier à l'intérieur de moi.

— Ça vous dit de jouer à un petit jeu de société avant d'aller nous coucher ? demande mon père.

Finn proteste — il ne veut pas aller au lit — mais nous acquiesçons tous avec plaisir, avides de poursuivre cette soirée dans la bonne humeur.

À contrecœur, je relâche la main de Simon pour finir de débarrasser et boire un verre d'eau fraîche qui me fait un bien fou. Avec un peu de chance, ça me remettra les idées en place et j'arrêterai de dire constamment des trucs que j'aimerais garder secrets.

Lorsque je reviens, ils sont tous installés autour de la table basse du salon ainsi que du plateau de jeu qui trône dessus. Je décide de m'asseoir par terre, au plus près du jeu, entre les jambes de Simon, installé sur le canapé. C'est comme si j'étais constamment attirée par lui, ne voulant jamais être bien loin.

La partie se passe bien, entre rires, mauvais jeu et tricheries. Tout ce que j'arrive à retenir, ce sont les doigts de Simon qui jouent avec quelques mèches de mes cheveux, effleurant furtivement ma nuque à découvert. Des frissons me parcourent à chaque fois et je fais un effort surhumain pour ne pas me liquéfier sur place sous ses caresses délicates et discrètes.

Le jeu se finit par la victoire de Léo — comme d'habitude — que l'on accuse tous d'avoir triché en ayant caché des billets dans la manche de sa chemise, mais, faute de preuve, il est déclaré le grand vainqueur de cette partie de Noël.

Finn est endormi dans les bras de sa mère, qui tente de se relever tout doucement afin de le mettre au lit sans le réveiller. Lui qui ne voulait pas aller se coucher, il n'a pas fait long feu. Il me tarde déjà de voir sa réaction demain matin, quand il découvrira tous les cadeaux au pied du sapin et qu'il les ouvrira. Une fois de plus, mon cœur se serre de bonheur d'être avec eux ce soir.

Nous prenons quelques minutes pour installer les cadeaux au pied du sapin, étouffant nos rires pour ne pas réveiller le petit et être les plus discrets possibles. S'il nous surprenait en train de jouer au père Noël, il serait tellement déçu !

— Les jeunes, je vous dis bonne nuit, je vais aller me coucher, déclare mon père une fois tout en place.

— Moi aussi, je suis exténuée, ajoute ma mère.

Nous nous levons et leur disons bonne nuit en les prenant dans nos bras, y compris Simon. Je suis vraiment touchée de voir que lui et ma famille s'entendent aussi bien, même si ça m'a vraiment mise en rogne quand je suis arrivée. Maintenant, j'ai juste envie que tout se passe bien, de le sentir contre moi et goûter ses lèvres à nouveau.

Il ne reste plus que Léo, Arthur, Simon et moi dans le salon. La tension est à son comble et je sens déjà le commentaire bien senti que l'un de mes frères va lancer.

— Ne faites pas trop de bruit, tous les deux, commence Léo en nous regardant tour à tour avec Simon.

Je lève les yeux au ciel pour toute réponse. Arthur rigole et s'éclipse de la pièce.

— Ça risque pas, répond Simon en riant à son tour en lui donnant une tape sur l'épaule.

— Viens, je te montre ta chambre mec, lui dis Léo en lui faisant un clin d'œil.

Ils quittent tous la pièce sans moi, je me retrouve seule au milieu du salon en me torturant les méninges à réfléchir à ce que le dernier commentaire de Simon voulait dire. Est-ce qu'il ne veut vraiment rien avec moi ? Son comportement de ce soir, surtout la fin de soirée — ses petites caresses, ses doigts noués aux miens, ses petits commentaires — laissait à penser qu'il me désirait un minimum, mais soudainement, l'incertitude s'empare de moi et me fait redouter la nuit à venir.

éo en fait des caisses, il blablate inutilement depuis bien dix minutes et même si je l'apprécie beaucoup, j'admets n'attendre qu'une seule chose : être seul avec Nina. Il est temps pour nous d'éclaircir nos désirs et de nous parler à cœur ouvert. D'ailleurs, si j'en crois son agitation, elle est aussi impatiente que moi.

Elle se tient dans l'encadrement de la porte, dansant d'un pied à l'autre sans aucune discrétion.

— Et tu vois, avec ce processeur, le PC est beaucoup plus performant ! Il suffit parfois de changer une pièce et le tour est joué ! s'emballe-t-il.

— Je vois ça, oui. Écoute, je veux pas être malpoli, mais je suis un peu fatigué. On en reparle demain ?

Léo, qui est loin d'être dupe, jette un œil à Nina, puis à moi, et me fait un clin d'œil.

— Ouais, ça marche, mec ! *Dormez* bien tous les deux, nous taquine-t-il en quittant la chambre.

Nina lève son majeur à l'intention de son petit frère, puis balance :

— Ça risque pas !

Léo pouffe de rire, puis la militaire ferme la chambre et se laisse envahir par la gêne. Elle n'ose pas me regarder, elle se déplace comme si le moindre de ses mouvements pouvait faire exploser une bombe et que le silence devait demeurer. Elle joue à quoi ?

— Tu es sûre que ça va ? lui demandé-je, curieux de comprendre à quoi rime son comportement.

— Pourquoi ça n'irait pas ? Bon, je vais mettre mon pyjama, euh… retourne-toi !

— Je te demande pardon ?

— Oui, t'as bien entendu. Je ne voudrais pas agresser tes yeux avec mon corps ou un truc comme ça.

Wow, cette femme est définitivement cinglée ! Mais cette fois, je ne la laisserai pas me repousser, c'est totalement exclu. Je m'approche d'elle, l'attrape par les épaules et la pousse à me faire face. Entre ses mains, un pyjama aux motifs enfantins qui me fait sourire, ce qu'elle prend pour elle, évidemment.

— Quoi ?

— Tu peux arrêter de te comporter comme une gamine pour deux secondes, s'il te plaît ?

— Je ne fais que m'adapter à ton rythme, le tombeur.

— Ah bon ? Quel rythme, soldat ?

— « *Ça risque pas, je vais quand même pas toucher Nina la moche, hein !* » me singe-t-elle.

Non, mais sérieusement, quand elle fait ça, j'ai au choix envie de la secouer pour qu'elle se réveille ou l'embrasser à en perdre haleine. Elle est marrante sans le vouloir, piquée dans son orgueil.

— J'ai dit ça à quel moment, déjà ? demandé-je en enroulant mes bras dans son dos.

— En bas, dans le salon.

— Hum, tu n'as aucun problème d'audition, rassure-moi ?

— Ah ! Donc c'est encore moi le problème, hein ?

Je rigole, parce que je ne peux faire que ça face à une telle répartie. J'ai l'impression que nous avons quinze ans, que nous sommes bourrés d'incertitudes et vidés de confiance en nous. Pourtant, ce n'est pas le cas et j'ai bien l'intention de lui prouver.

— Pas le moins du monde. Bon, tu es vexée, car j'ai fait comprendre que je ne te ferai pas l'amour ce soir, c'est ça ?

Ses yeux envoûtants rivés dans les miens, elle se pince la lèvre et hoche la tête presque imperceptiblement. S'il lui faut ça pour qu'elle admette où est réellement le problème, je suis prêt à la décrypter tous les jours que le destin m'offrira à ses côtés.

— Et tu n'as pas songé à me demander pourquoi j'ai dit ça au lieu de faire la gueule ?

De nouveau mal à l'aise, elle secoue la tête négativement, baissant le menton vers nos corps joints. Je remonte sa tête à l'aide de ma main, hors de question de couper le contact visuel.

— Je ne compte pas te faire l'amour ici tout simplement, car il est hors de question que ta famille t'entende crier. Car ce que je compte te faire, Nina, une fois que toi et moi aurons mis nos désirs à plat, te faire hurler des nuits entières.

Le rose monte à ses joues, elle se mordille la lèvre, peut-être d'anticipation, je ne sais pas, mais il est clair que mes paroles réveillent quelque chose en elle.

Je vais devoir éteindre le feu, il y a des choses dont nous devons discuter avant de passer au dessert.

— Enfile ton pyjama, mets-toi à l'aise et viens me rejoindre dans le lit ensuite. On discutera à cœur ouvert, OK ?

— D'accord… murmure-t-elle d'une petite voix.

Avant de la relâcher, j'avance ma bouche vers elle et la dépose sur son front, que j'embrasse avec tendresse. Puis je m'éloigne et retire mes vêtements avant de me glisser sous les draps. Le matelas que j'aperçois sur le sol avec ses draps et sa couette ne sera pas pour moi ce soir. Enfin, sauf si Nina décide que rien n'est possible entre nous.

Du coin de l'œil, je l'observe retirer sa robe, les mains tremblantes. Elle est si belle, si sexy que j'en perdrais presque le fil de mes pensées. Si je n'étais pas autant attaché à elle et à l'idée que je me fais d'une relation saine, je l'aurais balancée sur le lit afin de prendre tous ces délices qu'elle a à m'offrir.

Quand elle a revêtu sa chemise de nuit à l'effigie de Raiponce — je peux me tromper, je ne connais pas suffisamment mes classiques, mais les cheveux aussi longs, c'est certainement elle —, elle éteint la grande lumière et me rejoint. La lumière des guirlandes extérieures illumine suffisamment la pièce pour que je puisse la voir, elle installe une sorte d'ambiance feutrée de Noël. Le silence n'est pas désagréable, mais je suis impatient de le remplacer par des mots importants. J'ai besoin de savoir.

D'un naturel déconcertant, elle se blottit contre moi et j'enroule mon bras autour d'elle. Sa main trouve très vite mes abdos, où elle trace des sillons invisibles.

Il est temps de décider ce que nous voulons tous les deux.

— Alors, Nina, on s'est bien amusé à se chamailler pendant un mois, mais maintenant… j'aimerais savoir ce que tu désires vraiment pour toi et moi ?

— Ce que je désire ? C'est-à-dire ? m'interroge-t-elle sans cesser de caresser mon épiderme.

— Est-ce que t'es prête à t'engager avec un type comme moi ? Prête à vivre notre histoire à fond ?

— Est-ce que je peux te retourner la question ?

Je souris, c'est typiquement elle et j'aurais dû m'attendre à ce qu'elle veuille savoir en premier lieu ce que moi je suis prêt à faire pour nous. Elle manque de confiance en elle, elle craint que je ne désire pas la même chose qu'elle ainsi que la souffrance qui pourrait en découler.

— Très bien, je vais répondre en premier.

Je prends une profonde inspiration, j'estime que Nina doit savoir où elle met les pieds avec moi, elle doit savoir qui je suis avant de décider si oui ou non elle est prête à s'investir avec moi.

— Tu dois savoir quelques trucs sur moi avant toute chose. Sache déjà que je ne suis pas vraiment le tombeur que tu crois. J'ai eu plusieurs rencards, aucun n'a abouti pour une raison plutôt simple.

— C'était que pour un soir ? Tu sais, ça me regarde pas vraiment et…

Je l'empêche de se redresser, la serrant un peu plus fort contre moi.

— Non, ce n'est pas pour ça. Si je t'en parle, c'est parce que c'est important, je tiens à ce que tu me comprennes.

— Je t'écoute.

— Les filles que j'ai pu rencontrer voulaient un coup d'un soir, un truc fun avec un mec comme moi, c'est tout ce qui les intéressait. Mais moi non. Ce que je recherche et désire, Nina, c'est la passion, l'amour, la compréhension. Je ne cherche pas une petite-amie, je cherche une femme, une meilleure amie, une amante, une partenaire de vie. Quelqu'un avec qui partager les bons moments, mais aussi les mauvais, quelqu'un avec qui la vie me semblera plus douce.

— Oh…

— Oui, comme tu dis. Je sais que j'ai donné l'impression d'être un gros connard, d'avoir seulement été intéressé par le sexe et rien d'autre, mais ce n'est pas le cas. Pour être franc… ma vie personnelle est un désastre. J'enchaîne les problèmes et peine à leur trouver des solutions. C'est pour cette raison que je suis parti si vite le jour où on a… décoré ton sapin.

— Ça n'a aucun sens, tes problèmes n'allaient pas s'envoler si tu prenais juste le temps de… eh bien de me câliner un peu quoi.

— Je sais, j'ai été très con. En réalité, il fallait que je pose le chèque à la banque le plus vite possible pour ne pas prendre de frais supplémentaires et recouvrir mon découvert. J'ai été obnubilé par ça quand j'ai vu l'heure et… je suis profondément désolé, j'aurais dû te l'expliquer et ne pas laisser le doute s'installer.

Une seconde plane le silence, elle réfléchit certainement, se refait le film de ces instants où nous nous sommes disputés à cause de mon départ précipité. Elle avait toutes les raisons du monde de m'en vouloir, je ne peux pas l'en blâmer, seulement le justifier.

— Je suis désolée, Simon… je ne pensais pas que c'était à ce point tes problèmes.

— Ce n'est pas grave, je n'ai jamais étalé ma vie, tu ne pouvais pas deviner.

— Et… ta famille ? se risque-t-elle.

— Ils ne font pas partie de ma vie, ce sont des personnes toxiques qui ne m'ont apporté que des problèmes. Ils m'ont rabaissé toute ma vie, m'ont poussé à croire que je ne valais rien et ça a été dur pour moi de me défaire de leur emprise, mais j'ai fini par y arriver et je suis bien plus heureux ainsi.

— C'est terrible… soupire-t-elle.

— Oui, pour quelqu'un dont la famille est aussi unie, je sais que ça doit être difficile à imaginer. Mais tu sais, le sang nous offre ce que nous n'avons pas demandé, il ne tient qu'à nous de décider si nous souhaitons le garder.

Ses caresses sur ma peau se font plus lentes, elle plaque son visage contre mes côtes et y dépose un baiser que je perçois comme compatissant. Je déglutis avec peine, je n'avais pas reparlé de ma famille ainsi depuis bien longtemps.

— Tu avais des frères et sœurs ?

— Une sœur, mais elle a pris le parti de mes parents. Ils se positionnent tous en victimes et prétendent que je les ai abandonnés, que je suis un fils indigne et compagnie. Bref, t'as compris l'idée.

— Oui, j'ai saisi…

— Alors tu vois, je suis un mec aux bagages imposés, je ne mène pas la vie de rêve, je n'aurais rien de plus à t'apporter que mon amour et ma présence ; mais si tu peux te contenter de ça, moi ce que je veux avec toi ça dépasse le simple plan cul.

Cette fois-ci, elle se redresse et je la laisse faire. Son visage est éclairé par les guirlandes et le bleu, le rouge, le vert qui défilent sur ses traits me font sourire. Elle lève la main et la pose sur ma joue, ses yeux humides d'émotion.

— Si toi tu peux te contenter d'une femme qui ne sait pas où elle va, caractérielle et un peu exigeante parfois… alors je pense que… enfin, tu vois.

— Non, je ne vois pas… murmuré-je à quelques centimètres de ses lèvres.

— Eh bien… je pense qu'on peut trouver un terrain d'entente, le tombeur.

— Et sur ce terrain, on se promet de ne plus laisser les malentendus nous diviser ?

— Évidemment, le mot d'ordre sera la communication et la compréhension.

— Alors, je suis ton homme, soldat.

Avant que je ne puisse initier le moindre mouvement, elle abat ses lèvres sur les miennes, se plaquant contre mon corps enfiévré. Ouais, j'ai dit qu'on ne ferait pas l'amour, mais je ne suis pas un prêtre non plus et qui pourrait résister au contact de cette peau si douce et délicieuse ? Personne, c'est certain.

Sauf qu'à partir de maintenant, elle ne sera destinée qu'à moi. Notre histoire commence dans le creux de ses draps, le soir de Noël, à la lumière frénétique de bonhommes de neiges et d'étoiles enneigées.

Quand notre baiser prend fin de lui-même, nous nous enlaçons tendrement, avec sérénité. Du coin de l'œil, je remarque que l'une des choses que préfère Nina est en train de se produire, son petit miracle de Noël.

— Regarde, chuchoté-je. Il neige.

Elle tourne la tête et observe à travers la fenêtre les gros flocons qui tombent du ciel, conférant à cet instant une magie que j'ignorais désirer. Je crois que, pour la première fois de ma vie, je vais aimer Noël.

Le chahut dans le couloir me sort douloureusement du sommeil dans lequel j'ai sombré en quelques secondes hier soir. Bon sang, hier soir !

Le torse chaud de Simon sous ma paume me confirme bien que la fin de soirée est réellement arrivée, que nous avons dormi ensemble lui et moi, après une conversation plus que nécessaire dans les bras l'un de l'autre. Alors on va vraiment le faire ? Céder à la tentation d'être ensemble pour de vrai ? Mon sourire s'élargit en même temps que mon désir en sentant sa main caresser la peau nue de mes jambes.

— Bonjour, soldat, murmure-t-il d'une voix rauque.

Même sa voix au réveil est sexy, comment je vais pouvoir résister à mon envie de lui retirer son bas de jogging et céder à mes pulsions ?

— Coucou…

Je dépose des petits baisers dans le creux de son cou, respirant son odeur, le faisant soupirer au passage, puis lui embrasse le coin de la bouche, et enfin presse mes lèvres contre les siennes. Nous nous perdons l'un dans l'autre dans ce baiser qui ferait fondre la neige.

— Nina… grogne-t-il lorsque mes doigts descendent sur ses abdos et entament leur descente vers le nœud qui enserre sa taille.

Il attrape ma main pour m'arrêter et sourit contre mes lèvres. Ses yeux emplis de désir me dévisagent, comme s'il réfléchissait à ce qu'il allait me faire. Je brûle d'envie pour lui, et ce depuis tellement longtemps, plus longtemps que je ne l'admettrais. L'avoir enfin à mes côtés, dans mon lit, me fait oublier tout ce qui nous a retenus difficilement hier pour ne pas passer à l'acte. Je ne ressens que sa présence tout contre moi et ça suffit pour me rendre ivre de lui.

— Nina, répète-t-il dans un souffle lorsque je lui mords la lèvre inférieure, ta famille est là…

— Ils sont en bas.

— Ils doivent nous attendre, non ?

— Je m'en fiche.

— Tu vas me tuer, soldat !

Il se redresse en riant, tentant tant bien que mal de résister à son désir apparent. Je croise les bras sur ma poitrine, comme une gamine qui n'a pas ce qu'elle veut. Cela suffit à le faire rire une nouvelle fois, son regard reflétant une expression que je n'arrive pas à déchiffrer.

— Crois-moi, j'ai envie de toi, murmure-t-il contre ma bouche dont il reprend possession, mais on devrait vraiment les rejoindre, ils vont encore s'imaginer des choses.

— Je m'en fiche, répété-je, je veux rester là avec toi.

Il me prend dans ses bras et me serre tout contre lui, ses mains plaquées dans mon dos et je passe mes doigts dans ses cheveux doux.

Les pas qui résonnent dans l'escalier suffisent à me faire revenir sur terre et réprimer ce besoin d'être le plus près possible de l'homme qui me fait tant craquer. Plusieurs coups sont frappés à la porte de ma chambre.

— Décollez-vous, sinon vous allez louper Finn qui ouvre ses cadeaux, nous informe Arthur à travers le bois.

Il ne m'en faut pas plus pour me redresser, déposer un baiser sur le nez de Simon et me lever pour m'habiller rapidement. J'enfile un legging et un tee-shirt, sous le regard amoureux de Simon. C'est donc ça, cette expression que je n'arrivais pas à décrypter ? Je n'en suis pas sûre et je préfère ne pas mettre la charrette avant les bœufs, ou peu importe l'expression.

— Tu vas rester planté là à me regarder ou tu vas t'habiller aussi ? lui demandé-je en jetant un œil sur la bosse de son pantalon tout en levant un sourcil amusé.

— Je pourrais te regarder pendant des heures, ça ne me dérange pas, dit-il en me dévisageant de la tête aux pieds.

— La vue te plaît, le tombeur ?

Il rit à cette phrase devenue si familière, puis finit par se lever pour passer un tee-shirt au-dessus de sa tête.

— La vue me plaît énormément.

Il m'embrasse une dernière fois, presque à m'en faire perdre la tête, et nous descendons dans le salon, main dans la main. Je redoute légèrement les réflexions de mes frères — je déteste leur donner raison —, mais en même temps, ça me rend tellement heureuse d'officialiser notre relation auprès des personnes qui me sont le plus chères.

Mon père et ma mère sont les premiers à nous voir, leurs regards se posent une seconde sur nos mains jointes et un sourire sincère étire leurs lèvres. Mon cœur se gonfle de bonheur. Même si je savais que ma mère nous voulait ensemble, j'appréhendais quand même leur réaction, puisque je ne leur ai jamais présenté de petit-copain.

— Il était temps ! s'exclame Léo en levant les mains en l'air comme s'il remerciait le ciel.

Mes joues s'enflamment sous le regard de toute ma famille, mais je ne pourrais être plus contente qu'à ce moment précis. Les doigts de Simon resserrent leur prise autour des miens.

— Ta sœur est difficile, tu sais, lance Simon sur le ton de la rigolade.

Je lui donne une petite tape sur l'épaule en riant, mais il a tellement raison ! Si lui et moi n'avions pas été si têtus, nous aurions admis notre attirance l'un pour l'autre bien plus tôt. Et en même temps, je ne changerais tout ça pour rien au monde, si ça signifie qu'à la fin nous nous retrouvons ensemble.

Finn ne se préoccupe même pas de ce qu'il se passe autour de lui tant il est excité. Il est agenouillé devant la pile de cadeaux au pied du sapin, les yeux pleins d'étoiles, impatient de pouvoir enfin déchirer les emballages.

Nous l'aidons tour à tour pour récupérer le papier qu'il déchire. Ses réactions sont touchantes et parfois à mourir de rire. Passant de l'émerveillement, à la surprise, allant même jusqu'à la confusion lorsqu'il ne comprend pas le jouet qu'on lui a offert.

Nous ouvrons tour à tour nos cadeaux, nous remerciant discrètement pour pas que Finn ne le remarque. Je mets de côté la paire de chaussures de course, les boules de bain, les livres et la tasse « *retraitée, mais branchée* » que l'on m'a offerts. Ma mère se tourne vers Simon et lui tend un paquet. Surpris, ce dernier le prend et l'ouvre, avec un sourire reconnaissant et gêné.

— Il ne fallait pas…

— Le père Noël savait que tu serais parmi nous, alors nous lui avons demandé ça pour toi.

Un nouveau sac à dos flambant neuf dans les mains, Simon hoche la tête avec reconnaissance avant que ma mère le prenne dans ses bras. Je les regarde, émue, puis Arthur vient poser son bras sur mes épaules.

— Bien joué, frangine. C'est vraiment un gars bien, murmure-t-il, plus sérieux que jamais.

Mes yeux ne quittent pas Simon une fraction de seconde, une sensation de bien-être s'empare de moi et fais voler un million de papillons dans mon ventre.

Ses propos sont renforcés lorsque Simon récupère un cadeau emballé différemment des autres et le tend à Finn. Ce dernier l'ouvre et pousse un cri aigu de joie. Ils échangent quelques secondes, Simon lui expliquant ce que c'est, puis il fait une démonstration en lançant la petite balle dans le panier de basket taille enfant.

Ma main se porte à mon cœur, je suis tellement touchée qu'il ait offert quelque chose à mon neveu. Lui qui ne célèbre pas Noël, a pensé à lui prendre un cadeau pour lui faire plaisir, mais aussi au reste de ma famille en nous tendant chacun une boîte de chocolats.

— Si j'avais su la tournure que prendraient les choses, je t'aurais pris un vrai cadeau, chuchote-t-il à mon oreille tout en posant sa main dans le creux de mon dos.

— Je l'ai déjà, mon cadeau.

Et je dépose mes lèvres sur les siennes, l'embrassant tendrement, déversant tout ce que je ressens pour lui à travers ce baiser. Je fais fis des railleries de mes frères et serre Simon encore plus près de moi. C'est le meilleur Noël de toute ma vie.

Quelques heures plus tard, nous arrivons à convaincre mes parents de nous laisser partir de la maison, les bras chargés de nos anciennes et nouvelles affaires. La neige tombe encore, si bien que je serre plus fermement le manteau autour de mon corps. Simon remercie un nombre incalculable de fois ma famille, puis il m'accompagne à ma voiture pour mettre mon sac dans le coffre.

Une fois ce dernier refermé et les mains libres, il me prend dans ses bras et me regarde avec intensité. Nous nous retrouvons tous les deux contre ma voiture, la neige déposant de larges flocons sur nos cheveux. Il se penche légèrement et ses lèvres froides rencontrent les miennes. Je ne souhaite pas me séparer de lui si tôt, j'ai envie de tellement plus, tellement plus longtemps.

— Tu veux rentrer avec moi ? lui demandé-je entre deux baisers et à bout de souffle.

Je m'écarte et pose ma main glacée sur sa joue, riant lorsque je me rends compte que nous sommes recouverts de neige.

— Avec plaisir, mais je te préviens, je ne couche pas le premier soir, rigole-t-il en essuyant les flocons sur mes joues.

Je hausse mes sourcils, un sourire en coin.

— C'est un peu tard pour ça, mais bon ça tombe bien, c'est pas le premier soir, dis-je en lui faisant un clin d'œil. Allez, partons avant que l'on congèle sur place.

— Je pourrais te réchauffer…, lance-t-il en me plaquant plus près de lui encore, si bien que je peux sentir son excitation contre mon ventre.

— Calme-toi le tombeur, on a un public.

Il se tourne vers la maison et plusieurs têtes curieuses nous regardent à travers les rideaux. Ils ne sont tellement pas discrets !

Nous montons chacun dans ma voiture et nous rejoignons difficilement mon immeuble à cause du vent et de la neige. Nous aurions pu rester plus longtemps chez mes parents, ça ne les aurait pas dérangés le temps que la tempête passe, mais j'ai vraiment envie d'être seule avec mon copain. Bon sang ! Ça fait tellement bizarre de l'appeler ainsi, mais c'est à la fois si naturel.

Il m'aide à récupérer mes affaires, son nouveau sac à dos sur l'épaule et nous rentrons enfin chez moi, dégoulinants de neige fondue.

— Tu veux manger quelque chose ? lui demandé-je en retirant mon manteau.

N'entendant pas de réponse, je me retourne vers lui. Il a posé son sac dans l'entrée et son manteau est accroché sur le portant. Ses yeux bleus me dévorent du regard et il se mord la lèvre en s'approchant de moi, tel un prédateur sur sa proie. Ses lèvres s'emparent des miennes avec fougue, ne me laissant pas le temps de formuler la moindre pensée cohérente.

Il attrape le bas de mon pull et le passe par-dessus ma tête en même temps que mon tee-shirt. Ses iris parcourent la courbe de mes seins nus avec avidité avant de les planter dans les miens. La passion que j'y lis me fait perdre la tête de désir. J'attrape son haut à mon tour et le lui retire, profitant au passage de mater ses abdos et de les caresser du bout des doigts.

Nous reculons en même temps que nous retirons nos vêtements, jusqu'à ce que mon dos soit plaqué contre le montant de la porte de ma chambre. Ses mains empoignent mes fesses tandis que les miennes caressent l'arrière de sa tête alors qu'il dépose des baisers enflammés sur ma nuque.

Je gémis lorsque ses lèvres douces se posent sur mes tétons et leur offre toute l'attention qu'ils méritent. L'une de ses mains caresse l'intérieur de ma cuisse avant que ses doigts ne se posent sur mon intimité. Je retiens mon souffle, appréhendant la prochaine caresse qui s'annonce.

Ses doigts m'effleurent délicatement de haut en bas, puis deux d'entre eux s'enfoncent finalement en moi, dans une lenteur délibérée qui me fait crier son nom en haletant.

— J'avais envie de faire ça tout le week-end, murmure-t-il tout en reprenant possession de ma bouche avec la sienne.

Ses doigts entrent et sortent de mes chairs gonflées de plaisir, la chaleur se répand en moi et je m'agrippe à ses épaules tandis qu'il continue ses mouvements.

— Simon…

— Oui, mon ange ?

Je gémis sous ses caresses et la façon dont il vient de m'appeler. Je voulais lui dire quoi déjà ? Mon cerveau est beaucoup trop embrumé par le plaisir qui m'assaille.

— Je… encore. Plus, tenté-je de dire entre deux baisers.

Je ne sais pas exactement ce que je lui demande, mais il semble comprendre. Il retire ses doigts et me porte jusqu'au lit. Ma main s'empare de son sexe alors qu'il m'allonge et se tient à genoux devant mes jambes écartées.

Il caresse l'intérieur de mes cuisses et lève la tête vers le plafond, les yeux clos, gémissant au contact de ma paume qui se meut le long de son pénis. Ses abdos se contractent au rythme de sa respiration saccadée, son pouce titille mon clitoris tandis que son autre main caresse mes seins.

— Où ? demande-t-il entre deux respirations, son regard voilé d'envie.

Nous semblons tous les deux dépourvus de la capacité à formuler des phrases cohérentes. Je désigne la table de chevet d'un mouvement de tête et il se penche pour l'ouvrir et attraper un préservatif.

Je le regarde l'enfiler sur son membre dur et le supplie intérieurement d'aller plus vite. J'ai viscéralement besoin de le sentir contre moi, en moi, partout à la fois.

Il se penche sur moi, son sexe tout contre mon entrée et il me dépose un millier de baisers sur les joues et mes lèvres enflées. Je pourrais presque pleurer de contentement sous son regard qui me désire tant.

— Tu es sûre ?

— Prends-moi, Simon, le supplié-je en resserrant la prise de mes jambes autour de ses hanches.

Il ne se fait pas plus prier et il s'enfonce en moi en une poussée lente et fluide. Ses mains agrippent mes hanches et il commence à faire des va-et-vient, d'abord à un rythme délicieusement lent, puis de plus en plus rapide lorsqu'il cède au contrôle qu'il s'imposait.

Chacune de ses poussées nous rapproche encore un peu plus, butant aux tréfonds de mon être et me faisant gémir de plus en plus fort. Mes membres s'engourdissent, ma tête se vide et n'arrive à se concentrer que sur toutes les sensations que Simon procure en moi. Mes muscles se tendent et je jouis sous lui, la chaleur se déversant en moi, déclenchant des frissons le long de ma peau nue. L'orgasme s'empare alors de lui lorsqu'il sent mes parois se contracter tout autour de lui, prolongeant mon plaisir et le sien jusqu'au bout.

Il pose son front contre le mien, tous deux à bout de souffle, respirant l'autre comme s'il était son oxygène. Je le serre encore plus près de mon corps et dépose des petits baisers sur ses lèvres entrou-vertes.

— Nina, je…

— Moi aussi, dis-je en un souffle.

Ses yeux s'arriment aux miens, aucun mot assez fort ne saurait dire ce que je ressens à cet instant. Tout passe en un regard, en un baiser. En aurais-je un jour assez ?

ÉPILOGUE 1

Simon

Vingt mois plus tard...

Le carton remue dans tous les sens, il pèse entre mes bras nus et le frottement commence à m'irriter la peau. Je peine à avancer et me retiens de justesse à la rampe d'escalier, brûlante soit dit en passant. L'été est lourd cette année, je sue à grosses gouttes et commence à douter de mon idée, est-ce que j'ai fait le bon choix de surprise ?

Dans l'ascenseur, je fouille ma poche pour récupérer les clés de chez Nina, enfin... de chez nous depuis quelques mois. Six pour être précis. C'est d'ailleurs pour cela la surprise, pour célébrer ces six mois de vie commune, sur lesquels nous n'aurions pas misé le jour où nous nous sommes rencontrés.

Les portes s'ouvrent, je descends de la cabine et à peine ai-je mis un pied dans le couloir que l'entrée de notre foyer s'ouvre sur Nina, rouge, en sueur et tenue de sport.

— Tu étais où ?! hurle-t-elle, excédée.

— J'étais... j'ai ramené une surprise ! souris-je, ignorant délibérément sa mauvaise humeur.

— Ouais, ben…

Elle se fige, ouvre de grands yeux et, comme un coup de vent chasse l'orage, arbore un large sourire. Ce rictus, c'est la raison pour laquelle j'aime ma vie et pourquoi j'ai accepté…

— Un chien ! Oh, mon dieu ! Un chien ! s'extasie-t-elle en se ruant littéralement sur le carton.

— Joyeux… six mois de vie commune ? Y'a un titre pour ça ? demandé-je, un peu intimidé.

Elle ne me calcule plus, elle attrape le bébé chow-chow dans ses bras et le câline avec tout l'amour dont elle est capable de faire preuve. J'entre dans l'appartement en lui passant à côté, pose le carton sur le comptoir de la cuisine, juste à côté de mon éternel sac à dos.

— Ça a l'air de te faire plaisir, hein ?

— Oh oui ! Il est adorable ! Hein, mimi petit cul ? s'adresse-t-elle au chien.

J'explose de rire, referme la porte d'entrée qui était restée grande ouverte et enroule mes bras autour de Nina, mon corps se moulant à son dos.

— Mimi petit cul ?

— Mouais, pas terrible. Il a un nom ? On peut en choisir un ?

— Il n'en a pas, non. T'as une idée en tête ?

Elle lève le chien devant elle, l'observe en penchant la tête sur le côté et pince les lèvres.

— Il a une tête à s'appeler Charlie.

— Charlie ? Sérieusement ? D'où tu sors ça ?

— Regarde dans ses yeux, ça se voit.

Nos visages collés, j'observe le chiot et la seule chose que je distingue dans ses prunelles noires c'est notre reflet. Et ça me fait sourire comme un con, parce que c'est une vision dont jamais je ne me lasserai.

— La seule chose que je vois, c'est nous, mon ange.

— Alors… va pour Ange.

Je souris et dépose un baiser plein d'amour sur sa joue, en dépit de la sueur qui recouvre sa peau. C'est cette odeur qui prend le pas sur la cannelle ces derniers temps, celle qui me rappelle combien elle s'épanouit désormais.

— Comment était ta journée ? lui demandé-je en la relâchant.

— Super, on a fait quasiment que de la pratique donc beaucoup de sport. Il faisait chaud, mais c'était vraiment cool. Et toi ?

— Intéressant, ton père et moi avons commencé à préparer la soirée de dégustation de jeudi. Ça va être un sacré événement !

Sans lâcher le chiot, elle se dirige vers la cuisine et récupère une boîte emballée sur le comptoir avant de me la tendre.

— C'est quoi ?

— Ben ouvre et tu sauras !

Au milieu de la cuisine, elle s'assied et pose le chiot, jouant avec lui comme une enfant heureuse. J'aime la regarder ainsi, elle est enjouée, souriante et majoritairement de bonne humeur. Enfin autant que Nina puisse l'être avec le caractère qu'elle a.

Nous avons eu un peu de mal les premières semaines, il nous fallait le temps de nous accorder et les voisins doivent certainement nous être reconnaissants d'avoir réussi à le faire vu l'intensité de nos disputes. Par chance, nos réconciliations sous la couette étaient tout aussi puissantes — je crois d'ailleurs qu'elle a initié quelques accrochages, juste pour goûter au plaisir de ces fameuses parties de jambes en l'air.

Seulement, maintenant tout se passe bien et nous nous entendons à merveille, malgré quelques petites disputes sans importance de temps à autre.

— Tu comptes me regarder toute la soirée ou tu vas ouvrir ton cadeau ? m'interroge-t-elle en arquant un sourcil.

— Pardon, c'est juste que… la vue me plaît, soldat.

Elle pouffe et secoue la tête avant de se lever, sans lâcher Ange, le nouveau membre de notre petite famille.

Curieux de découvrir ce qu'elle m'a concocté, je déchire

l'emballage et demeure un peu plus perplexe lorsque je découvre une boîte en carton marron. Qu'est-ce que ça peut bien être ?

Je retire le ruban adhésif et ouvre, découvrant un téléphone flambant neuf. Je secoue la tête, touché, mais gêné par un tel présent.

— Nina… qu'est-ce que je t'avais dit ?

— Je sais, je sais ! Tu voulais attendre de pouvoir économiser pour te le payer et même si j'apprécie beaucoup ton indépendance et bla-bla-bla, je commençais à en avoir ras le cul de ne pas pouvoir t'appeler sans passer par mon père. Ça fait presque deux mois que t'as plus de téléphone, on fait comment pour nos *sextos*, sérieux ?

J'explose franchement de rire face à son argumentaire, ce qui lui manque ce sont les SMS chauds que l'on échange, je la reconnais bien là !

— OK, je me vois dans l'obligation d'abdiquer… merci, mon amour.

Je me penche et l'embrasse, l'enlace en la serrant comme je peux dans mes bras. Oui, je crois que maintenant je peux m'attendre à devoir m'y faire, à ce petit être à quatre pattes entre nous. En réalité, je le vois comme un lien, un engagement qui renforce notre relation sans pour autant remettre certains sujets épineux sur le tapis.

Nous sortons ensemble depuis un an et demi, certains désirs ont fait l'objet de discussions animées entre nous. L'un de nous préfère organiser un mariage quand l'autre aimerait avoir un bébé, il n'est pas simple de s'accorder pour le moment et le chow-chow m'a semblé être un bon compromis.

Euphorique, ignorant tout des raisons de sa présence ici, notre petit chien nous lèche le menton à tour de rôle, ce qui nous fait exploser de rire en chœur.

— J'imaginais pas que j'allais subir ses léchouilles ! m'exclamé-je en reculant.

— Oh allez, je suis sûre que c'est pour ça que tu l'as choisi, pour sa langue ! me nargue-t-elle en tirant la sienne.

— Ne t'amuse pas trop à me l'agiter sous le nez, soldat, je

pourrais m'en trouver inspiré.

Se mordillant la lèvre, elle pose le chien par terre et s'avance vers moi d'un pas sensuel. Elle retire son débardeur, me dévoile une poitrine que je sais magnifique sous sa brassière violette et je ne peux retenir le gémissement rauque de désir qu'elle m'inspire.

— Tu sais, avant que t'arrives, j'allais justement prendre une douche. Peut-être que tu pourrais m'y accompagner ? susurre-t-elle en s'approchant plus encore.

— Douche ou *sex-douche* ? la questionné-je en balançant ma casquette sur le comptoir.

— Hum, *sex-douche* sans hésiter ! Surtout si tu lâches tes cheveux comme ça !

Sans crier gare, elle me saute dessus, enroule ses jambes autour de mes hanches et mes mains se moulent à son cul comme si elles étaient faites pour ça.

Dans le creux de mon oreille, elle susurre :

— Salle de bain, tout de suite.

Et sa langue commence à jouer avec mon lobe, m'arrachant une nuée de frissons tandis que je me précipite vers la salle de bain, ce lieu où je l'ai vue nue pour la première fois. Nos vêtements volent à la vitesse de l'éclair et, tout aussi rapidement, nous nous retrouvons sous la douche, chauds comme la braise. L'eau fraîche nous roule dessus, nos sexes palpitants d'excitations et nos sens en émoi, je me penche vers le meuble pour attraper un préservatif quand elle m'arrête. Son regard planté dans le mien, elle me dit :

— Je suis prête à tenter la grande aventure, si tu l'es…

Cette grande aventure, c'est ce désir commun d'avoir des enfants, mais cette terreur bien à elle qui l'a poussée à reculer jusqu'à présent. Elle est sûre de nous et de notre amour, mais son argument imparable, je ne peux le réfuter : nous devons profiter d'une vie à deux. Seulement, si j'en crois son sourire mutin et ses yeux brillants, elle vient de changer d'avis.

— Tu es… sûre ?

— Oui, si tu l'es toujours.

— Rien ne me ferait plus plaisir, mon ange.

Ému, je sens grossir une boule d'émotion dans ma gorge et tente de l'ignorer en reprenant où nous en étions, l'excitation est bien plus plaisante à savourer.

Et pour la première fois depuis vingt mois — ouais, j'ai compté, car chaque journée avec elle est une de plus où je remercie le destin de m'avoir mis sur sa route —, j'entre en elle sans rien entre nous. Nos peaux sont l'une contre l'autre, je sens avec plus d'intensité chaque mouvement, chaque palpitation de son intimité et putain de merde j'adore ça !

J'effectue en elle de lents et sensuels va-et-vient avant d'accélérer le rythme et de savourer pleinement ses cris de plaisir. Ses bras me retiennent comme si elle craignait de me voir partir, ses joues rosissent sous l'excitation et quand elle jouit, je retiens à l'aide de ma main son visage tout près du mien. Son sexe se contracte autour de mon membre et me fait venir à mon tour, me poussant à répéter en boucle les mots dont j'ai peur de manquer un jour.

— Je t'aime, Nina.

Elle me répond dans le creux de l'oreille, puis dépose sur ma mâchoire une infinité de baisers avant de terminer par ma bouche.

— À cette grande aventure, le tombeur.

Je souris et surpris par un bruit strident, sursaute en même temps qu'elle. Nous ouvrons la paroi de douche et explosons de rire en découvrant Ange, juste en face de nous. Le chiot semble s'impatienter de nous voir revenir on dirait.

— Commence à t'habituer à ça, on risque d'être souvent interrompus si je tombe enceinte, me taquine Nina en souriant.

— Oh, je ne m'inquiète pas. Je t'ai bien promis de toujours trouver le temps et le moyen de te faire hurler, ma très chère coach sportive.

Elle explose de rire en entendant sous tout nouveau surnom et m'embrasse de nouveau, un peu plus chastement cependant.

Voilà, c'est de ça dont j'avais rêvé. D'une femme souriante, attentionnée et chaude comme la braise. D'un foyer à partager, d'un chien à aimer et d'une famille à fonder.

C'est ça que j'ai passé des années à chercher, ce que j'ai trouvé sans fouiller. Celle qui m'est tombé dessus un jour d'hiver, celle que j'ai appris à aimer en dépit de nos différences, celle que jamais je ne laisserai filer.

ÉPILOGUE 2

Nina

Trois ans plus tard...

« **F**inn ! Dépêche-toi de ranger tes crayons et ta feuille, s'il te plaît ! appelle Stéphanie depuis la porte entrouverte de la cuisine de mes parents.

Ces derniers roucoulent sur le canapé face au mien, discutant de la pluie et du beau temps, tandis que les hommes de la maison préparent la table et installent les décorations de Noël. Arthur et Léo se chamaillent comme à leur habitude, mais Simon est là pour faire preuve d'un peu plus de sagesse — enfin, quand ce n'est pas lui qui raconte des blagues nulles qui font rire à chaque fois mes frères.

Stéphanie et Francesca — la belle Italienne que Léo s'est dégoté lors de son séjour à Milan — papotent en piochant quelques chips dans un plat. Ange est couché, endormi sur la place que mon père lui a fait sur son fauteuil, après l'avoir adopté comme son quatrième enfant.

Finn s'empresse de ranger ses affaires dans sa trousse tout en tendant une feuille coloriée à Ethan. Celui-ci le remercie et tente de deviner ce que le dessin représente, une sorte de monstre rond vert et son acolyte bleu et violet.

Ma main caresse machinalement mon ventre, prêt à exploser, pourtant le repas n'a pas encore débuté. Mes lèvres s'étirent en un sourire ravi, comblée de pouvoir être ici ce soir avec toutes les personnes qui sont chères à mon cœur.

Il y a trois Noëls de cela, nous décidions de nous confier à cœur ouvert et de nous mettre ensemble avec Simon, et aujourd'hui nous voilà, partageant la même fête qu'il a désormais appris à aimer, prêts à commencer l'aventure la plus excitante — et éreintante — de notre vie.

— Comment ça va, ma chérie ? me demande mon père en m'observant d'un œil tendre.

— Épuisée, heureuse, nauséeuse, au choix, dis-je en riant.

— Ça va aller ce soir ? demande ma mère.

— Oui, bien sûr, je risque de passer la soirée assise ou allongée, mais ça va le faire !

— Ne force surtout pas, nous sommes là pour t'aider.

— Merci, c'est gentil, dis-je au même moment où un coup de pied me tape dans la paume.

Seulement quelques centimètres de peau me séparent du bonheur qui me comble déjà, les larmes me montent aux yeux et je secoue la main devant mon visage pour les chasser, comme j'ai l'habitude de faire depuis les neuf derniers mois.

Simon finit d'accrocher une chaussette au-dessus de la cheminée, puis s'assied à côté de moi, enroulant un bras autour de ma taille pour que je puisse me caler contre son torse.

— Comment vont mes trois personnes préférées ? me murmure-t-il à l'oreille.

— Ton fils vient juste de me faire un *high-five* et je soupçonne ta fille de ronfler comme son père.

Il rit, puis m'embrasse le front avec toute la tendresse et délicatesse dont il fait preuve depuis que je lui ai annoncé ma grossesse. Je me souviens encore de sa tête lorsqu'il a ouvert son chocolat de

Pâques et y a trouvé un test de grossesse !

Sa main chaude se pose sur le bas de mon ventre, là où le petit se trouve, sa sœur étant un peu plus au-dessus.

— Oh ! Il vient de m'en faire un aussi !

Ses yeux s'illuminent comme à chaque fois, un sourire béat sur les lèvres et je jure que mon cœur aime cet homme un peu plus chaque jour, comme si c'était encore possible. Je lui offre le plus beau cadeau du monde, d'après ses dires, mais il ne se rend pas compte que c'est lui qui me l'a offert en premier, lorsqu'il a accepté de partager ma vie.

En entendant l'exclamation de Simon, Finn, Léo et Arthur se précipitent à mes côtés, se disputant presque pour avoir une petite place pour leur main sur mon ventre.

— Doucement, doucement ! Vous allez lui faire peur avec vos sales pattes ! ris-je en attrapant les petits doigts de Finn et les plaçant à l'endroit où le petit vient de taper.

— Ahhhhh ! crie-t-il d'une voix suraiguë lorsqu'il sent du mouvement sous ses doigts.

Il se penche en avant, les lèvres contre le tissu en soie de ma robe bleu nuit.

— Vous pouvez sortir maintenant, on attend plus que vous pour faire plein de fêtes, et comme ça vous pourrez jouer avec moi, votre cousin.

Les larmes montent une fois de plus, ainsi qu'une bouffée de chaleur puissante. Satanées hormones !

— Allez, éloignez-vous sinon je vais accoucher dans le salon !

Tous s'éloignent difficilement, ne voulant pas quitter ces petits êtres qu'ils ne connaissent pas encore, mais qu'ils aiment déjà par-dessus tout.

Simon m'aide à me relever et je marche lentement vers Ethan, resté en retrait pour ne pas perturber ce moment en famille.

— Merci d'être venu, ça me fait vraiment plaisir de te voir.

— Tu rigoles ou quoi ? Je n'aurais refusé pour rien au monde !

J'espère que le dessert vous ira.

— Je suis sûre que oui, ça ne pourra pas être pire que les macarons raplapla de Léo l'année dernière. Alors, comment ça se passe à la base ?

— Nickel, comme toujours. Je repars dans deux mois.

Les bras m'en tombent, mais j'essaye de ne pas lui faire de peine en lui montrant ma réaction. S'il y a bien quelque chose de pire que sa propre tristesse à l'idée d'un départ, c'est bien de la voir dans le regard de ses proches.

— Je suis désolée, dis-je en lui posant la main sur l'épaule dans un geste réconfortant.

— Non, ne le sois pas, il me tarde en fait.

— Quoi ? Comment ça ? lui réponds-je, les yeux écarquillés de surprise.

— Eh bien… il y a une nouvelle recrue dans l'équipe et…

— Ethan Drancy ! Ne me dis pas qu'il suffisait d'une seule personne canon dans l'équipe pour que tu prennes enfin du plaisir à être dans l'armée !?

— Très bien, je ne te le dirai pas !

Ses yeux noirs rieurs me font comprendre tout ce que j'ai à savoir : il est heureux désormais, optimiste et peut-être amoureux. Je m'en réjouis pour lui.

— Qu'en disent tes parents ?

— Ils ne savent pas, il n'y a rien d'officiel, mais bon, tu sais comment ils sont avec leurs croyances à deux balles !

— Pas avant le mariage ! dis-je en levant les yeux en l'air. S'ils me voyaient dans cet état, ronde comme une barrique, sans bague au doigt, ils feraient un infarctus !

— D'ailleurs, chuchote-t-il sur le ton de la confidence, toujours rien ?

— Non, soufflé-je, je n'arrête pas de lui envoyer des signaux pour lui montrer que c'est le bon moment, mais toujours rien. Je porte ses enfants, bon sang !

Nous rions en chœur et le concerné m'attrape par la taille.

— Vous vous moquez de qui comme ça ? demande-t-il.

— Ethan me demandait quand j'aurais le même nom de famille que nos enfants.

Simon vire au rouge, parfaitement assorti à la nappe étalée sur la table. Il déglutit, gêné, et se passe une main dans les cheveux.

— Déjà que tu mettes au monde nos bébés sans soucis et après on verra.

« *On verra* », cette phrase que j'entends depuis presque trois ans, et qui me fait toujours mourir d'impatience. Mais je le comprends aussi, un énorme changement de nos vies va se produire sous peu. Il est suffisamment stressé et inquiet depuis que la sage-femme nous a annoncé que c'était une grossesse à risque, inutile de lui rajouter une couche de plus en lui mettant la pression d'un mariage sur les épaules.

Deux heures plus tard, et le ventre prêt à éclater tellement j'ai mangé — après tout, j'ai deux aliens dans le ventre qui ont besoin d'énergie — je me retrouve une fois de plus allongée sur l'un des canapés, à observer les allées et venues autour de moi. Mes pieds gonflés me font un mal de chien et mon dos ne va plus pouvoir supporter ce poids encore très longtemps.

La fatigue s'abat sur moi, je ferme quelques secondes les paupières pour reposer mes yeux qui brûlent, lorsqu'une crampe au bas du dos me prend et m'enserre la taille. Cela ne dure que quelques secondes et je reprends mon souffle lorsque la douleur est passée.

Je ne dis rien, ne voulant pas alarmer ma famille alors qu'il s'agit encore une fois d'un des petits qui se retourne et me percute les côtes. Finn ouvre encore un autre cadeau, le sourire aux lèvres.

Cette année, à cause de mon état physique, nous avons fait

croire à Finn que le père Noël allait passer plus tôt pour qu'il puisse avoir le temps d'aller dans d'autres maisons partout dans le monde. Ainsi, nous pourrons rentrer plus tôt ce soir avec Simon et nous reposer dans notre cocon avant l'arrivée, dans quelques jours, des jumeaux.

Une fois de plus, une douleur me prend tout le bas ventre et appuie sur ma vessie, je m'en fais presque pipi dessus ! La sensation ressemble vachement à celles des contractions de Braxton Hicks[17], que j'avais eu à partir du sixième mois. Cela nous avait valu une belle frayeur d'ailleurs, c'est pourquoi je n'alerte personne alors que la douleur s'estompe au bout de trente secondes.

Ange descend de son fauteuil, remue la queue et vient s'asseoir devant moi, le museau frais posé sur ma cuisse. Je caresse son pelage brun tout doux et respire lentement pour me détendre.

— Mon cœur, j'ai un cadeau pour Ange.

La voix de Simon me sort de mes pensées. Ils sont tous autour du chien et moi, un léger rictus aux lèvres. À en juger par la tête de mes frères, ils savent ce qu'est le cadeau et se retiennent de me gâcher la surprise.

— Ah oui ? dis-je en pouffant. Qu'est-ce que c'est ?

Il s'avance, essaye de faire venir Ange plus près de lui, mais il refuse de bouger et reste devant de moi. Il lâche un petit rire tendu, avant de réussir à lui enfiler un nouveau collier que je ne vois pas.

— Regarde !

Il libère sa tête touffue pour que je puisse observer son collier flambant neuf.

— Alors, t'en penses quoi ?

— Je n'arrive pas à le voir, attends.

Je me penche un peu en avant, mon ventre comme obstacle, et

---

[17] Ou « fausses » contractions, sont des contractions passagères et irrégulières pouvant survenir après six semaines de grossesse, préparant le corps à l'accouchement.

soulève les poils. Son collier est bleu métallique avec des petits flocons dessus.

— Il est beau, assorti à la fête !

— Regarde de plus près.

Je me penche une nouvelle fois, grimaçant à cause de mon mal de dos. J'attrape le collier et le tourne pour voir la médaille qui y pend. Des mots sont gravés dans le métal en argent. Mon souffle se coupe, sous le choc.

« Veux-tu m'épouser, soldat ? ».

Je jette un œil ému à Simon, qui ne me lâche pas des yeux, son célèbre sourire en coin toujours présent. Ma mère pleure dans les bras de mon père, émue au possible. Mes frères me regardent avec fierté, leurs copines avec envie, et Ethan avec un clin d'œil. Le salaud était au courant !

Mes hanches me font souffrir le martyre et appuyée de la sorte sur mon ventre, j'ai l'impression désagréable de m'être fait pipi dessus.

— Alors ? tente Simon, prenant ma main dans la sienne. J'avais prévu de…

— Je viens de perdre les eaux.

— Quoi ?

Je serre ses doigts encore plus fort alors qu'une nouvelle contraction — cette fois je suis sûre qu'elles sont vraies — me vrille le bas ventre. Mes mâchoires se contractent et je tente de respirer lentement, comme on voit dans les films. Autour de moi, c'est le chaos !

Tous se précipitent dans tous les sens, sans même savoir ce qu'ils font. Ils semblent affolés, et je rigole d'eux. Mon rire les fait s'arrêter pour me regarder.

— Pourquoi tu rigoles ? Tu ne vas pas sortir deux énormes gâteaux de ton four ? me demande Léo en panique.

— Pas de suite, mais si je reste là trop longtemps, je risque vraiment d'accoucher ici.

Simon m'aide à me relever, à enfiler mon manteau et à monter en voiture. Ma mère me serre dans ses bras avant d'aller avec les autres, qui nous rejoignent à l'hôpital.

Une fois seuls dans notre voiture, je me mets soudain à réaliser ce qui est en train de se produire. La panique s'empare de moi, mélangée à l'excitation d'enfin pouvoir rencontrer et tenir dans mes bras le fruit de notre amour avec Simon.

Ce dernier est tellement concentré sur la route qu'il ne dit pas un mot. Plusieurs contractions arrivent à une minute d'intervalle, appuyant de plus en plus vers le bas. Il me regarde en coin, inquiet à en mourir, puis pose sa main droite sur mon ventre. Je pose ma paume sur ses doigts et prends un peu de la force qu'il me donne pour supporter cette douleur horrible.

Quelques heures plus tard, Clara et Milo se retrouvent contre ma poitrine, arrivés à quatre minutes d'intervalle, leur chaleur se mêlant à la mienne. Mon cœur explose en un milliard de morceaux de bonheur à l'état pur. Une larme coule le long de la joue de Simon, qui m'a soutenue comme un chef pendant le travail et n'a même pas bronché alors que je lui broyais la main.

Ses doigts caressent délicatement les joues de nos enfants endormis, puis il m'embrasse sur le front. Mes larmes coulent d'elles-mêmes, je veux juste mettre sur pause ce moment et ne plus jamais quitter notre bulle à quatre.

Il y a deux ans, nous décidions de nous aimer, l'année dernière d'agrandir notre famille, cette année c'est enfin le cas. Noël est décidément ma fête préférée. Simon l'a rendue encore plus belle chaque année, m'offrant tout l'amour dont je n'osais qu'imaginer avant.

Je tends mes lèvres vers lui, il se penche pour m'embrasser tendrement, puis dépose un baiser sur le petit front de notre fille et notre fils.

— La réponse est oui, dis-je en un souffle en l'observant plus amoureuse que jamais.

— Quoi ? me demande-t-il, complètement sous le charme des bébés qui prennent toute son attention.

— Oui, je veux t'épouser. Je t'aime comme je n'ai jamais aimé qui que ce soit d'autre, j'aime nos enfants, j'aime notre chien et toute cette vie qu'on se crée. Je pourrais tout envoyer à la poubelle si ça voulait dire passer une seconde de mon temps avec vous. Je vous aime tellement.

Je me mets à sangloter, prise par l'émotion de cet amour inconditionnel que je ressens au plus profond de moi. Il essuie mes joues du revers de la main avant de s'emparer de la mienne et de l'embrasser.

— Je te promets d'être têtue, continué-je, de te prendre la tête pour un rien, de me réconcilier de toutes les façons possibles, d'être la meilleure mère que je puisse être pour nos enfants, d'être la meilleure épouse. Je t'aime tellement, mon cœur.

— Moi aussi, mon ange. Je suis tellement chanceux de t'avoir dans ma vie.

Ses lèvres déposent des petits baisers sur ma main.

— Je te promets de t'aimer pour Noël, pour toutes les fêtes et pour tous les jours de notre vie.

Fin...

Ne pars pas tout de suite, on a des recettes à partager...

Streusel

Ingrédients pour le streussel :

- ❖ 150g de beurre
- ❖ 150g de farine
- ❖ 150g de sucre
- ❖ 2 pincées de cannelle en poudre
- ❖ 125g d'amandes en poudre

Ingrédients pour la brioche :

- ❖ 500g de farine
- ❖ 150g de beurre
- ❖ 125g de sucre
- ❖ 1 sachet de levure
- ❖ 20cl de lait
- ❖ 3 œufs
- ❖ 1 jaune d'œuf

Préparation :

- ❖ Verser la farine dans un saladier et incorporer le sucre au centre, le sel, la levure, le beurre, les œufs et le lait tiède. Mélanger jusqu'à obtention d'une pâte homogène.
- ❖ Couvrir d'un linge et laisser reposer 1 heure. Pendant ce temps, préparer le streussel.
- ❖ Mélanger tous les ingrédients, la pâte devrait être en grumeaux (comme un crumble). Réserver au réfrigérateur.
- ❖ Après 1 heure de repos, déposer la pâte à brioche dans un moule beurré. Recouvrir d'un linge et patienter 30 minutes. Préchauffer le four à thermostat 7.
- ❖ Dorer le dessus de la brioche avec le jaune d'œuf battu. Disperser le streussel sur le dessus.
- ❖ Faire cuire 40 minutes.

Bredele

<u>Ingrédients</u> :

* 5 jaunes d'œuf
* 125g de beurre
* 250g de farine
* 125g de sucre en poudre
* 1 cuillère à soupe de lait
* 1 zeste de citron

<u>Préparation</u> :

* Verser le sucre au centre de la farine, 4 jaunes d'œufs et le zeste de citron
* Sabler le mélange avant d'ajouter le beurre coupé en petits morceaux et pétrir rapidement pour obtenir une pâte homogène.
* Laisser reposer au frais minimum 2 heures.
* Fariner le plan de travail et abaisser la pâte sur 3-4 mm d'épaisseur.
* Découper des formes diverses à l'emporte-pièce.
* Les déposer sur une plaque recouverte de papier cuisson, puis dorer à l'œuf délayer dans le lait.
* Faire cuire à four moyen, 160°C, pendant 6 à 8 minutes : ils doivent être dorés.

Flammenkuche

<u>Ingrédients :</u>

- ❖ 2 oignons
- ❖ 1 pâtes à pizza
- ❖ 2 barquettes de lardons fumés
- ❖ 20cl de crème liquide

<u>Préparation :</u>

- ❖ Préchauffer le four à 250°C.
- ❖ Étaler la pâte le plus finement possible sur un plan de travail fariné. La parsemer des oignons émincés, des lardons puis répartir le crème uniformément dessus.
- ❖ Enfourner et surveiller la cuisson : 5 à 10 minutes.

Bettelmann

<u>Ingrédients :</u>

- ❖ ½ de lait
- ❖ 150g de sucre
- ❖ 1 sachet de sucre vanillé
- ❖ Cannelle
- ❖ 100g de noisettes ou amandes moulues
- ❖ 40g de beurre
- ❖ 6 pains au lait rassis ou des restes de brioches
- ❖ 4 œufs
- ❖ 1kg de cerises noires
- ❖ 3 chapelures

<u>Préparation :</u>

❖ Porter le lait à ébullition et faire tremper les petits pains au lait. Laisser refroidir et écraser à l'aide de la main ou d'une fourchette.

❖ Ajouter le sucre, la cannelle et les noisettes moulues. Incorporer un à un les œufs, puis les cerises. Beurrer un plat creux allant au four, puis verser la préparation dans le plat. Saupoudrer avec la chapelure et disposer quelques bouts de beurre.

❖ Enfourner à 210°C pendant 1 heure.

Bretzel

<u>Ingrédients :</u>

- ❖ 500g de farine
- ❖ 10g de levure boulangère
- ❖ 30g de beurre
- ❖ Gros sel (à saupoudrer)
- ❖ 300mL de lait
- ❖ 1,5 cuillère à café
- ❖ 1,5 litre d'eau
- ❖ 40g de bicarbonate de sodium.

<u>Préparation :</u>

- ❖ Préchauffer le four à 200°C.
- ❖ Dans un grand saladier, mélanger la farine et le sel, puis incorporer la levure, le beurre et le lait froid. Bien pétrir jusqu'à ce que la pâte ne colle plus aux doigts.
- ❖ Laisser lever le mélanger recouvert d'un torchon dans un endroit chaud pendant 1h30.
- ❖ Faire bouillir de l'eau dans une casserole avec le sel et le bicarbonate. Pendant ce temps, étaler la pâte sur un plan de travail et la couper en morceaux égaux.
- ❖ Façonner des bretzels ou des petites baguettes, puis les plonger un par un dans l'eau bouillante, attendre qu'ils remontent et égoutter sur de l'essuie-tout.
- ❖ Mettre les bretzels sur une plaque recouverte de papier sulfurisé, saupoudrer de gros sel et faire plusieurs entailles sur chaque bretzel.
- ❖ Enfourner pendant 15 minutes.

Mannele

Ingrédients :

- ❖ 500g de farine
- ❖ 100g de beurre
- ❖ 25g de levure boulangère
- ❖ 200g de lait
- ❖ 5g de sel fin
- ❖ 100g de sucre semoule
- ❖ 2 œufs
- ❖ 1 jaune d'œuf
- ❖ Raisins secs ou pépites de chocolat.

Préparation :

- ❖ Faire tiédir la moitié du lait et le verser dans un récipient. Délayer la levure dans ce lait. Y verser 100g de farine et mélanger.
- ❖ Couvrir le récipient d'un linge et laisser lever 20 minutes.
- ❖ Dans une casserole, faire fondre le beurre sans le faire bouillir, avec le reste du lait, le sucre semoule et le sel. Laisser tiédir.
- ❖ Introduire cette préparation au levain précédemment préparé, tout en pétrissant.
- ❖ Y inclure les 2 œufs entiers et le reste de la farine. Pétrir énergiquement pendant 15 minutes. Couvrir le récipient avec le linge et laisser lever pendant 30 minutes.
- ❖ Mettre la pâte sur un plan fariné et former des petits cylindres de 3cm de diamètre et de 15cm de long. Inciser aux ciseaux afin de former la tête, les bras et les jambes.
- ❖ Poser les pièces sur des tôles beurrées.
- ❖ Dorer avec le jaune d'œuf restant et former les yeux avec des raisins secs ou des pépites de chocolat.
- ❖ Laisser lever 20 minutes.
- ❖ Enfourner à chaleur tournante à thermostat 5/6 pendant 25 minutes.

Hildabredele

<u>Ingrédients :</u>

- ❖ 220g de farine
- ❖ 120g de sucre
- ❖ 100g de beurre
- ❖ 25g d'amandes moulues
- ❖ 50g de sucre glace (facultatif)
- ❖ 1 pincée de cannelle
- ❖ Confiture de framboise
- ❖ 1 œuf.

<u>Préparation :</u>

- ❖ Préchauffer le four à 180°C.
- ❖ Battre les œufs et le sucre en poudre, ajouter la farine, les amandes, la cannelle. Effriter aux doigts (ressemble pâte à crumble).
- ❖ Couper le beurre en morceaux et l'incorporer pour former une boule de pâte homogène. Réserver 1 heure au frais.
- ❖ Étaler la pâte sur 3 à 5mm d'épaisscur. A l'aide d'un petit verre, découper des ronds de pâte.
- ❖ Pour la moitié de ces disques de pâtes, ôter au centre un petit disque d'1cm de diamètre.
- ❖ Beurrer une plaque et disposer les gâteaux comme suit : prendre un disque plein, le tartiner de confiture de framboise et le recouvrir d'un disque troué.
- ❖ Enfourner pendant 6 minutes.
- ❖ Saupoudrer de sucre glace.

Et maintenant, il ne te reste plus qu'à te régaler !

Vous avez aimé votre lecture ?

Laissez sur Amazon 5 étoiles et un joli commentaire pour motiver d'autres lecteurs.
(Et soutenir une auteure qui vous offrira sa reconnaissance éternelle !)

Vous souhaitez être informé de mes prochaines sorties ?

N'hésitez pas à me suivre sur Instagram ou Amazon, pour avoir l'information en exclusivité !

Lily

Instagram : lily.padioleau.auteure
Email : ali.luna34@gmail.com

Biographie de Lily :

Moi, c'est Lily Padioleau, auteure démoniaque et sadique de nombreux romans en tous genres dont quelques-uns écrits avec la merveilleuse Sienna Pratt. Enfin, je ne mentionne que ceux qui sont sortis ou en précommande, évidemment le nombre de manuscrits terminés est un peu plus élevé que ça et je ne parle pas de ceux qui sont en cours…

En bref, je suis du genre à bouffer mes touches de clavier au point de devoir en changer, j'écris comme je respire et j'adore ça ! Pour moi, écrire n'a pas été une envie, mais un besoin. Il m'a collé au train pendant long-temps, ma peur de l'échec et mon manque de confiance en moi m'empê-chant de sauter le pas. Jusqu'au jour où je les ai envoyés chier à grands coups de pied aux fesses.

Depuis, j'écris tous les jours, même un peu. Si je passe plus de deux jours sans écrire, ça ne va pas, je ne suis plus moi.

Dans ma vie, je suis du genre TOUT ou RIEN, dans l'écriture c'est pareil, je fais avec le cœur ou je ne fais pas du tout. Pas d'entre-deux possible avec moi… C'est ainsi que je suis et ainsi que je resterai.

Hors de question de renier qui je suis ou ce en quoi je crois, peu impor-tent les cases dans lesquelles on cherche à m'enfermer. Je ne serai jamais prisonnière d'un moule, je les préfère avec des frites !

Si tu te sens d'humeur curieux, viens découvrir mon antre diabolique, je t'assure qu'on s'y sent parfaitement bien et qu'il y a de la place pour tout le monde !

Instagram : @lily.padioleau.auteure

With Love & Madness

Lily Padioleau